Laura Young

Berühr mich!

Erotische Geschichten

www.blue-panther-books.de

BLUE PANTHER BOOKS TASCHENBUCH
BAND 2182

1. AUFLAGE: MAI 2012

VOLLSTÄNDIGE TASCHENBUCHAUSGABE

ORIGINALAUSGABE
© 2012 BY BLUE PANTHER BOOKS, HAMBURG
ALL RIGHTS RESERVED

COVER: © LUIS ALVAREZ @ ISTOCK.COM
UMSCHLAGGESTALTUNG: WWW.HEUBACH-MEDIA.DE
GESETZT IN DER TRAJAN PRO UND ADOBE GARAMOND PRO

PRINTED IN GERMANY
ISBN 978-3-86277-230-8

WWW.BLUE-PANTHER-BOOKS.DE

INHALT

1. Wahrheit oder Pflicht 5

2. Yacht der Sünde 33

3. SexPumps 71

4. LadiesGangBang 99

5. Dein ergebener Sklave 133

6. Die GogoTänzerin 161

7. CallBoy 195

8. SexTrance .... im Internet / 218

Mit dem Gutschein-Code
LY1TBKTIP
erhalten Sie auf
www.blue-panther-books.de
diese exklusive Zusatzgeschichte als PDF.
Registrieren Sie sich einfach online
oder schicken Sie uns die beiliegende
Postkarte ausgefüllt zurück!

Wahrheit oder Pflicht

Charlie kraulte wie immer zärtlich die wenigen, blonden Härchen über ihrer Scham und brachte sie damit zum Schnurren.

»Du tust so gut, Darling«, flüsterte Jenna und griff mit beiden Händen nach seinem Kopf, um ihn zum Kuss zu sich herunterzuziehen. Er presste seine nicht mehr ganz prallen Lippen auf ihre und erwiderte die Zärtlichkeit.

»Ich liebe dich«, sagte er heiser, und sie streichelte sanft über seine ergrauten Schläfen.

Dann genoss sie seine Liebkosungen, die sich ihren Venushügel entlang einen Weg suchten und die kleine Perle fanden. Er war erfahren und wusste genau, wie er sie befriedigen konnte. Seufzend lehnte sie den Kopf wieder gegen seine Brust und spreizte die Schenkel ein wenig weiter, um es ihm leichter zu machen. Im Fernseher lief noch tonlos der Film, den sie gerade gemeinsam gesehen hatten: »Ein verlockendes Spiel«. Er handelte von einer Footballmannschaft in den zwanziger Jahren.

Charlie selbst besaß als Eigentümer eines großen Ölkonzerns ein erfolgreiches Team der NFL, die *Boston Patriots,* und American Football war sein größtes Hobby. Aufgrund seines Alters übte er den Sport schon lange nicht mehr aktiv aus, dafür fieberte er im Stadion mit seiner Mannschaft mit. Bei jedem Touchdown fürchtete Jenna, er könnte vor Freude einen Infarkt erleiden.

Gekonnt kreisten seine Finger weiter auf ihrem Kitzler, und sie schnurrte dankbar. Vorsichtig tauchte er den Mittelfinger zwischen ihre Labien, die er sanft teilte, um sich ihrer Feuchte zu bedienen.

Er saß mit gespreizten Beinen hinter ihr, und sie hatte sich beim Fernsehen im Bett gemütlich an seine Brust gekuschelt. Natürlich konnte er wie meistens die Hände nicht von ihr lassen. Sie wusste, dass er ihre Jugend und ihren Körper über alles liebte.

Charlie war dreißig Jahre älter als Jenna; ihre Freundinnen hatten sie vor ihrer Hochzeit vor fünf Jahren für verrückt erklärt, aber sie liebte ihn wirklich.

Jenna arbeitete damals als Pressereferentin für die *Pats*, und schon nach zwei beruflichen Treffen führte er sie zum Essen aus. Seine Herzlichkeit und Verliebtheit ihr gegenüber schmeichelten ihr.

Sie litt nicht unter einem Vaterkomplex, und Charlie war trotz seines Alters im Geiste jung geblieben. Er teilte ihren Humor und natürlich ihre Begeisterung für den Sport.

Nach wenigen Dates wurden sie ein Paar, und als er ihr nur drei Monate später einen Heiratsantrag machte, erklärte er sein eiliges Handeln mit den Worten: »In meinem Alter sollte man nicht länger warten als nötig, Darling. Wer weiß, wie lange ich es noch mache.«

Seine Offenheit beeindruckte sie, und sie hatte eingewilligt.

Charlie schob sie vorsichtig nach vorn von seinem Schoß und krabbelte über das Bett, bis er mit dem Gesicht zwischen ihren Beinen landete. Jenna seufzte und lehnte ihren Rücken gegen das Kopfteil, dann genoss sie seine geschickte Zunge, die flink über ihre Labien fuhr.

Der Film lief ohne Ton weiter. Während Charlie sie gekonnt leckte, betrachtete Jenna die trainierten Spieler in ihren Uniformen mit den breiten Schulterpolstern. Sie legte beide Hände um seinen Hinterkopf, um das Tempo zu dirigieren, das sie brauchte, um zu kommen.

Die raue Zunge wurde schneller. Sie spürte die Stoppeln seines nicht ganz glatt rasierten Kinns an der empfindlichen Haut ihrer Oberschenkel. Er schob einen Finger in sie hinein und massierte sie, dann ließ er den kleinen Finger zwischen ihre Pobacken rutschen und rieb an dem engen Ring, der ihren Anus verschloss.

Jenna spürte die Feuchtigkeit, die aus ihr herausrann und sich über Charlies Kinn ausbreitete, dann kam sie leise seufzend.

Ihre Knie zitterten noch immer, als Charlie zwischen ihren Beinen auftauchte und sich mit dem Ärmel das Kinn trocken rieb. »Darling, ich liebe es, wenn du in meinem Mund kommst«, sagte er stolz. Er nahm ihre Hand und küsste sie.

Jenna seufzte. »Ich wünschte, wir könnten richtig miteinander schlafen«, sagte sie leise und fuhr mit den Händen durch sein Haar. »Versteh mich nicht falsch, ich liebe es, wenn du das tust, aber ...«

Charlie drückte sie an sich und legte die Stirn zwischen ihre vollen Brüste. »Es tut mir leid, Darling«, antwortete er. »Du weißt, dass es nichts mit dir zu tun hat. Das Alter, der Stress ... Ich kann einfach nicht so, wie ich will. Aber ich bin glücklich mit dir und zufrieden mit dem, was wir haben.«

Jenna schüttelte den Kopf.

»Das sagst du immer, aber du sollst doch auch etwas davon haben«, sagte sie enttäuscht.

Er schmunzelte. »Es genügt mir völlig, dich verwöhnen zu dürfen.«

Charlie vergötterte seine junge Ehefrau, die schon die Vierte in seinem Leben war, und tat alles für Jenna. Und sie liebte ihn. Er gab ihr, was sie brauchte und verwöhnte sie wirklich, wo er konnte. Nur das Eine, das sie so sehr vermisste, war ihm nicht möglich.

»Zieh dich doch aus dem Geschäft zurück«, sagte sie und versuchte, ihn mit einem kindlichen Schmollmund zu locken. »Du hast doch genug Geld, du kannst einfach alles verkaufen und es ruhig angehen lassen. Vielleicht ...«

Er lachte und strich ihr die Haare aus der Stirn wie einem kleinen Mädchen.

»Ich bin noch nicht so weit«, erklärte er geduldig. »Gib mir ein paar Jahre Zeit, dann werde ich mich ganz und gar dir widmen. Versprochen.«

Charlie stand auf und ging ins Bad, um sich bettfertig zu machen. Jenna blieb noch sitzen und starrte in den Fernseher, wo George Clooney gerade eine lebhafte Diskussion mit einem der Spieler führte.

Charlie brauchte immer lange im Bad, er duschte morgens und abends und rasierte sich auch ständig, weil er sich seiner grauen Barthaare schämte. Nur mit Mühe hatte sie ihn davon abbringen können, seine Haare zu färben.

»Ich mag graue Schläfen«, hatte sie gesagt. »Bitte lass sie so, wie sie sind.«

Er hatte ein Problem damit, so alt zu sein. Nicht zuletzt heiratete er sie auch ihrer Jugend wegen, denn trotz ihrer dreißig Lebensjahre sah sie noch immer aus wie ein Twen. Sie war stolz darauf und pflegte ihren Körper wie einen kostbaren Garten.

Beim Anblick der Footballspieler im Fernseher dachte sie wieder an Jimmy, den jungen Quarterback der *Pats*. Jede Woche begleitete sie Charlie ins Stadion, und ihr Mann ließ es sich natürlich nicht nehmen, nach dem Spiel in die Kabine zu gehen und der Mannschaft zum Sieg zu gratulieren.

Sie schlich meistens hinterher und blieb in der Tür stehen.

Die nackten verschwitzten Männerkörper machten sie an, aber das konnte sie Charlie unmöglich gestehen.

Besonders Jimmy hatte es ihr angetan. Wenn er, nur mit einem weißen Handtuch um die Hüften bekleidet, vor ihr stand und sie unverschämt frech angrinste, wurde ihr heiß. Sie wusste, dass draußen am Hintereingang ganze Horden junger Mädchen lauerten, die kreischten, sobald die Tür aufging. Und sie wusste, dass er nicht nur großzügig Autogramme dort verteilte, sondern ab und zu einige der Groupies mit zu sich nach Hause nahm.

»Jimmy ist ein schlimmer Finger«, sagte Ellen stets. »Der lässt nichts anbrennen. Und wenn die Gerüchte stimmen, hat er auch ordentlich was zu bieten. Du weißt schon, wo.«

Ihre Freundin hatte Jennas Job als Pressereferentin der Mannschaft übernommen, nachdem sie Charlie geheiratet hatte. Er war der Meinung, es schicke sich nicht, dass sie als Frau des Besitzers weiter für das Team arbeitete, und sie hatte sich in ihr neues Luxusleben als Ehefrau gefügt.

Ellens Worte heizten Jennas Fantasie an, und fortan fragte sie sich, wie groß Jimmys Geschlecht unter dem Handtuch wirklich war.

»Wovon träumst du?« Charlie trug einen seidenen Pyjama und hatte die Haare ordentlich zurückgekämmt. Er war stolz darauf, für sein Alter noch relativ viele Haare zu haben und hegte diese wie einen Augapfel.

»Ach, nichts«, antwortete Jenna und verschwand ebenfalls im Bad, um sich für die Nacht vorzubereiten.

Als sie ins Bett zurückkehrte, lag ihr Mann schon auf dem Rücken und schnarchte leise. Sie lächelte und zog vorsichtig die Bettdecke über seinen Oberkörper, dann kuschelte sie sich an ihn und schlief ein.

***

Am Samstag saß Jenna, wie so häufig, neben Charlie in der VIP-Loge des Bostoner Stadions und feuerte die Mannschaft kräftig an. Sie liebte die Atmosphäre bei den Spielen, schließlich war sie früher in der High School selbst Cheerleaderin gewesen und hatte es sogar zur Anführerin geschafft. Natürlich träumte sie damals davon, mit den Spielern der Schulmannschaft ins Bett zu gehen, wie alle Mädchen. Aber sie war immer zu schüchtern gewesen, um den Anfang zu machen, und so musste sie meistens zusehen, wie die weniger attraktiven, aber forscheren Mitschülerinnen das Rennen machten.

Die *Pats* gewannen mit 40 zu 34 nach einem großartigen Touchdown von Jimmy Storm und zogen unter lautem Jubel in die großzügige Kabine ein.

Charlie erhob sich. Er grinste über das ganze Gesicht, was die Lachfältchen um seine Augen verstärkte und auch Jenna automatisch zum Lachen brachte.

»Die Jungs sind einfach die Besten!«, rief er und küsste sie euphorisch auf den Mund. Jenna hakte sich bei ihm unter.

»Du hast hoffentlich nicht vergessen, welcher Tag heute ist?«, fragte sie und sah ihn erwartungsvoll an. Er runzelte die Stirn.

»Der vierte Juni, warum?«

Enttäuscht zog sie eine Schnute, bis er beinahe schmerzhaft das Gesicht verzog.

»Darling, es tut mir so leid! Wie konnte ich das vergessen? Ich habe so viel gearbeitet letzte Woche, und dann das wichtige Spiel heute ...« Er zog sie an sich und umarmte sie. »Das ist schrecklich, wirklich. Und ausgerechnet jetzt habe ich auch noch einen Geschäftstermin.«

Jenna holte tief Luft und hob den Kopf. »Heute? An unserem Hochzeitstag?« Ihr wurde schwindelig.

Charlie hatte ihren Jahrestag noch nie vergessen, und sie hatte fest damit gerechnet, dass nach dem Spiel eine besondere Überraschung auf sie warten würde. Immerhin hatte sie den ganzen Tag lang versucht, sich ihren Ärger nicht anmerken zu lassen. Nicht einmal Blumen hatten morgens zum Frühstück auf sie gewartet.

Die Enttäuschung trieb ihr einen Kloß in den Hals.

»Es ist schlimm, ich weiß. Aber ich mache es morgen wieder gut. Versprochen! Leider muss ich gleich los, Dr. von Wolf wartet schon auf mich.« Er zeigte auf den Ausgang der Loge, wo ein älterer Herr im Anzug ungeduldig zu ihnen herübersah.

»Bitte, geh du für mich zu den Spielern und gratuliere ihnen, Darling. Und entschuldige mich bei Donald.«

Er küsste sie und verließ mit seinem Gast die Loge. Jenna blieb wie betäubt stehen und starrte auf die Menschen, die plaudernd und lachend aus dem Stadion drängten, bis sie allein war. Dann sah sie auf das leere Spielfeld und haderte mit ihrem Schicksal.

Vielleicht sollte sie Ellen fragen, ob sie auf einen Frauenabend Lust hätte? Ja, das war eine gute Idee, das würde sie später tun. Seufzend ging sie die Tribüne hinab und betrat, den zwei freundlich nickenden Security-Mitarbeitern zulächelnd, die heiligen Hallen.

In der Kabine roch es wie immer nach Schweiß, Pheromonen und Deodorant. Aus der Dusche quoll heißer Wasserdampf, der die Spiegel beschlug und den Raum in ein Tropenhaus verwandelte.

Jenna wedelte mit der Hand vor ihrem Gesicht herum und bahnte sich einen Weg durch die Bänke an den Spinden vorbei, bis sie endlich auf Donald traf.

»Hey«, sagte der Trainer freundlich und hauchte zwei Luftküsse gegen ihre Wangen. »Ganz allein heute? Wo ist Charlie?«

Jenna seufzte. »Er hat noch einen Termin. An unserem Hochzeitstag!«

Donald zog die Nase kraus und tätschelte ihren Arm. »Armes Häschen«, sagte er. »Das tut mir leid für dich, aber wie ich ihn kenne, wird er sich etwas einfallen lassen, um dir den Tag zu versüßen.«

Sie hob die Schultern und versuchte zu lächeln.

»Wer weiß, was er aus heckt. Vielleicht kommt die große Überraschung ja morgen.«

Dr. von Wolf war ein schwerreicher Industrieller, der schon seit Jahren Interesse an Charlies Imperium hatte. Insgeheim hoffte sie, dass er endlich einem Verkauf zustimmte und sie morgen damit überraschte, dass er sich nun in den Ruhestand zurückziehen würde. Ihr Herz klopfte schneller bei dem Gedanken, und schon verflog ihre schlechte Laune.

»Hallo, Mrs Carter«, sagte Jimmy und reichte ihr höflich die Hand. Sie konnte kaum den Blick von seiner muskulösen, noch nassen Brust lösen. Er kam gerade aus der Dusche und roch nach Seife. Sein ganzer Körper war sorgfältig rasiert, und wenn er sich bewegte, tanzten die Muskeln auf seiner Brust verführerisch.

Jenna bemühte sich, ungerührt zu wirken und erwiderte seinen kräftigen Handschlag.

»Herzlichen Glückwunsch«, sagte sie lächelnd und sah ihm in die strahlend grünen Augen. Sie wirkten so verschmitzt wie die eines kleinen Jungen, obwohl er nur ein paar Jahre jünger war als sie selbst. »Das war ein tolles Spiel, Charlie ist sehr glücklich und zufrieden mit euch.«

Jimmy lachte. »Das will ich doch hoffen, dass unser lieber Sponsor keinen Grund zur Klage hat«, erwiderte er und zog das Handtuch um seine Hüften enger zusammen.

Sie atmete tief ein. Die heiße feuchte Luft erschwerte das Atmen, und sie spürte, wie sich ihre blonden Locken kräuselten.

»Jenna, du solltest heute mit uns feiern, wenn Charlie dich schon einfach so an eurem Hochzeitstag allein lässt«, rief Donald.

Einer der Spieler schüttelte eine Flasche Champagner kräftig, bevor er sie mit einem lauten Knall öffnete. Unter dem Johlen der anderen quoll der Champus heraus und entlud sich in einer schäumenden Fontäne.

Jimmy betrachtete sie lächelnd. »Alles in Ordnung?«, fragte er und zog ihr wortlos den teuren Blazer von den Schultern. »Der ist doch viel zu warm hier drinnen«, sagte er, und Jenna nickte dankbar.

Sie trug einen kurzen Rock und ein Top mit Spaghettiträgern. Den Blazer hatte sie nur Charlie zuliebe in der Loge angezogen, weil er es gern hatte, wenn sie etwas seriös in der Öffentlichkeit wirkte. Zuhause dagegen durfte sie so freizügig herumlaufen, wie es ihr – und ihm – gefiel.

Kevin kam grölend und nackt aus der Dusche und hob beide Hände applaudierend über seinen Kopf.

Jenna errötete bei seinem Anblick und bemühte sich, nicht zwischen seine Beine zu sehen. Allerdings war das, was er dort vor sich hertrug, nicht gerade klein und durchaus appetitlich.

Er zuckte zusammen, als er Jenna sah, und zog hektisch ein großes Handtuch über seine Halberektion. »Sorry, Mrs Carter«, murmelte er. »Ich wusste nicht, dass Sie noch hier sind!«

Die anderen schlugen sich vor Lachen auf die Schenkel.

Jenna liebte die herbe Männlichkeit, die von den Spielern

ausging. Das Spiel war so aggressiv, dass sie sich in der Kabine, umgeben von Adrenalin und Pheromonen, wohlfühlte, auch wenn die Luft zum Schneiden dick war.

»Schon okay«, murmelte sie und wandte sich rasch ab.

Einer der Spieler drückte ihr eine geöffnete Champagnerflasche in die Hand.

»Für Sie«, sagte er und zwinkerte ihr zu. Irritiert sah sie sich um, konnte aber keine Gläser entdecken.

»Soll ich etwa aus der Flasche ...?«, fragte sie hilflos, und einige der Männer lachten.

»Na klar! Mit Gläsern dauert es doch viel zu lange«, sagte Jimmy und prostete ihr mit einem Bier zu. Zögerlich setzte sie das kühle Glas an die Lippen und trank direkt aus der Flasche. Natürlich schäumte der Champagner über und rann ihren Hals hinab bis ins Dekolleté.

Beschämt wischte sie mit dem Handrücken über ihr Kinn und versuchte, das Rinnsal zu trocknen.

»Machen Sie sich nichts draus«, sagte Jerome, der große Schwarze, der aufgrund seiner mächtigen Statur von den Fans *The Bus* genannt wurde. Auch ohne das Trikot mit den Schulterpolstern war seine Größe beeindruckend, er überragte Jenna um eineinhalb Kopflängen. »Tun wir auch nicht.« Die anderen lachten wieder.

Die Stimmung war ausgelassen und heiter, und langsam setzten sich die Spieler auf die Bänke, tranken und plauderten. Weitere Bierdosen wurden aus dem Kühlschrank geholt und herumgereicht. Nach einer halben Stunde verabschiedete sich Donald als erster.

»Jungs, übertreibt's nicht«, sagte er und zwinkerte in die Runde. »Wir sehen uns morgen Vormittag zum Training!«

Auch Jenna stand auf und merkte, dass ihr schwindelig war.

Sie hatte wohl im Rausch gut die halbe Flasche geleert, und da sie sonst nur selten Alkohol trank stieg ihr der Champagner zu Kopf.

»Ich sollte auch besser gehen«, sagte sie und ertappte sich dabei, dass sie unwillkürlich lispelte, wie immer, wenn sie Alkohol getrunken hatte.

»Ach nein!«

»Warum denn?«

»Wie schade!«

Die elf Männer riefen durcheinander, und sie lächelte geschmeichelt. »Ich will euch nicht vom Feiern abhalten. Ich weiß ja, dass ihr normalerweise etwas – nun ja – anders feiert«, sagte sie und nahm ihren Blazer von einem Kleiderhaken.

Jimmy grinste. »Wir haben noch nicht Brüderschaft getrunken«, sagte er, und einige der anderen applaudierten pfeifend. »Mrs Carter, tun Sie uns den Gefallen. Ich würde mich freuen, wenn ich zukünftig Jenna zu Ihnen sagen dürfte.«

Er hielt ihr seine Bierdose entgegen. Sie lachte und stieß mit der Champagnerflasche dagegen. Jenna kicherte, als Jimmy den Arm um sie legte und seine Lippen sich ihren näherten.

»Auf die Wange«, hauchte sie noch, dann traf sein Mund ihren mit Wucht. Ein heftiger Schmatz, der sie elektrisierte. Er schmeckte nach Bier, nach Anstrengung und nach Mann, und trotz der Dusche roch sie den Schweiß des Spiels noch ganz fein auf seiner Haut. Sie riss die Augen auf und versuchte, ihn von sich zu schieben, aber der Versuch blieb natürlich vergeblich.

Jimmy hielt sie fest in seinen Armen und kitzelte mit seiner Zungenspitze an ihrer Unterlippe, vorwitzig und frech, während die anderen hinter ihm grölten. Endlich ließ er von ihr ab, und sie schnappte nach Luft, als er sie aus seinem Klammergriff erlöste. Ihr Herz pochte heftig, dann verzog sie den Mund und versuchte zu schimpfen.

»Wenn Charlie das wüsste«, sagte sie und hoffte, dass diese Drohung Wirkung zeigen würde. Aber Jimmy hob nur gleichgültig die Schultern und trank wieder einen Schluck aus seiner Bierdose, als Jerome sich zwischen sie schob. »Nun bin ich dran«, sagte der riesige Schwarze und lächelte freundlich. »Auf dich, Jenna!«

Er stieß mit seiner Flasche gegen ihre, und bevor sie etwas erwidern konnte, presste er schon seine vollen, weichen Lippen auf ihren Mund.

Jenna schloss die Augen und genoss Jeromes Kuss, der warm und feucht war. Als der dritte Spieler auf sie zukam, spitzte sie automatisch die Lippen und ließ sich bereitwillig küssen. Nachdem sie mit allen elf Spielern Brüderschaft getrunken hatte, war ihre Flasche leer, ihr Kopf verdreht und ihr Schoß so feucht wie die Handtücher der Jungs.

Nicht alle waren so forsch gewesen wie Jerome und Jimmy. Einige hatten nur kurz ihre Lippen auf ihre gedrückt, andere sogar nur ihre Wangen gestreift, aber die ungeteilte Aufmerksamkeit dieser elf begehrten Sportler hatte ihr Gesicht gerötet und ihre Knie in Knetmasse verwandelt.

»Jetzt sollte ich aber wirklich ...«, sagte sie unsicher und wankte auf die Tür zu.

»Wir haben doch gerade erst angefangen«, meinte Jimmy leise und stellte sich direkt vor sie. Noch immer machte keiner der Männer Anstalten, sich etwas anzuziehen. Als sei es das Natürlichste der Welt, plauderten sie alle noch halbnackt miteinander.

»Wie wär's mit einer Runde *Wahrheit oder Pflicht?*« Er nahm ihr die leere Champagnerflasche aus der Hand und grinste. »Wer hat Lust?«

Die Männer lachten, aber alle wollten mitspielen.

»Ich sollte ... Also, ich muss wirklich ...«, stotterte Jenna, aber Jimmy verzog sein Gesicht zu einer beleidigten Miene, der sie kaum widerstehen konnte.

»Ohne dich macht das doch keinen Sinn«, flüsterte er, und sie erschauerte, als sie seinen warmen Atem auf ihrer Haut spürte.

Er ließ keinen Zweifel daran, was er damit bezweckte, und sie war hin- und hergerissen zwischen Scham, Angst und Erregung. Sie dachte an Charlie, der sicherlich wütend und enttäuscht wäre, wenn sie sich champagnerbeseelt auf eine Nummer mit dem attraktiven Quarterback einließe.

Aber dann fiel ihr wieder ein, dass er sie schließlich heute an ihrem Hochzeitstag hatte sitzen lassen. *Strafe muss sein,* dachte sie und grinste. Es war nur ein Spiel, und wenn sie in dessen Verlauf den einen oder anderen weiteren Kuss einsammeln konnte – warum nicht? Sie würde monatelang genug Material für ihr Kopfkino haben.

»Okay, legen wir los!« Sie setzten sich auf die Bänke, in zwei Gruppen gegenüber, und Jimmy legte die leere Flasche auf den Boden zwischen ihnen.

»Ich fange an«, verkündete er und drehte die Flasche, die nun auf der Erde herumwirbelte. Als sie immer langsamer wurde und beinahe zum Stehen kam, legte er seinen nackten Fuß darauf, sodass sie auf Jenna zeigte.

»Hey«, protestierte sie. »Das gilt nicht!«

Die anderen lachten, aber Jimmy blieb ungerührt. »Hier spielen wir nach meinen Regeln«, sagte er frech. »Ich bin schließlich der Quarterback.«

Jenna schmollte, ließ sich aber mit kribbelnden Händen auf sein Spiel ein.

»Also, Mädchen – Wahrheit oder Pflicht?«

»Wahrheit«, antwortete Jenna und grinste. So leicht würde sie es ihm nicht machen, auch wenn sie sich selbst danach sehnte, ihn noch einmal zu küssen.

»Gut – was trägst du unter deinem verschärften, kurzen Röckchen?« Seine Augen blitzten, als er die Frage stellte.

»Gar nichts«, antwortete sie keck und warf die langen, blonden Haare nach hinten.

Wieder kam Gelächter auf, zwei der Männer pfiffen anerkennend. »Das glaube ich dir nicht«, sagte Jimmy und sah ihr fest in die Augen. Jenna wurde rot.

»Wieso zweifelst du daran?«, fragte sie schnippisch und schlug instinktiv die Beine übereinander.

»Beweise es doch, wenn es stimmt«, schlug Jimmy vor. Jerome tat so, als fiele er gleich in Ohnmacht, was bei dem riesigen Kerl höchst komisch wirkte und eine erneute Lachsalve zur Folge hatte.

»Das werde ich ganz sicher nicht tun!« Jennas Beine zitterten vor Aufregung, aber Jimmy blieb hart.

»Falls du sie noch nicht kennst, nenne ich dir noch einmal meine Spielregeln: Wer Wahrheit wählt und lügt, muss eine Pflicht übernehmen, die sich der Angelogene aussuchen darf. Ich habe auch schon eine sehr feine Idee für dich. Vielleicht möchtest du deine Antwort nach dieser Information überdenken?«

Jenna schluckte und sah ihn herausfordernd an. Seine Mundwinkel zuckten vor unterdrücktem Lachen, das machte sie wütend. Schließlich senkte sie den Blick und murmelte: »Einen schwarzen String.«

»Wie bitte? Ich glaube, das haben nicht alle verstanden«, sagte Jimmy laut und hielt eine Hand hinter sein Ohr. »Einen schwarzen String!«, wiederholte sie lauter und griff zur Flasche. »Jetzt bin ich dran.«

»Du hast Glück, dass ich dir diese Antwort abkaufe und nicht auf einen Beweis bestehe«, meinte Jimmy und lachte. Der etwas kleinere, blonde Eric, der aufgrund seiner Jugend und ungeheuren Wendigkeit von den anderen *The Kid* genannt wurde, grinste.

»Also ich möchte das schon gern sehen«, sagte er, und Jenna wunderte sich über die Nonchalance, mit der er das hervorbrachte. Die anderen klatschten zustimmend.

»Du hast ihn gehört, Jenna. Es liegt nicht in meiner Macht, das zu verhindern. Also zeig es uns.«

Jimmy lehnte sich zurück gegen die Wand, verschränkte die Arme vor der breiten, nackten Brust und lächelte auffordernd.

Jenna holte tief Luft. Wenn sie jetzt kniff, hätte sie sich den Respekt der Spieler für immer verspielt. Wenn sie mitmachte, würde sie als Frau des Chefs, die den Spielern ihren Slip zeigt, in die Geschichte des Vereins eingehen. Und womöglich würde Charlie erfahren, wie sie sich benommen hatte. In seinem Verein!

Doch der Champagner, die schwüle Wärme und der Anblick der elf gut gebauten, halbnackten Männer machten sie mutig. Also stand sie auf, schob ihren Rock hoch und drehte sich um, sodass sie der Mannschaft ihren Hintern präsentierte. Nur ein dünnes Bändchen zwischen den Pobacken schmückte die zarte Haut.

Lautes Johlen brach aus, Pfiffe und Applaus füllten die Kabine, was Hitze in ihre Wangen schießen ließ. Mit glänzenden Augen zog sie den Rock wieder über ihre Hüften und pustete eine Locke aus ihrer Stirn.

Die Anerkennung der anderen über ihren Mut und, so bildete sie sich zumindest ein, ihren prächtigen Hintern, beflügelte sie. Tapfer griff sie zur Flasche und drehte sie hastig auf dem Boden. Als sie kurz vor dem Stillstand war und auf

Jimmy zeigte, stellte sie rasch ihren Fuß auf den Flaschenbauch.

»Hey!«, rief einer der anderen enttäuscht, aber Jenna lachte.

»Jimmys Regeln«, sagte sie und hob entschuldigend die Schultern. Der blonde Quarterback grinste und nickte. »Also, Mädchen. Ich wähle die Pflicht.«

Sie schluckte, damit hatte sie nicht gerechnet. Dabei hatte sie sich gerade so eine gute Frage für ihn überlegt, die mit dem Gerücht zu tun hatte, das sie von Ellen kannte. Enttäuscht runzelte sie die Stirn und dachte fieberhaft nach.

»Du sollst Jerome küssen«, sagte sie dann frech und ließ sich lachend auf die Bank fallen. Jimmy riss verwundert die Augen auf. »Waaaas?«

Jerome sah ebenso konsterniert aus wie er, und Jenna frohlockte über ihren Einfall, der auch den anderen Spielern ein ungläubiges Murmeln entlockte.

»Du hast Pflicht gewählt«, sagte sie hochnäsig. »Also bitte.«

Jimmy fing sich rasch wieder. Er stand auf und ging zu dem nervös wirkenden Jerome rüber. Dann presste er dem großen Schwarzen den Mund auf die Lippen, so schnell, dass Jenna die Berührung kaum sehen konnte.

»So nicht«, maulte sie. »Einen richtigen Kuss will ich sehen!« Die anderen lachten wieder und feuerten die zwei mit Fußgetrampel an. »Küsst euch! Küsst euch!«, riefen sie und johlten wie Indianer auf dem Kriegspfad.

Jimmy warf ihr einen misstrauischen Blick zu, bevor er sich zu dem sitzenden Jerome herabbeugte. Er nahm dessen Gesicht in beide Hände, öffnete leicht seinen Mund und begann, die Lippen des anderen mit seiner Zunge zu liebkosen. Jerome sah nicht gerade begeistert aus, doch nach ein paar Sekunden erwiderte er den Kuss und Jenna sah zu, wie die beiden Zungen miteinander spielten.

Die anderen waren still geworden und beobachteten das Spiel, und Jenna wurde immer heißer. Der Anblick jagte ihr ein erregtes Prickeln zwischen die Beine, sodass sie die Männer rasch unterbrach.

»Reicht, danke!«, sagte sie, und als Jimmy sich sichtlich erleichtert zurückzog, klatschten die anderen Spieler Beifall für seinen Mut.

Jerome wirkte etwas durcheinander und rückte sein Handtuch zurecht. Jenna glaubte, eine leichte Erektion darunter gesehen zu haben und schmunzelte. Es wäre der Albtraum eines jeden Spielers, für schwul gehalten zu werden, das sichere Aus für die Karriere, aber immerhin hatte sie die beiden wildesten Jungs mit dieser Nummer jetzt in der Hand. Sie musste wohl nicht mehr befürchten, dass sie Charlie von ihrem unfreiwilligen Strip vorhin erzählten.

Jimmy drehte die Flasche erneut, die auf Kevin, einen noch sehr jungen Spieler, zeigte. Er entschied sich für die Wahrheit und beantwortete die Frage nach seinem letzten Sexpartner mit »Ich selber!«, was wiederum Gelächter auslöste.

Jennas Fantasie ging mit ihr durch, angeheizt von der Atmosphäre, dem Geruch und dem Champagner. Sie stellte sich vor, wie alle elf Männer nach dem Spiel gemeinsam in die Dusche gingen und gleichzeitig onanierten. Sie sah die verzerrten Gesichter, die muskulösen Körper unter dem warmen Wasser, glitschige Seife, Schaum auf der Haut, spritzende Fontänen der Lust, und sie hörte das laute Stöhnen, das unisono erklang. Sie selbst stand mit gespreizten Beinen in der Mitte der Mannschaftsdusche, während die Männer sie anstarrten und dabei an ihren Schäften rieben.

Sie wurde so rot, dass sie kaum wagte, einem von ihnen ins Gesicht zu sehen. Wenn Charlie wüsste, was sie hier trieb, woran sie dachte, wäre er außer sich. Er würde sich scheiden lassen von ihr, wenn er ahnte, was in ihrem Kopf vorging. *Aber die Gedanken sind frei,* dachte Jenna und lächelte vor sich hin.

Die Fragen waren schlüpfrig, aber unschuldig, die die Spieler sich gegenseitig stellten, trotzdem spürte Jenna, dass jede einzelne davon ihrer Fantasie neue Nahrung gab. Zwischen ihren Beinen war es schon so feucht geworden, dass sie froh war, nicht erneut ihren Slip zeigen zu müssen. Der hätte sie jetzt ziemlich sicher verraten.

»Glückstreffer«, sagte Jimmy, als die Flasche wieder auf Jenna zeigte. Sie schnaufte und wippte nervös mit dem Fuß. Sie war die Einzige, die in der Runde Schuhe trug, aber sie war ja auch die Einzige, die überhaupt bekleidet war, wenn man Badetücher nicht zu alltäglicher Kleidung zählen wollte.

»Wahrheit«, sagte sie, lieber auf Nummer Sicher gehend. Jimmy nickte. »Wie du meinst. Dann beantworte mir bitte folgende Frage ... Wann hast du das letzte Mal Sex gehabt?«

Lautes Grölen machte sich breit, als Jenna puterrot wurde. »Wie bitte?«, fauchte sie. »Was soll das ...?«

Jimmy grinste. »Du hast mich ganz sicher gut verstanden. Ich habe gefragt, wann du das letzte Mal gevögelt hast.«

Jenna atmete hörbar ein. »Du weißt, dass ich verheiratet bin«, sagte sie leise, und einige der Spieler glucksten verhalten. »Aber es ist tatsächlich eineinhalb Jahre her.«

Sie stieß die Luft durch die Nase aus, nachdem die Worte heraus waren, und die plötzliche Stille im Raum war beeindruckend. Man hätte eine Haarnadel fallen hören können.

Es stimmte aber, denn damals hatte Charlie ihr zuliebe eine Viagra genommen und war nur knapp dem Notarzt entgangen. Daraufhin hatte sie ihm verboten, das jemals wieder zu tun und beteuert, dass seine Gesundheit auf jeden Fall wichtiger sei als ein bisschen Sex.

»Ist das dein Ernst?«, fragte Jimmy, und Jenna nickte.

Sie lächelte gequält. »Ich werde keine weiteren Erklärungen dazu abliefern, und es ist mir auch egal, ob du mir das glaubst. Beweisen kann ich es sowieso nicht.«

Jetzt stand Jimmy auf und grinste.

»Oh doch, Mädchen«, sagte er leise und ging auf sie zu. Jennas Herz raste, und sie spürte, wie alles Blut ihren Kopf verließ und sich zwischen ihren Beinen sammelte, als er unmittelbar vor ihr stehen blieb. Sein Geschlecht befand sich direkt vor ihren Augen, nur getrennt von ihr durch das Badetuch, und sie konnte den herben Moschusgeruch darunter deutlich wahrnehmen.

»Ich kenne einen sehr guten Weg, das zu beweisen.« Sie schüttelte den Kopf, doch ihr Körper gehorchte ihr schon lange nicht mehr.

Als er sie zu sich heraufzog und in seine Arme nahm, schloss sie die Augen, bot ihm ihre Lippen dar und versank in dem anschließenden Kuss.

Vergessen waren die anderen Spieler, die sie neugierig beobachteten, vergessen war Charlie, dem ja nicht einmal ihr Hochzeitstag mehr wichtig schien, vergessen war ihre Furcht, die Jungs könnten sich über sie lustig machen. Sie wurde wieder zur siebzehnjährigen Cheerleaderin in seinen Armen, das Herz voller Träume, den Schoß voller Begehren, und sie küsste ihn mit der ganzen Sehnsucht, die sich in ihr gesammelt hatte.

Als sie seine Erektion an ihrem Bauch spürte wurde ihr klar, was sie vermisste. Sie brauchte es plötzlich so sehr, dass es schmerzte. Ihr Innerstes verzehrte sich danach, nach einem Schwanz, der sie heftig stieß, dessen Härte ihr bewies, wie begehrenswert sie war, der sie durchdrang und sie Frau sein ließ.

Jimmy strich mit beiden Händen über ihren Rücken und schob ihr Top vorsichtig hoch, dann zog er es über ihren Kopf. Er trat einen Schritt zurück und musterte sie mit unverhohlener Neugier.

Jenna hielt den Atem an und zog den Bauch ein, drückte den Rücken durch und präsentierte ihren wohlgeformten Körper, auf den sie stolz war. Der Quarterback stieß einen Pfiff aus und lächelte. »Dass der alte Charlie so etwas Schönes nicht gebührend würdigt«, sagte er, dann beugte er sich herab und nahm eine ihrer Brustwarzen zwischen seine Lippen.

Jenna erschauerte und hielt sich an seinem Nacken fest. Ihr war schwindelig, sie schwankte und glaubte, gleich hinfallen zu müssen, vor allem wenn Jimmy heftiger an ihren Brustwarzen sog und sie ganz in seinem Mund aufnahm. Sie schloss die Augen, um die anderen nicht zu sehen, die sie natürlich beobachteten, doch es war ruhig geworden im Raum. Jimmy öffnete ihren Reißverschluss und schob den Rock über ihre Hüften nach unten. Dann griff er nach dem Bändchen ihres Strings und riss es mit einem Ruck durch, sodass der winzige Slip hinabfiel.

Sie widerstand dem Impuls, die Hände vor den Körper zu legen, um sich vor den Blicken zu schützen. Stattdessen erinnerte sie sich wieder an den Tagtraum unter der Dusche und präsentierte sich den elf Männern lächelnd. »Wunderschön«, murmelte Jimmy und ging vor ihr in die Knie, als wolle er ihr einen Antrag machen. Behutsam vergrub er seinen Mund zwischen ihren Schenkeln.

Jenna zitterte am ganzen Körper, als sie die raue Zunge spürte. Sie wollte sich hinsetzen oder hinlegen, sie würde so nicht lange das Gleichgewicht halten können, doch als sie schwankte, schob Jerome sich plötzlich hinter sie. Erleichtert lehnte sie den Rücken gegen den riesigen Muskelprotz und ließ sich fallen.

Jeromes Hände glitten nach vorn und streichelten vorsichtig ihre nackten Brüste. Seine dunklen Hände boten einen reizenden Kontrast auf ihrer hellen Haut. Ihr Busen war nicht klein, aber Jeromes Hände konnten ihn komplett bedecken.

Jimmy leckte sie gekonnt und ausdauernd. Immer wieder stieß er kurz mit der Zunge in sie hinein, um kurz darauf über ihre Perle zu reiben, die hart geworden war und unter der schützenden Haut hervorkam.

»Aaaah, Jimmy«, stöhnte sie, als Jerome anfing, ihre Nippel zu kneifen und die Brüste zu kneten. Dann spürte sie, wie eine weitere Hand sich an ihr zu schaffen machte.

Jemand drängte einen Finger in sie, während Jimmy weiter leckte, zwang ihre Labien auseinander und tauchte in ihre Feuchte ein. Sie spreizte die Beine weiter und ließ ihn hinein, dann wagte sie, die Augen wieder zu öffnen.

Die anderen Männer saßen nach wie vor auf den Bänken und starrten beinahe fassungslos auf die kleine Gruppe. Einigen war das Handtuch verrutscht, und sie offenbarten eine deutliche Erektion.

Jenna genoss den Anblick, ließ die Augen über die Muskeln und die entblößten Glieder huschen und atmete die Männlichkeit ein, die sich in dem kleinen Raum ausbreitete. Sehnsüchtig gab sie sich den kundigen Fingern und Zungen hin, die ihre Lust aufheizen.

Einer der Spieler war aufgestanden und goss etwas Champagner über ihren Bauch, der sofort schäumend an ihr herabrann und auf Jimmys Gesicht tropfte. Er verteilte das sprudelnde Getränk gekonnt auf ihrer Scham, was ihr einen erneuten wollüstigen Seufzer entlockte.

Dann wurde sie von mehreren Händen in die Luft gehoben, nackt bis auf die hochhackigen Sandalen, und durch den Raum getragen. Sie schwebte, sie flog, gehalten von den starken Armen der Männer, die wie auf einer Prozession mit ihr durch die Umkleide gingen und ihrer Schönheit stumm huldigten.

Im Sanitätsraum öffnete Jenna die Augen, als man sie auf eine breite Lederliege setzte. Jimmy stellte sich vor sie und spreizte ihre Beine. Er legte ihre Schenkel auf seine breiten Schultern und küsste sie lustvoll.

Sie schmeckte die Leidenschaft und Gier in seinem Kuss, und sie knabberte an seinen Lippen, während seine Zunge sie aufwühlte und mit ihr spielte. Sein hartes Glied streifte an ihren Labien und ihrer Klit entlang, wie zufällig, und sie erschauerte sehnsüchtig bei jeder kleinen Berührung.

Jerome schob sich hinter sie auf die Liege und zog sie zwischen seine Beine. Seine Erektion war mächtig und drückte sich fest gegen ihre Pobacken, aber er machte keine Anstalten, in sie einzudringen. Stattdessen kümmerten sich seine Hände wieder ausgiebig um ihre harten Nippel, die sich dunkelrot gefärbt hatten und wie kleine Kirschkerne von ihren Brüsten abstanden.

»Oooh«, jammerte sie, als Jimmy mit seinem Penis gegen ihre Perle klopfte und ihn über ihre feuchten Schamlippen gleiten ließ. Ihr Kitzler pochte heftig, Jimmy drückte sein Becken fest gegen ihre Scham und rieb immer weiter mit seinem Schwanz an ihr.

»Aaah«, machte sie, als der blonde Eric sich fast verschämt neben das Kopfteil der Liege stellte und ihr sein Glied präsentierte, das vor Erregung voll und hart war. Die Adern traten schon hervor, und sie musste es einfach anfassen. Zu lange war es her, dass sie einen erigierten Penis berührt hatte, und als sie ihn jetzt so dicht vor sich sah, beschleunigte sich ihr Puls.

Jimmy widmete sich weiter ihrem Schoß und trieb den Saft durch die intensive Reibung aus ihr heraus. Sie spürte, wie er sich an ihrem Schenkel entlang einen Weg auf die Liege bahnte und eine Pfütze unter ihr verursachte. Seufzend versuchte sie, ihn mit den Füßen fester an sich zu pressen, damit er endlich in sie eindränge, aber er hielt sich zurück und gab ihr nur eine kleine Kostprobe dessen, was sie später hoffentlich erwartete.

Dann legte sie die Lippen um den harten Schaft des Jungen, den sie *The Kid* nannten, und genoss das Gefühl der Härte und Weichheit, diese unnachahmliche Konsistenz, die in der Natur ihresgleichen sucht.

Sie spielte mit ihm, neckte ihn, leckte durch die kleine Spalte auf der Eichel, schob mit der Zunge die Vorhaut zurück, und schmeckte die winzigen Lusttropfen, die dort hervorquollen.

Der Junge stöhnte und sah sie mit glänzenden Augen an. Er roch und schmeckte nach Meer, nach salzigem Schweiß, und sie nahm ihre Hand zu Hilfe, um an seinem Schaft zu reiben, während ihre Zunge ihn weiter auslutschte. Er brauchte nicht lange, und mit einem hilflosen Flackern in den Augen stöhnte er langgezogen auf, als er in ihrem Mund zuckte und sich in ihr ergoss.

Jenna strahlte und schluckte, was der Junge herzugeben hatte. Wie lange hatte sie sich danach gesehnt, einen Mann zu lutschen, dieses Gefühl der Macht auszukosten, wenn er in ihrem Mund wuchs und immer härter wurde, diesen Moment herbeigesehnt, wenn er sich nicht mehr beherrschte und für ein paar Sekunden jede Kontrolle verlor.

Sie löste den Kopf von dem Jungen und sah direkt in Jimmys Augen, die vor ihrem Gesicht funkelten.

»Gib ihn mir«, flüsterte sie. »Gebt ihn mir beide!« Sie schob sich mit beiden Armen weiter nach oben und stützte sich mit den Händen auf der Liege ab.

Die Männer verstanden, aber Jimmy schüttelte den Kopf. »Bist du sicher?«, fragte er. Sein Schwanz stand erregt und steif von ihm ab, Jenna konnte die Augen nicht von ihm abwenden.

Er war lang, dick und gerade, ohne lästige Härchen, auch die prallen Hoden darunter waren gründlich rasiert und boten ein appetitliches Kissen für sein Glied. Das Gerücht hatte sich bestätigt – Jimmy hatte in der Tat einiges zu bieten, und Jenna wollte alles davon.

Der Gedanke an die beiden riesigen Schwänze vor und hinter ihr jagte ihr eine Gänsehaut über den Rücken. Sie wollte sie jetzt, alle beide, gleichzeitig. Sie war so entwöhnt, dass ihr Körper sich danach verzehrte, und sie war sich sicher, genug Platz für beide zu bieten.

»Ja«, hauchte sie, ihre Wangen brannten und ihr Mund war entsetzlich trocken. »Bitte!«

Jerome hob sie an den Hüften hoch, und sie legte sich mit gespreizten Beinen rücklings auf ihn, bis sie ihn an ihrem Eingang spürte. Sie drückte den großen schwarzen Schwanz mit der Hand gegen ihre Mösenlippen und rieb sich an ihm, verteilte ihre Feuchte auf seinem Schaft und stieß die gerötete Eichel immer wieder gegen ihre Perle, bis diese so heftig pulsierte, dass sich ihr ganzer Unterleib lustvoll zusammenzog.

»Komm!«, rief sie, und endlich drang Jerome von hinten in ihre Möse.

Quälend langsam schob er seine Härte in sie hinein, half mit beiden Händen nach, und Jenna spreizte ihre Beine so weit sie konnte. Sie präsentierte sich den beiden Männern und den um sie herumstehenden Zuschauern schamlos, die meisten von ihnen hielten ihre Erektion in den Händen und rieben mit weggetretenem Gesichtsausdruck daran.

Wo auch immer sie hinsah, sie sah nur noch Schwänze – große, kleine, harte, fast harte, rasierte und unrasierte, von Adern durchzogene und ganz glatte, dunkle und helle, mit rosiger Spitze oder mit dunkelroter Eichel.

Sie jauchzte vor Freude, als Jerome sich vorsichtig in ihr bewegte. Er war so groß, dass er sie schon ganz ausfüllte, trotzdem zog sie Jimmy mit den Füßen zu sich heran, der sich auf die Liege kniete und sich über sie beugte, um an ihren harten Nippeln zu knabbern.

»Komm«, flüsterte sie heiser, »komm!«

Er zögerte nur kurz, dann versuchte er, sich in sie hineinzuschieben, gesellte sich zu Jeromes Größe, die bereits in ihr steckte, schob sich Zentimeter für Zentimeter voran und dehnte sie langsam, weitete sie, bis sie laut aufschrie und ihre Hände in seinen Rücken krallte.

»Oh ja, fickt mich, beide«, flüsterte sie heiser. Ihr ganzer Körper war in Schweiß gebadet und rutschte auf Jerome herum, der unter ihr keuchte. Sie spürte, wie die beiden Männer sich in ihr trafen und sich mit ihr vereinten, und sie fühlte sich so ausgefüllt wie noch nie in ihrem Leben.

Immer abwechselnd stießen sie zu, geduldig auf den anderen wartend, in einem gemeinsamen Rhythmus, der Jenna den Atem raubte. Die beiden Schwänze rieben sich aneinander, was den Männern ein besonders lautes Stöhnen entlockte, bei jedem Stoß, den einer von beiden ausführte. Jenna ließ sich auf ihren Takt ein und klammerte sich an zwei Spielern fest, die neben der Liege standen und sich selbst wichsten. Ein kräftiger Unterarm links, ein muskulöser rechts. So schaffte sie es, die Kontrolle zu behalten und nicht von Jimmy und Jerome herunterzurutschen.

Ihre Möse war so prall gefüllt von den beiden Schwänzen, dass es beinahe schmerzte, aber sie genoss jeden Stoß, jedes Pumpen der Männer, und ihr Muskel zog sich schon heftig zusammen.

»Uuuh«, stöhnte Jenna, als ihre Beine sich versteiften und ein ungeheures Beben sich ankündigte. Jimmy stieß ein paar Mal so kräftig zu, wie die Enge es zuließ.

Dann kam sie. Und kam. Es hörte nicht auf.

Ihr ganzer Unterleib verkrampfte sich, der Höhepunkt schüttelte sie minutenlang. Sie schrie, sie keuchte, sie lachte, und neben ihr schüttelten sich nun auch die vielen Schwänze. Sie zitterten und zuckten und strebten gemeinsam mit ihr dem Gipfel entgegen, bis ihre Besitzer stöhnend ihre Lust in Kaskaden ausspuckten.

***

Sie atmete schwer, als die beiden Männer sich aus ihr gelöst hatten, und ließ sich rücklings auf die Liege fallen. Ihre Spalte brannte, aber der Schmerz war angenehm, erfüllend. Sie wusste, was ihr gefehlt hatte, und der Gedanke, dass sie nun wieder ein Leben ohne dieses Gefühl erwartete, trieb ihr die Tränen in die Augen.

»Alles okay?«, fragte Jimmy vorsichtig, während die anderen Männer sich langsam in die Umkleide zurückzogen. Der kleine Raum roch nach Sex und Sperma, nach ihrem Saft und nach Schweiß. Eine aufregende Mischung, ein seltsames Parfüm der Lust. Jenna nickte und wischte eine Träne aus dem Augenwinkel.

»Perfekt«, flüsterte sie und legte den Kopf auf die Liege zurück.

»Jenna!« Die vertraute Stimme ließ sie wie vom Schlag getroffen hochfahren. Jenna hob den Kopf und sah direkt in Charlies

Augen. Sie zitterte, Tränen der Scham und Reue schossen in ihre Augen, doch dann bemerkte sie irritiert, dass er lächelte.

Er zog sie von der Liege zu sich hoch und küsste sie leidenschaftlich.

»Hast du etwa zugesehen?«, fragte sie verdattert, nachdem sie sich atemlos von seinen Lippen gelöst hatte. »Hast du das alles gewusst?«

Er nickte und strich mit der Hand über ihre Wange. »Alles Gute zum Hochzeitstag, Darling.«

Jenna stöhnte leise auf und schmiegte ihr Gesicht an seine Brust. Sie lächelte glücklich, als sie seine Erektion an ihrer Hüfte spürte ...

Yacht der Sünde

Die Sonne brannte vom perfekt blauen Himmel, als Emma aus dem Wagen kletterte. Nur mühsam fand sie in ihren hochhackigen Sandaletten Halt auf dem unebenen Boden des Hafenkais.

Sie seufzte laut und warf ihrem Mann einen genervten Blick zu. »Das mache ich nur dir zuliebe«, nörgelte sie und zerrte den großen Leinenbeutel vom Beifahrersitz, in dem sie ihre wichtigsten Utensilien verstaut hatte.

Jason grinste und packte wortlos zahlreiche Taschen und Kisten aus dem Kofferraum aus.

»Brauchen wir wirklich so viel Zeug?«, fragte sie und ging um das Auto herum, um seinen Bemühungen zuzusehen.

»Darling, wir werden ein paar Tage an Bord sein, und auf dem Meer gibt es leider nur sehr wenige Einkaufsgelegenheiten«, erklärte er geduldig und schlug den Kofferraumdeckel geräuschvoll zu, sodass sie zusammenzuckte. »Und ich nehme an, Hunger wird deine Laune nicht gerade verbessern, oder?«

Er hielt ihr den schwarzen Lederkoffer hin, den sie trotz seiner Einwände mit ihren Klamotten gepackt hatte. Er würde durch das Salzwasser leiden, hatte er zu bedenken gegeben, doch sie weigerte sich, ihre teuren Kleider und Schuhe in eine alte Sporttasche zu knüllen.

Sie waren jetzt seit fünf Jahren verheiratet, und Jason hatte sich den Segeltrip im Urlaub sehr gewünscht. Nachdem sie dreimal abgelehnt hatte, weil sie sicher war, dass ihr auf dem Segelboot übel werden und sie sich ansonsten tagelang nur langweilen würde, hatte er sich über ihren Willen hinweggesetzt und das Boot einfach gemietet.

Nun stand sie hier am Kai und starrte auf die kleinen und größeren Segelboote vor sich, die im Wasser sanft schaukelten.

Auf einigen Booten herrschte Leben, es wurde geputzt und aufgeräumt, sie hörte Lachen und sah junge Frauen in kurzen Jeanshosen, die barfuß über das Deck tapsten oder in der Sonne lagen.

»Hoffentlich ist das Boot wenigstens groß genug«, sagte sie und folgte Jason, den Koffer mühsam hinter sich her schleifend. »Wenn ich nun tagelang in einer kleinen Nussschale auf dem offenen Meer umherfahren muss ...« Jason antwortete nicht, und sie war nicht sicher, ob er ihre Missfallensbekundungen überhaupt registrierte.

Der Gang über den Pier war anstrengend. In den Rissen zwischen den alten Holzplanken blieben ihre Absätze stecken, und sie verfluchte Jasons Idee zum hundertsten Mal an diesem Tag. Fast am Ende des langen, schwankenden Holzsteges blieb er endlich stehen und drehte sich mit einem strahlenden Lächeln zu ihr um.

»Na, was sagst du? Ist das nicht wunderschön?«

Emma blinzelte gegen die Sonne und strich sich eine Haarsträhne aus dem Gesicht, die der Wind ihr in die Augen geweht hatte. »Ganz toll«, sagte sie und bemühte sich, nicht zu ironisch zu klingen.

Sie wusste, dass sie gemein war, aber für Boote und Schiffe hatte sie noch nie etwas übrig gehabt, und der Gedanke, dass sie nun tagelang mit Jason allein auf so einem Kahn über das Meer schippern musste, ohne Kultur, Zivilisation und Einkaufsmöglichkeiten, regte sie auf.

»Komm mit«, sagte er und stellte die großen Taschen auf dem Steg ab, bevor er ihr seine Hand reichte. »Und zieh die Schuhe aus. An Bord sind Absätze nicht erlaubt.«

Schmollend streifte sie die Sandaletten von den gebräunten Füßen und umklammerte seine Hand, als sie über den schmalen Steg auf das Boot kletterte.

Es schwankte, sodass sie panisch aufschrie, aber Jason lachte nur und zog sie mit einem Ruck über die Reling an Bord, wo sie in seine Arme fiel.

»Oh Gott«, stöhnte Emma und hielt sich den Bauch. »Mir wird ja jetzt schon übel! Ist das normal, dass das so schaukelt?«

Er nickte und wies mit dem Arm auf eine Tür in der Mitte des weißen Bootes, die nach innen führte.

»Nach dir«, sagte er, und noch immer missmutig kletterte sie mit eingezogenem Kopf in das Innere.

Unten staunte sie.

Die Kabine war elegant und modern eingerichtet, eine große Sitzlounge aus weißem Leder lud zum Verweilen ein, und sogar eine perfekt ausgestattete Küche gab es hier. Neugierig ging sie weiter hindurch und fand im vorderen Teil zwei Schlafkabinen mit jeweils einem schmalen Doppelbett. Der Blick hinter eine Tür offenbarte ein sehr kleines, pragmatisch eingerichtetes Bad mit Toilette, Waschbecken und einer winzigen Duschkabine aus Resopal.

»Und wo ist mein Bad?«, fragte sie bewusst zickig, als sie wieder auftauchte und sich dabei fast den Kopf stieß.

Jason seufzte. »Du wirst wohl ein paar Tage lang mit dem kleinen Bad auskommen können, oder etwa nicht? Mach doch nicht immer so ein Drama.«

Mach doch nicht immer so ein Drama! Das war mal wieder typisch. Er trat ihren Willen mit Füßen und nötigte sie dazu, sich tagelang auf See zu Tode zu langweilen, aber *sie* machte das Drama. Schon klar!

Genervt setzte sie ihren Rundgang durch das Boot fort, ohne Jason gegenüber zuzugeben, dass er einen wirklich schicken Kahn ausgewählt hatte.

Sie würde sich fühlen wie Jackie Kennedy auf der Yacht ihres reichen Gatten, sie könnte den ganzen Tag auf einem der bequemen Liegestühle an Deck liegen und sich die Sonne auf den nackten Körper scheinen lassen, schließlich bekäme sie außer Jason niemand zu Gesicht.

Tatsächlich freute sie sich jetzt sogar ein bisschen auf den Trip. Nur sie beide, tagelang allein auf hoher See ... Die Idee ließ aufgeregtes Kribbeln in ihr hochsteigen.

Vielleicht würden sie sich endlich einmal wieder richtig ausgiebig lieben, an Deck, oder in der kleinen Kabine unten, vielleicht sogar im Wasser, weit draußen, schwerelos. Emma schloss die Augen und genoss das sanfte Schaukeln des Bootes unter ihren Füßen.

Er hatte doch recht: Durch die viele Arbeit waren sie als Paar wirklich zu kurz gekommen, und es war vielleicht perfekt für sie, ein paar Tage in trauter Zweisamkeit zu verbringen, ohne jegliche Ablenkung, nur sie beide.

Sie ignorierte das Gefühl von Panik, das bei dem Gedanken, ihrem Mann auf Gedeih und Verderb ausgeliefert zu sein, in ihr hochkam. Was wäre, wenn er über Bord fiele? Sie würde ihn wohl kaum retten können, geschweige denn, wäre sie in der Lage, mutterseelenallein das Boot an Land zu steuern.

Sie würde verhungern, verdursten, inmitten der riesigen *Salzwasserwüste,* in der sie umherschaukelte.

»Nun hör auf mit dem Blödsinn«, schimpfte sie leise mit sich selbst und warf ihren Koffer auf das schmale Bett in einer der Kabinen. Da Jason schnarchte, schlief sie am liebsten getrennt von ihm, und sie war froh über die zweite Schlafgelegenheit.

»Bist du zufrieden mit deinem neuen Zuhause?« Jason steckte den Kopf mit den sorgfältig kurzgeschorenen Haaren durch die ovale Türöffnung und lächelte erwartungsvoll. Emma hob die Schultern und stieß die Luft durch die Nase aus.

»Ich werde es überleben«, sagte sie hochmütig und drückte sich an ihm vorbei in den Rumpf des Bootes, das plötzlich heftiger schaukelte als zuvor.

»Hast du genug zu trinken dabei?«, fragte sie dann. »Ich möchte ungern auf dem Mittelmeer verdursten.«

Jason lachte. »Wir haben einen dreihundert Liter fassenden Tank mit Trinkwasser an Bord. Wenn du morgens nicht zu lange duschst, sollte das reichen, wir planen schließlich keine Weltumsegelung.«

»Umsegelung?« Emma holte tief Luft und baute sich vor ihrem Mann auf. »Erwarte bloß nicht, dass ich dir dabei helfe! Ich kann das Ding hier weder steuern, noch kann ich die *Segel halten* oder so was!«

Jason lachte. »Die Segel halten brauchst du auch nicht, Darling. Und keine Sorge, das Steuern übernehme ich. Du darfst deinem Luxuskörper die verdiente Ruhe gönnen, vielleicht klappt es ja dank der kleinen Auszeit dann auch endlich mit dem ersehnten Nachwuchs.«

Er legte eine Hand um ihre Taille und zog sie zu sich heran, um sie zu küssen. Widerwillig drückte sie ihre Lippen kurz auf seine und schob ihn dann von sich.

»Mal sehen«, murmelte sie.

Dass es mit dem Nachwuchs bisher noch nicht geklappt

hatte, war sicherlich nicht ihre Schuld. Laut ihres Frauenarztes war alles in bester Ordnung mit ihr, aber Jason weigerte sich, sich untersuchen zu lassen. Sie hatten nicht mehr allzu häufig Sex, höchstens einmal in der Woche, und von der Leidenschaft der ersten Zeit war auch nicht mehr viel übrig. Meistens betrachtete sie den Sex mit Jason als Einschlafhilfe für beide, zumal sie selbst dabei selten auf ihre Kosten kam.

Sie liebte ihren Mann, der ihr aufgrund seines stressigen und anstrengenden Berufes immerhin ein sorgenfreies Leben im Luxus verschaffte, aber die Leidenschaft, die war mit dem Alltag den Müllschlucker runtergegangen. Der lang ersehnte Urlaub in Südfrankreich sollte sie zurückbringen, nur war ihnen das bisher nicht gelungen.

Leidenschaft braucht Hindernisse, dachte Emma, während sie den mitgebrachten Proviant in den Kühlschrank packte. Als Autorin kitschiger Liebesromane war sie in den letzten Jahren beinahe verzweifelt an der riesigen Diskrepanz zwischen dem realen Eheleben und den amourösen Abenteuern ihrer Romanhelden, die das Leben lebten, das sie sich wünschte. Abenteuer, Romantik, und die berühmten Hindernisse.

Nie hätte sie sich träumen lassen, dass sie einmal so enden würde – als frustrierte Ehefrau eines erfolgreichen Mannes, die sich vor Sorglosigkeit langweilte und sich nichts sehnlicher wünschte, als ein wenig Aufregung im Leben. Etwas Unvorhergesehenes, Ungeplantes, irgendetwas, das den Trott des Alltags unterbrach. Doch Jason tickte so vorhersehbar wie ihre teure Armbanduhr.

»Was gibt es zu seufzen?« Jason stand mit verschränkten Armen in der Tür und beobachtete sie. Emma richtete sich umständlich auf und hielt sich dabei an dem schwankenden Tisch neben dem Kühlschrank fest.

»Ist schon gut. Wie lange hattest du geplant, auf See zu bleiben?«

Jason zuckte die Achseln. »Fünf Tage voraussichtlich. Es kommt darauf an, welche Winde wir haben. Aber wir bleiben ja nicht die ganze Zeit auf hoher See, wir segeln nach Korsika und umfahren dann die Insel, von einer schönen Bucht zur nächsten.«

»Wie hast du dir das mit dem Essen vorgestellt?« Fragend hob sie die Augenbrauen und wies mit der Hand auf die winzige Küche, die kaum genug Platz für ihre schmale Figur bot. Jason lachte.

»Die Pantry ist perfekt ausgestattet für ein Boot«, erklärte er. »Und für den Notfall habe ich ein paar Konserven eingekauft.«

Emma schnaufte wieder. Konserven! Die hatte sie seit ihrer Kindheit nicht mehr bewusst wahrgenommen, das war unter ihrer Würde.

»Sieh dich ruhig noch ein wenig um, ich warte in der Zwischenzeit an Deck«, sagte Jason und verschwand über die schmale Treppe nach oben. Auf wen oder was wartete er denn bitte? Auf besseres Wetter? Kräftigeren Wind?

Missmutig tapste Emma durch das Unterdeck und betrachtete die zwar moderne, aber für ihre Verhältnisse auch höchst spartanische Einrichtung. Nicht einmal einen Fernseher oder gar Internetempfang hatte sie hier, sodass auch die Ablenkung durch ihren Laptop ausgeschlossen war. Zum Glück hatte sie genug Bücher eingepackt, falls die Langeweile zu groß werden würde. Was sicher war.

***

Nachdem sie ihren Rundgang beendet hatte, beschloss sie, schon einmal das Outfit zu wechseln und sich für die Fahrt vorzubereiten. Wie sie es aus verschiedenen Magazinen kannte, wollte sie in dem kleinsten Bikini, den sie hatte, und mit dem größten Hut, den sie auf der Reise in St. Tropez gekauft hatte, auf dem Deck liegen und in den viel zu blauen Himmel starren.

Emma schlüpfte aus ihrem Leinenkleid und ihrer Wäsche und wühlte in dem teuren Koffer nach ihrem Lieblingsbikini. Türkisgrün, winzig klein und mit glänzenden, kleinen Muscheln verziert, würde er doch sofort den Zauber von St. Tropez auf die kleine Yacht übertragen.

»Oh, Verzeihung!« Die helle, unbekannte Männerstimme ließ sie zusammenfahren, bevor ihr bewusst wurde, dass sie der ovalen Türöffnung hinter sich gerade ihren noch ziemlich blassen Hintern präsentierte.

Es war eindeutig nicht Jason, der frech schmunzelnd dort stand und sie unverhohlen anstarrte, nachdem sie sich mit hochrotem Kopf umgedreht hatte.

Sie tastete nach dem Kleid und hielt es notdürftig vor ihre Blöße. »Wer sind Sie?«, zischte sie dann wütend, und ihr Herz klopfte bedeutend heftiger bei seinem Anblick. Der Mann war gut zehn Jahre jünger als sie, tief gebräunt, die blonden Haare waren von sonnengebleichten Strähnchen durchzogen, und seine grünen Augen blitzten neugierig und frech.

»Ich bin der Skipper des Bootes«, erklärte er ruhig und mit einem deutlich französischen Akzent, versuchte aber gar nicht, sein Interesse an ihrem Körper zu verbergen.

Emma schlang den Stoff des Kleides fester um sich und verschränkte die Arme vor der Brust. »Was tun Sie hier auf dem Boot? Mein Mann hat es für eine Woche gemietet«, sagte sie betont hochnäsig und warf das Haar in den Nacken. Sein Schmunzeln wurde zu einem breiten Grinsen, und als sie seinem Blick folgte, stellte sie fest, dass das Kleid nur ihre Brüste vor ihm verbarg, ihre rasierte Scham jedoch lag offenherzig und nackt vor ihm. Hastig zog sie den Stoff weiter herunter und verfluchte sich für die Röte, die ihr deutlich spürbar in die Wangen schoss.

»Ich begleite Sie und Ihren Mann. Oder sind Sie so ein guter Maat, dass Sie ohne einen Skipper auskommen können? In diesem Fall werde ich mich sofort wieder verabschieden und Sie beide den Winden überlassen.«

Er lehnte sich mit überkreuzten Armen gegen die Türöffnung und machte keine Anstalten, aus ihrer winzigen Kabine zu verschwinden. Unverschämtheit!

»Ich war gerade dabei, mich umzuziehen«, sagte Emma und versuchte, ihre Verlegenheit zu überspielen. »Es wäre daher sehr höflich, wenn Sie sich aus meinem Zimmer zurückziehen könnten, bis ich fertig bin.« Seine Jugend war keine Entschuldigung für diese Frechheit ihr gegenüber, beileibe nicht.

»Tut mir leid, aber das hier ist meine Kabine«, sagte er und stieß sich mit dem Rücken von der Wand ab. Emma machte unwillkürlich einen Schritt nach hinten.

Er würde ja wohl nicht über sie herfallen, nur weil sie sich ihm nackt und schutzlos präsentiert hatte? Mit flatternden Lidern warf sie einen Blick hinter ihn in den Gang. Wo war Jason bloß? Er musste doch wissen, dass sie mit diesem Typen hier unten ganz allein war!

Die Tätowierung auf den muskulösen Oberarmen jagte ihr Schauer über den Rücken. Er trug ein schwarzes Muscle-Shirt und eine dreiviertellange, unten nachlässig abgeschnittene Jeans. Die Füße waren barfuß und ebenso braun wie der Rest seines Körpers.

»Aber ich ...«, begann sie, doch sein Atem in ihrem Gesicht unterbrach sie.

»Kein Problem«, sagte er leise, und sie spürte, dass sie zu

zittern begann. »Ich teile gern.« Seine Augen streichelten ihren Körper, und für den Bruchteil einer Sekunde verspürte sie den Impuls, das Kleid einfach fallen zu lassen und sich ihm zu offenbaren. Dann tauchte Jasons Kopf hinter dem Skipper auf.

»Emma! Wie unhöflich, dich in diesem Aufzug unserer Begleitung zu präsentieren! Ich wollte euch gerade miteinander bekannt machen.«

Er runzelte die Stirn und sah sie tadelnd an.

Wieder errötete sie, antwortete aber betont schnippisch. »Die Frage ist, wer hier unhöflich ist. Immerhin war ich gerade dabei, mich umzuziehen, als ...«

Hilfesuchend ließ sie den Blick zu dem jungen Mann schweifen, der noch immer grinste, sich aber nun zwei Schritte von ihr zurückgezogen hatte. Mehr war in der Enge des Raums nicht möglich.

»Antoine«, sagte er und nickte kaum sichtbar. »Entschuldigen Sie bitte, Mr Wright, aber diese Kabine hier war für mich vorgesehen und ich wusste nicht, dass Ihre Frau sich ebenfalls hier niederlassen wollte. Es war unhöflich von mir, einfach hineinzugehen, aber die Tür stand offen.«

Jason lachte. »Typisch Emma. Du hast doch nicht wirklich geglaubt, ich würde mit dir allein nach Italien segeln? Um Himmels willen, wer sollte sich denn um die Segel kümmern, während ich das Boot steuere?«

Emma schob beleidigt die Tür von innen zu. »Ich möchte mich jetzt wirklich umziehen«, rief sie nach draußen. »Ich komme später rauf.«

Ihr Herz raste noch immer, als die schmale Öffnung in der Wand endlich verschlossen war, doch die grünen Augen in dem von tiefen Grübchen durchzogenen Gesicht verschwanden nicht.

»Ganz ruhig, Emma«, murmelte sie. »Er ist noch ein Junge, viel zu jung für dich. Und ganz sicher nicht an reiferen Frauen interessiert.« Hastig streifte sie den türkisfarbenen Bikini über, band sich aber, entgegen ihres eigentlichen Plans, auch noch den kurzen Pareo in der gleichen Farbe um die Hüften. Aus der Traum vom Nacktbaden in Sonne und Meer. Mit zusammengekniffenen Lippen räumte sie ihre Kleider in die Nachbarkabine und machte Platz für den Jungen.

***

»Da bist du ja!« Jason strahlte bis an die Ohren, als sie das Deck betrat. Er war gerade dabei, lange Taue sorgfältig aufzuwickeln.

»Wir legen gleich ab. Bleib hier oben und sieh dir das an, Antoine ist ein Meister, trotz seiner Jugend. Ich war erst skeptisch, dass wir so einen jungen Skipper bekommen, aber wie er mit dem Boot umgeht ...«

Jasons Schwärmerei war kindisch, und Emma schnaufte verächtlich. Was war schon dabei, wenn man so ein ungehobelter französischer Junge war, der sicherlich schon als Kind die ersten Segel gehisst hatte? Wahrscheinlich hatte er nicht einmal eine Schule besucht, geschweige denn, eine richtige Ausbildung genossen.

Sie setzte sich auf die Liegefläche hinter dem Steuer und beobachtete den Skipper, der an den Segeln herumfummelte, während Jason sich hinter das Steuer stellte und verzückt an einigen Instrumenten spielte. Warum nur konnte er sich nicht einfach für eine Modelleisenbahn erwärmen wie alle anderen Männer seines Alters auch?

Sie schloss die Augen und genoss die Wärme der Sonnenstrahlen auf der Haut. Über ihrem Kopf kreischten ein paar Möwen, und es herrschte reger Betrieb im Hafen. Auf vielen Booten waren Menschen dabei, Vorbereitungen für ihren Segeltörn zu treffen. Am Kai standen einige junge Frauen mit Sonnenbrillen und Kopftüchern und plauderten angeregt auf Französisch.

»Antoine hat gesagt, dass wir auf der Tour Delfine sehen werden!«, rief Jason lauter als nötig, was Emma zu einem missbilligenden Stirnrunzeln veranlasste.

»Ich bin nicht taub«, fauchte sie und sah auf das Meer hinaus, auf dem in einiger Entfernung weiße Segelboote wie Nussschalen schwammen.

»Tu es prêt, Jason?«, rief der blonde Junge von vorn, und ihr Mann nickte und strahlte dabei mit der Sonne am blauen Himmel um die Wette.

»Ready to go!«, antwortete er und startete den Motor. Der Geruch von Diesel stieg Emma in die Nase, und sie keuchte.

»Um Himmels willen!«, rief sie gegen das laute Motorgeräusch. »Ich dachte, wir segeln!«

»Natürlich, aber wir müssen doch erst mal auf See, bevor wir die Segel setzen können«, rief Jason. Das Geschrei an Bord war nicht gerade romantisch. Hoffentlich würden sie sich nicht die ganze Zeit über so anbrüllen müssen.

Das Boot tuckerte sanft durch das Hafenbecken, vorbei an einigen großen Ausflugsschiffen, imposanten Yachten und kleinen Sportbooten. Emma streckte die Beine aus und genoss die Brise, die durch ihr Haar fuhr und die Locken fliegen ließ. Immer kleiner wurde der Kai am Ende, immer kleiner die Menschen darauf, die bald nur noch wie Spielzeugfiguren aussahen.

Sie sollte sich mit Sonnencreme einreiben, bevor sie hier schutzlos verbrannte. Ihre Haut war sehr englisch, hell und mit winzigen, kaum sichtbaren Sommersprossen übersät, die sich schon jetzt nach einer Woche in Südfrankreich verdunkelt hatten und immer dunkler wurden.

»Geht es dir gut?« Die klare, helle Stimme riss sie aus ihren Gedanken. Irritiert sah sie sich um. Der Junge stand direkt hinter ihr und lächelte breit. Seine Oberlippe wölbte sich mit einer tiefen Einkerbung über der eigentlich viel zu vollen Unterlippe, die schneeweißen Zähne blitzten in der Sonne. Seine gebräunte Haut glänzte, und in den tiefgrünen Augen konnte sie sich förmlich spiegeln.

»Alles in Ordnung«, brachte sie hervor und warf einen hastigen Seitenblick auf Jason, der noch immer fröhlich am Steuer stand und ihr den Rücken zukehrte.

»Wir werden einen schönen Trip haben«, sagte Antoine und legte den Kopf in den Nacken. »Das Wetter wird halten, mindestens für die nächsten Tage. Wir können gemütlich und ruhig segeln. Ich werde dir die Delfine zeigen, und wenn du magst, auch noch mehr.« Emma blinzelte verwirrt.

»Du versuchst hier nicht gerade, mich anzumachen, im Beisein meines Ehemanns, oder?«, fragte sie scharf, aber leise genug, dass Jason sie nicht hören würde. Der Hafen und die Kaimauer waren jetzt so weit entfernt, dass sie sie nur noch erahnen konnte. Vor ihnen lag der blaue Horizont, die Weite des Meeres, ohne Ziel, ohne ein sichtbares Ende.

Antoine grinste.

»Du bist eine schöne Frau«, sagte er leise und hockte sich neben sie. Unwillkürlich zog sie die Beine an sich und rutschte ein Stück ab. »Wäre es nicht verwerflicher, wenn ich es nicht versuchen würde?«

Sie schnaubte. »Du bist ein Junge. Ein ungebildeter, kleiner Junge. Ich möchte nicht weiter von dir belästigt werden, sonst werde ich Jason darüber informieren.«

Sanft strich er mit den Fingerkuppen über ihren nackten Arm, dessen Härchen sich sofort wie elektrisiert aufstellten.

Seine Hände waren rau, geprägt von der harten körperlichen Arbeit auf diversen Segelbooten. Er roch nach Schweiß, Meersalz und Sonne.

»Antoine? Ich denke, wir können jetzt die Segel setzen!«, rief Jason, ohne sich zu ihnen umzudrehen. Der Junge richtete seine dunkelgrünen Augen auf Emma und antwortete, ohne den Blick von ihr zu lösen.

»D'accord, Jason!« Mit einem eleganten Schwung sprang er auf und kletterte zum Mast, wo er damit begann, die Segel zu ordnen.

Emmas Herz raste. Was war nur in den Jungen gefahren? Er kannte sie doch gar nicht, und er wusste, dass sie mit ihrem Mann auf dem Boot war. Aber seine Flirtereien hatten sie nicht kalt gelassen. Zwischen ihren Schenkeln fühlte sie Hitze, die nicht unbedingt nur von der erbarmungslos glühenden Sonne kam. Wann hatte Jason ihr eigentlich zuletzt gesagt, dass sie schön sei?

Rasch kehrte sie den Männern den Rücken zu und streckte die Beine wieder aus, während sie auf das Meer hinter sich starrte.

Der Wind wehte kräftig auf hoher See und bauschte die nicht mehr ganz weißen Segel. Jason sah so entspannt und glücklich aus wie schon lange nicht mehr, und sie beneidete ihn darum, dass er mit dem Segeln offenbar etwas gefunden hatte, das ihn vollständig entspannte.

Sie selbst spürte die Unruhe und Ungeduld des Lebens schon wieder in sich kribbeln wie einen Haufen Ameisen. Das nichtsnutzige Herumsitzen an Deck war für einige Stunden schön gewesen, und sie hatte sogar ein paar Minuten in der Sonne gedöst, aber nun fühlte sie sich gefangen auf dem Schiff, das keine Fluchtmöglichkeit bot.

Nachdenklich betrachtete sie den Rücken des Jungen, der

auf dem Absatz der unteren Kabine vor den Segeln saß und eine selbstgedrehte Zigarette rauchte. Sein schwarzes Shirt hatte er ausgezogen, und so präsentierte er ihr einen perfekt gebräunten, von feinen Muskelsträngen durchzogenen Rücken, haarlos und glatt, viel zu schön.

Seufzend schob sie die Sonnenbrille auf die Haare und rappelte sich auf.

»Ich mache Kaffee«, rief sie den Männern zu, bevor sie vorsichtig und schwankend an Jason vorbei über das flott dahinsegelnde Boot schlich.

Jason nickte. »Gute Idee, Darling. Mach dich doch ein wenig mit der *Kombüse* vertraut, sie ist wirklich besser ausgestattet als du vermutest.«

In der Tat fand sie in der schmalen Küche eine richtige Espressomaschine vor. Jason hatte mehrere Pakete Espresso eingepackt, und Emma schmunzelte. Er wusste, wie süchtig sie nach Kaffee war und wollte wohl nicht riskieren, dass sie nach einigen Tagen aufgrund von Koffeinmangel noch schlechtere Laune bekäme.

Sie bückte sich nach einem kleinen Schrank, den sie für den Kühlschrank hielt, um nachzusehen, ob es dort auch Milch gäbe. Plötzlich spürte sie einen weichen Widerstand an ihrem Hintern und fuhr zusammen.

Antoine grinste, als sie sich nach ihm umdrehte. »Was tust du hier?«, zischte sie.

»Ich habe Durst und hole mir ein Bier«, sagte der Junge und drückte sich so eng gegen ihren fast nackten Körper, dass ihr noch heißer wurde, obwohl es im unteren Bereich des Bootes angenehm kühl war.

Umständlicher als nötig fummelte er neben ihr am Kühlschrank herum, bis sie ungeduldig wurde und eine kleine

Bierflasche hervorzog. »Hier«, sagte sie und drückte ihm die eiskalte Flasche gegen die nackte Brust. Kein Härchen trübte den makellosen Anblick der jugendlichen, sonnengebräunten Haut, aber er ließ die feucht glänzenden Brustmuskeln tanzen, als er gespielt erschrocken das Bier entgegennahm.

»Warum so unwirsch?«, fragte er und grinste. Seine schnurgerade aufgereihten Zähne waren groß, aber ebenmäßig, und so weiß, dass sie sich fragte, ob das der Sonne und dem Salzwasser zuzuschreiben war oder einem künstlichen Bleichprozedere.

»Es ist eng hier«, stellte sie fest und schob sich an ihm vorbei zur Espressomaschine. Er blieb stehen, wo er war, und öffnete die Bierflasche mit einem Feuerzeug. Dann setzte er sie an und trank gierig. Emma bemühte sich, nicht hinzusehen.

Sein leicht vorspringendes Kinn wurde von der dunkelbraunen Flasche verdeckt, und seine vollen Lippen schlossen sich sinnlich um die runde Öffnung.

Er wischte mit dem Handrücken über den Mund und stellte die leere Flasche in das winzige Spülbecken.

»Gefällt dir das Segeln?«, fragte er dann in plötzlich sehr neutralem Ton und wippte auf den nackten Fußballen auf und ab.

Emma murmelte eine unverständliche Antwort und hantierte an der Maschine herum, die nicht vollautomatisch war wie ihr Gerät zu Hause, sondern einiger Handgriffe bedurfte. Seine Blicke spürte sie brennend auf ihrem Rücken und ihrem Hintern, der durch den winzigen Bikinistring nahezu nackt war.

»Musst du nicht wieder nach oben und Jason helfen?«, fragte sie und runzelte die Stirn. »Schließlich bezahlt er dich dafür, dass du ihm zur Hand gehst.«

Antoine zog sich mit einer raschen Bewegung auf die schmale Arbeitsfläche hoch und setzte sich darauf. Seine schmalen Hüften passten perfekt auf die holzfarbene Resopalplatte.

»Ich dachte, ich gehe *dir* ein bisschen zur Hand.«

»Ich komme schon zurecht, danke«, sagte Emma brummig und schaltete die Espressomaschine ein.

»Antoine!« Jason rief von oben, und der Junge sprang behände von der Arbeitsfläche. Dabei streifte sein nackter Oberkörper ihren Rücken, und sie zuckte erschrocken zusammen.

»Keine Angst, Madame«, sagte er leise und fuhr mit dem Zeigefinger sehr vorsichtig ihre Wirbelsäule entlang. »Ich werde nichts tun, was du nicht auch willst.« Dann drehte er sich um und kletterte die schmale Treppe hinauf an Deck.

Emma atmete tief aus und schloss kurz die Augen. Sie war es nicht gewohnt, dass ein Mann sie so offensiv anmachte, und schon gar nicht ein so junger, attraktiver Mann. Was führte er im Schilde? Er hatte doch nicht wirklich vor, sie hier an Bord zu verführen, in dieser Enge, in Anwesenheit ihres Mannes, der sie ja jederzeit ertappen könnte?

Der Gedanke an einen Seitensprung mit dem jungen Skipper erregte sie mehr, als ihr lieb war. Während sie zwei kleine Tassen unter die Maschine schob und den Hebel betätigte, stellte sie sich vor, dass er wieder hinter ihr stand.

Diesmal presste er seinen Körper ganz eng gegen ihren Rücken, sodass sie an ihrem Hintern seine Erektion spüren konnte. Seine Hände glitten nach vorn und strichen über ihren nackten Bauch hinauf bis zu ihren vollen Brüsten, die das minimale Bikinioberteil kaum bedeckte. Seine rauen Finger kniffen in ihre steif gewordenen Nippel und rieben daran, während sie ihren heißen Rücken an ihn lehnte und die Muskulatur seines Oberkörpers deutlich auf ihrer Haut spürte.

»Na, träumst du wieder?« Emma zuckte zusammen, als Jason sich plötzlich neben sie in die kleine Küche schob. Mit hochroten Wangen schaltete sie die Espressomaschine ab und griff nach dem Tuch in der Spüle, um den übergelaufenen Kaffee, der langsam von der Arbeitsfläche auf den Boden tropfte, aufzuwischen.

»Meine kleine Träumerin«, sagte Jason grinsend und nahm die randvolle Tasse an sich. »Ich wusste doch, dass dich die kleine Bootstour ganz sicher zu vielen schönen Geschichten inspirieren würde.«

Emma murmelte etwas und wischte noch immer hektisch auf dem inzwischen längst sauberen Boden herum. Am liebsten wäre sie nicht aufgestanden, aus Angst, dass Jason den feuchten Fleck in ihrem Bikinistring sehen könnte.

»Antoine hat das Steuer für mich übernommen, damit ich ein bisschen Zeit mit dir verbringen kann. Er meinte, du würdest dich sonst vielleicht langweilen an Bord.« Sie schnaufte und warf den schmutzigen Lappen in das Spülbecken.

Jason schob sie aus der Küche heraus. Sein kleiner Bauch streifte dabei ihren Arm, und sie versuchte verzweifelt, nicht an die straffen Muskeln des Jungen zu denken, die sich unter dem engen Shirt abgezeichnet hatten. Durch die Öffnung am oberen Rand der Treppe konnte sie seine Füße sehen, während er hinter dem Steuer stand. Nackt, nass und barfuß, mit kurz geschnittenen Zehennägeln und feinen, blonden Härchen auf dem Fußrücken.

Sie ließ sich auf das weiße Lounge-Sofa fallen und schlug die Beine übereinander, was ein sofortiges Zucken in ihrem Schoß zur Folge hatte.

»Gefällt dir der Trip bisher?«, brachte sie hervor und hielt sich dankbar an ihrer Kaffeetasse fest.

»Oh ja!« Jason trank schlürfend und schnalzte anschließend genießerisch. Er machte immer so schreckliche Geräusche beim

Essen und Trinken, die sie früher nicht an ihm wahrgenommen hatte. Aber jetzt nervten sie nur noch.

»Das Meer ist großartig, und wir haben das beste Segelwetter, eine schöne Brise und strahlende Sonne. Kommst du nachher wieder mit rauf? Du kannst dich aufs Boot legen und sonnen, oder wenn du magst, auch eine Runde schwimmen, das Meer ist sehr warm.«

Emma schüttelte sich bei dem Gedanken. »Ich gehe doch nicht hier draußen im Meer baden«, sagte sie verärgert. »Es ist zu tief, zu dunkel und es sind bestimmt Millionen von Fischen darin. Igitt.«

Jason leerte die winzige Kaffeetasse in einem Zug und schlug sich mit beiden Händen auf die Oberschenkel, bevor er aufstand.

»Vielleicht überlegst du es dir noch mal.«

Emma hob die Schultern und blieb enttäuscht sitzen. Wie gern hätte sie ihm jetzt einfach ins Ohr geflüstert, dass er sie ficken sollte. Sie war so heiß, dass sie sogar einem Quickie mit Jason nicht abgeneigt wäre. Aber solche Worte brachte sie nicht über die Lippen, dazu war sie viel zu gut erzogen, und Jason wäre wahrscheinlich in eine Art erektionslose Schockstarre verfallen, wenn seine brave Ehefrau so etwas zu ihm sagte. Zudem störte sie die Anwesenheit des Skippers, und sie würde sich sowieso nicht fallen lassen können aus Angst, dass er sie beobachten könnte.

Nachdenklich sah sie die Treppe hinauf. Antoine kratzte sich mit dem linken Fuß an der rechten Wade und schob dabei den Jeansstoff bis zum Knie hinauf. Seine Schenkel waren gut trainiert und angenehm muskulös, ohne knubbelig zu wirken. Die Härchen waren von der Sonne gebleicht, und sie ertappte sich dabei, wie sie in Gedanken die Konturen seiner Waden nachfuhr.

Dann gesellten sich Jasons Füße hinzu, die in alten Trekkingsandalen steckten, die sie ihm auch nach fünf Jahren Ehe nicht hatte abgewöhnen können. Sie ging zurück in die Küche, um die Tassen dort abzustellen.

***

Am strahlend blauen Himmel malte ein Flugzeug eine dünne Linie ins Firmament, über ihrem Kopf kreisten zwei Möwen, wohl auf der Suche nach Futter. Die Sonne war so grell, dass Emma ihre Sonnenbrille rasch schützend wieder über die Augen zog.

Jason hatte das Steuer übernommen und sich eine absurde blaue Schirmmütze aufgesetzt.

»Hat Antoine mir geschenkt«, rief er ihr lachend zu. »Für den Kapitän, hat er gesagt! Ist die nicht schön?«

Emma schmunzelte und drückte sich an ihm vorbei auf das Deck, wo genug Platz für sie und ihre langen Beine war. »Großartig«, sagte sie, um ihn nicht zu kränken.

Wo war Antoine? Die Segel flatterten sanft im Wind, die Brise hatte etwas nachgelassen und das Schiff trieb nun federleicht und kaum merklich dahin. Das Wasser war ruhig und dunkel. Emma setzte sich an den Rand und steckte den Arm durch die Reling, aber sie konnte die Wasseroberfläche nicht erreichen, dafür war der Schiffsrumpf zu hoch.

Plötzlich spürte sie, dass der Motor plötzlich vibrierte. Antoine war dabei, die Segel einzuholen.

»Was ist los?«, fragte sie und sah ängstlich in den Himmel hinauf, der noch immer strahlend blau und unschuldig war. Ein Sturm war wohl kaum zu befürchten, zum Glück.

Der Junge grinste. »Wir wollen schwimmen«, sagte er. »Und es wäre nicht gut, wenn du ohne uns weitersegeln würdest.«

Emma verzog den Mund. »Sehr witzig«, sagte sie leise. »Ihr

wollt hier schwimmen gehen? Das ist doch gefährlich!«, rief sie dann. Wenn sie sich umsah, sah sie nichts außer ein paar winzigen Miniaturschiffen in weiter Ferne. Sonst gab es nur Meer und blauen Himmel, nirgendwo war Land in Sicht. Sie wäre völlig orientierungslos in dieser endlosen Weite, in diesem ewigen Blau.

Antoine lachte, als er den Anker löste. »Hilf mir mal«, sagte er, und Emma schüttelte den Kopf.

»Nein, danke«, antwortete sie und betrachtete ihre sorgfältig manikürten Fingernägel. »Das ist nun wirklich nicht meine Aufgabe.«

Jason ließ den Motor auf niedrigster Stufe laufen, dann ging er zu Antoine und half ihm mit dem Anker. Das Boot schaukelte nun sanft auf dem Wasser, und Emma musste den Blick von den Wellen lösen, weil eine leichte Übelkeit in ihr aufstieg.

Jason streifte sein Hemd ab und entblößte den viel zu weißen, behaarten Bauch. Dann schlüpfte er aus der kurzen Leinenhose und zeigte sich in einer großen Badeshorts. »Komm doch mit«, lockte er. »Das Wasser ist wirklich herrlich hier draußen.«

Emma schüttelte den Kopf. Er kletterte die kleine Leiter an der Seite des Bootes hinab und tauchte zunächst Füße und Beine in das Mittelmeer.

»Einfach rein«, rief Antoine, dann zog er seine Jeans aus und sprang wie Gott ihn geschaffen hatte mit einem eleganten Kopfsprung in die Fluten.

Emma holte tief Luft und starrte ihm nach. Hatte sie ihn gerade wirklich nackt gesehen? Es ging so schnell, dass sie sich nicht sicher war, ob er wirklich so ins Wasser gesprungen war oder ob nur ihre Fantasie ihr diesen festen, runden Hintern vorgegaukelt hatte.

Sein blonder Schopf tauchte erst nach einer Weile prustend neben Jason im Wasser wieder auf. Die Gischt perlte von seiner gebräunten Haut, und er lachte so breit, dass ein ganzer Fisch in seinen Mund gepasst hätte. Quer.

»Emma, du musst kommen!«, rief Jason. »Es ist so wunderschön!« Seufzend ergab sie sich. Jason würde sowieso keine Ruhe geben, das war sicher. Also kletterte sie auf die Badeleiter und drehte sich um, um rückwärts hinabsteigen zu können.

Sie war sich bewusst, dass die Männer nun ungehindert auf ihren fast nackten Hintern starrten, und der Gedanke erregte sie so sehr, dass sie rasch ins Wasser eintauchen musste, um keine verräterischen Ansichten ihres feucht gewordenen Schrittes zu ermöglichen.

»Ist das kalt!«, schrie sie entsetzt, als das Wasser über ihrer Brust zusammenschlug, und Jason, der sich schon einige Züge von ihr entfernt hatte, lachte.

»Einfach herrlich!«, rief er.

Antoines Kopf verschwand unter Wasser, und kurz darauf spürte sie einen Fisch an ihren Beinen. Sie kreischte und zog die Beine zu sich heran, dann stellte sie fest, dass es der Junge war, der neckisch um sie herumtauchte und dabei immer wieder wie zufällig ihren Körper streifte.

Rasch versuchte sie, zu Jason zu schwimmen, doch der war offenbar gerade dabei, einen neuen Rekord im Langstreckenschwimmen aufzustellen und hatte sich schon so weit vom Boot entfernt, dass sie seinen Hinterkopf kaum noch erkennen konnte.

»Jason, schwimm nicht so weit raus!«, rief sie panisch. Er war ein sehr guter Schwimmer, im Gegensatz zu ihr, aber wenn er da draußen einen Krampf bekäme, wäre es auch um ihn geschehen. Sie würde ihn sicher nicht retten können, und der Junge hatte offenbar viel zu wenig Verantwortungsgefühl.

Sie strampelte mit den Beinen und ruderte mit den Armen, um nicht unterzugehen, aber sie wagte nicht, sich weiter vom Boot zu entfernen als zwei Armlängen. Dann schob sich der muskulöse Körper des Jungen vor ihren und drängte sie nach hinten, bis sie die Treppe an der Außenseite des Bootes in ihrem Rücken spürte.

»Was soll das?«, sagte sie prustend und ruderte weiter hektisch mit den Armen, als sein nacktes Glied sich gegen ihren Oberschenkel drückte.

Er grinste, die grünen Augen erinnerten an die Tiefen des Meeres unter ihr, Wassertropfen perlten in seinem Gesicht, das nasse, blonde Haar hing in Strähnen um seinen Kopf herum. Er streckte die Hände aus und hielt sich an ihrem Kopf vorbei an den Stufen der Leiter fest.

»Hör auf damit«, fauchte Emma und versuchte, ihn wegzuschieben, aber er war zu stark dafür. Sie suchte Jasons Kopf über Antoines Schulter hinweg, konnte ihn aber nicht entdecken.

»Tu es très jolie, Emma«, flüsterte der Junge, und jetzt bemerkte sie, dass sein Schwanz sich an ihrem Oberschenkel deutlich regte. Himmel, war dieses Kind denn total verrückt geworden? Jason würde Haifutter aus ihm machen, wenn er ihn erwischte!

»Je te veux, Emma«, *ich will dich,* flüsterte er weiter, und sein Atem roch nach Bier und Meer. Sie schloss die Augen und keuchte.

»Bitte, Jason wird ...«, flüsterte sie, konnte aber nicht widerstehen, die Hände um Antoines Hüften zu legen und sich eng an ihn zu drücken, aus Angst, sonst unterzugehen.

»Er ist mir egal«, sagte Antoine trotzig und drängte seinen Unterleib noch fester gegen sie. Sein Schwanz wirkte groß unter Wasser, sie traute sich nicht, hinzusehen, während sich ihre Säfte mit dem Salz des Meeres vermischten.

Ihr Atem ging schnell, als Jasons Kopf plötzlich am Horizont auftauchte. Er war etwas kurzsichtig und noch weit entfernt, also würde er nicht sehen, was sie da gerade taten, aber es musste aufhören. Jetzt!

Sie holte tief Luft, schloss die Augen und tauchte unter Antoines Armen hindurch, um sich aus seiner Umklammerung zu befreien.

Unter Wasser machte sich Panik in ihr breit. Sie war keine gute Schwimmerin und hatte keinen langen Atem, und sie war orientierungslos. In welche Richtung musste sie, um nicht direkt unter dem Boot hochzukommen? Sie wagte nicht, die Augen zu öffnen, also machte sie ein paar beherzte Züge in die hoffentlich richtige Richtung und ließ sich dann nach oben treiben.

Salzige Gischt drang in ihren Mund, als sie ihn wie ein Fisch aufriss, um nach Luft zu schnappen. Und Antoine war direkt vor ihr und grinste.

»Aaaah, das ist so herrlich«, rief Jason, der sich nun deutlich näherte. Emma schwamm mit wenigen Zügen an Antoine vorbei und griff nach der kleinen Treppe wie nach einem Rettungsboot. Dann zog sie sich hoch und kletterte über die Brüstung an Bord zurück.

Auf dem Deck blieb sie sitzen und starrte in die Sonne, die sie sofort wärmte und schneller trocknete als ein Handtuch.

Als Antoine über den Rand kletterte, wandte sie das Gesicht ab. Sie wollte unter keinen Umständen sehen, wie der Junge tatsächlich nackt aussah, allein die Vorstellung brachte sie an den Rand des Wahnsinns.

Erst nachdem auch Jason seinen Leib über die Reling gehievt hatte, löste sie ihren Blick vom Horizont und wandte sich ihm zu.

Er schüttelte seine etwas schütter gewordenen Haare wie ein Hund und strahlte. »War das nicht unglaublich?«, fragte er und schlang ein Handtuch um seine Hüften.

Antoine zog nur die Jeans über und kümmerte sich wieder um die Segel.

Emma stolperte zum Ende des Bootes und legte sich auf die leere Fläche. Ein Liegestuhl oder so etwas in der Art wäre schön gewesen, so spürte sie nur das harte Holz unter ihrem Rücken und die Glut der Sonne auf ihrer Haut.

Die Salzkristalle des Meeres verstärkten die Sonnenwirkung und prickelten wie hunderte winziger Stecknadeln. Sie schloss die Augen und atmete tief ein. Salz, Wasser, Wind. Und dazu dieses unbändige Sehnen nach Berührung, nach Körper, nach Haut ...

***

Am Abend bereitete sie das Essen in der schmalen Küche zu. Jason hatte nicht viele frische Sachen mitgenommen, aber sie fand einiges Gemüse und Steaks und versuchte, auf den zwei Flammen des kleinen Gasherdes ein leckeres Essen zustandezubringen. Es war warm hier unten, und sie schwitzte in dem dünnen Leinenkleid, das sie über den Bikini gestreift hatte.

»Essen ist fertig!«, rief sie dann nach oben und richtete drei Teller an. Sie war eine gute Köchin, daher schaffte sie es sogar hier, unter schwierigen Bedingungen, eine anständige Mahlzeit zu servieren.

Liebevoll schob sie gebratene Auberginenscheiben, die sie vorher mit getrockneten Kräutern und Olivenöl mariniert hatte, Kartoffelecken und Zuchinischeiben neben die englisch gebratenen Steaks auf große Plastikteller.

»Das riecht wunderbar, Darling«, sagte Jason, als er mit eingezogenem Kopf den Salon betrat. Antoine folgte etwas später, und sie stellte fest, dass das Boot wieder ruhig dalag. Der Junge aß mit großem Appetit, ohne ein Wort zu sagen. Offenbar machte die Arbeit an der Seeluft hungrig, und von Essensmanieren hatte er noch nie etwas gehört. Emma beobachtete ihn amüsiert, warf aber Jason einen missbilligenden Blick zu, als dieser ihrer Meinung nach zu laut schmatzte.

Nach dem Essen beschlossen die Männer, auch die Nacht hindurch zu segeln, mit abwechselnder Wache. Nachdem sie gemeinsam die Segel gesetzt hatten, nahm Jason seinen Lieblingsplatz am Steuer ein. Antoine tauchte unvermittelt in der Küche auf.

»Ich helfe dir«, sagte er dann und stellte sich dicht neben Emma an das Spülbecken, in dem sie gerade die Teller in das duftende Waschwasser eingetaucht hatte.

»Nicht nötig«, gab sie schroffer zurück als sie eigentlich wollte.

»Du magst mich nicht«, stellte er fest und nahm ihr einen nassen Teller aus der Hand, um ihn abzutrocknen.

»Du machst mich nervös«, antwortete Emma leise. Antoine lachte und rieb den Teller so liebevoll ab, dass sie sich wünschte, seine Stelle einzunehmen.

»Das möchte ich nicht. Aber du bist so schön, Emma, so anders als die Mädchen, die ich kenne. Du bist eine Dame, eine echte Madame, du hast so viel Stil und du bist so beherrscht, so unglücklich und unbefriedigt. Es reizt mich, deinen Widerstand zu brechen.« Seine grünen Augen blitzten, und Emma öffnete und schloss den Mund mehrfach, ohne ein Wort zu sagen.

»Erschreckt dich meine Ehrlichkeit?«, fragte er schmunzelnd und rückte näher an sie heran, sodass sie den Flaum auf seinen Unterarmen auf ihrer Haut spürte.

Sofort richteten sich ihre Härchen auf und drängten ihm entgegen, wie ein unbewusstes Zeichen ihres Körpers. Sie seufzte und ließ das schmutzige Wasser aus dem Bassin ab. »Ich bin kein Spielzeug«, sagte sie betont ruhig und hielt seinem Blick stand. »Ich bin verheiratet und mein Mann steht da oben am Steuer und lenkt dieses vermaledeite Boot. Ich habe studiert und bin Künstlerin, mein Mann verdient mehr Geld, als du in deinem Leben je zu sehen bekommen wirst, und ich habe keine Lust, mich von einem ungebildeten Jungen ohne Manieren an der Nase herumführen zu lassen.«

Er zuckte bei ihren Worten unmerklich zusammen, fing sich aber sofort wieder. Sicher war er ungebildet und ungehobelt, aber seine körperliche Überlegenheit konnte sie deutlich spüren.

»Emma«, hauchte er an ihrem Ohr, sein Atem war heiß und roch nach Steak und Bier, männlich.

»Ich weiß, dass du mich auch willst. Deine Worte sagen Nein, aber dein Körper spricht eine andere Sprache.«

Ohne Umschweife griff er unter das dünne Kleid und legte seine Finger durch das Bikinihöschen auf ihre Scham. Sie fuhr erschrocken zurück, aber er hielt sie fest.

Natürlich erfühlte er es, die Feuchte, die sich zwischen ihren Schenkeln längst ausgebreitet hatte. Ihr Herz klopfte immer schneller, und sie warf einen raschen Blick durchs Fenster, hinter dem sie Jasons Füße sehen konnte.

Es war dunkel geworden, stockfinster. Nur das Licht am Steuerrad zeigte, dass da draußen noch etwas war. Dass da noch jemand war – ihr Mann.

»Antoine, bitte, ich ...«, flüsterte sie und versuchte, ihn mit den Händen wegzuschieben, doch er hielt sie unnachgiebig fest, auf den Muskeln seines Oberarms tanzten Lichtreflexionen. Dann spürte sie seine warmen, vollen Lippen auf ihren.

Widerwillig kniff sie den Mund zu und versuchte, ihn nicht eindringen zu lassen, aber seine Finger streichelten weiter hartnäckig ihre Klit, die sich schon sehnsüchtig verhärtete und sanft pulsierte, und dann ließ sie seine Zunge hinein, leise seufzend, schloss die Augen und genoss seinen Kuss, der so roh und unbeherrscht war, wie es nur die Küsse ganz junger Männer sind.

Er war egoistisch und beinahe grob, seine Zunge stieß in sie hinein in dem Tempo, in dem sie ihn vögeln wollte, kurz und schnell hintereinander. Dann verweilte sie länger, spielte mit ihrer Zunge, um sich wieder zurückzuziehen. Ein Spiel, nur ein Spiel, nur ein Kuss, wie Teenager, ein verbotener Kuss, Jason konnte das Steuer nicht verlassen in der Nacht, er würde es nicht sehen, nicht merken, und es war doch nur ein Kuss, aber – oh, was für ein Kuss!

Sie verlor sich zwischen seinen Lippen, schnappte zwischendurch nach Luft wie eine Ertrinkende, hielt seinen Kopf fest und presste ihre Hüften eng gegen seine, bis sie die Erektion in seiner Jeans spürte, die gegen ihren Schenkel pochte.

Er griff in ihr Haar und fasste mit einer Hand in ihren Nacken, es gab kein Entrinnen, kein Fortkommen, und zwischen ihren Beinen braute sich etwas zusammen, das sie schon so lange vermisste ...

»Antoine? Ich brauch dich hier oben mal!« Jasons Stimme klang gedämpft, als sei er weit weg, dabei stand er nur wenige Meter entfernt über ihnen. Wenn er sich bückte, würde er sie sehen können.

Erschrocken riss Emma sich los und wischte mit dem Handrücken die feuchten Lippen trocken.

Antoine grinste. »Ich komme gleich!«, rief er, und Emma kicherte über die Zweideutigkeit.

»Geh schon«, sagte sie und schlüpfte an ihm vorbei aus der engen Küche, um sich in ihre Kabine zurückzuziehen.

***

Sie verbrachte beinahe die ganze Nacht allein. Jason war zu aufgeregt, um schlafen zu können, und blieb auch während Antoines Wache oben an Deck. Erst im Morgengrauen zog er sich zurück und zwängte sich in das schmale Doppelbett neben Emma, die atemlos und ruhig dalag und sich sicher war, dass er ihre Erregung riechen müsste. Doch er drehte sich sofort erschöpft auf die Seite und schlief ein.

Sie lauschte seinen gleichmäßigen, tiefen Atemzügen, bis er anfing zu schnarchen. Ihr Herz pochte heftig gegen ihren Brustkorb. Der Wunsch, einfach aufzustehen und nach oben zu gehen, um den Jungen an Deck zu lieben, in der finsteren Nacht, umgeben vom schwarzen Himmel und dem nun ebenso schwarzen Meer, fernab jeglicher Zivilisation, war mächtig. Sie stellte sich vor, wie sie sich vor ihn kniete, zwischen ihn und das Steuerrad, seine Jeans öffnete und bis zu den Knien herunterzog, um ihn in den Mund zu nehmen.

Er würde nach Salzwasser und Meer schmecken, und sie würde ihn tief in ihre Kehle schieben, an ihm lutschen und saugen, bis er ganz groß war. Sie würde sich auf seine Hüften setzen, mit dem Hintern auf das Steuerrad, und ihn in sich aufnehmen, in ihre enge, nasse Muschi. Doch es waren nur ihre Finger, die bei dem Gedanken immer heftiger an der klopfenden Klit rieben, sie drückten und an ihr zerrten, bis das erlösende Zucken ihres Beckens ihr ein leises Stöhnen entrang.

***

»Guten Morgen, Emma. Gut geschlafen?« Sie blinzelte gegen die Sonne, die vom immer noch strahlend blauen Himmel stach, und nickte. »Danke. Bist du nicht müde?«

Der Junge hatte wohl die halbe Nacht am Steuer verbracht und trug noch immer die gleichen Klamotten wie am Vorabend.

»Ich warte auf Jason, dann werde ich mir eine Abkühlung gönnen. Wir haben guten Wind, sieh nur, dort hinten kannst du schon die Umrisse von Korsika erkennen.« Er deutete mit der Hand auf den Horizont vor sich und Emma drehte sich um.

Die geblähten Segel versperrten ihr die Sicht, aber an dem Tuch vorbei konnte sie tatsächlich Land erkennen.

»Bist du böse?«, fragte er dann und grinste wieder.

Sie lächelte und schüttelte den Kopf. »Nein, warum denn?« Mit einer raschen Bewegung ließ sie den Morgenmantel zu Boden fallen und präsentierte sich in einem kleinen, schwarzen Bikini, der kaum ihre Brustwarzen bedeckte. Sie war stolz auf ihre Figur, die sie mit Yoga und Fitness in Form hielt, und nachdem er sie gestern Abend so verwirrt hatte, wollte sie es ihm nun heimzahlen.

Er zog die Brauen hoch und stieß einen leisen Pfiff aus. »Mon dieu«, sagte er, und Emma lachte stolz. »Du wirst die Delfine verrückt machen«, sagte er und sah zur Seite. Sie folgte seinem Blick und hielt die Luft an.

»Sind das wirklich ...?«, flüsterte sie, und er nickte. »Geh zu ihnen«, sagte er. »Du kannst mit ihnen schwimmen.«

Emma schüttelte den Kopf, dass ihre Haare flogen. »Niemals!«

Er ließ das Steuer los und ging auf sie zu. Hektisch sah sie sich um. Von Jason war nichts zu sehen, er schlief wahrscheinlich noch tief und fest.

»Antoine, ich ... ich habe Angst vor ...«, hauchte sie und machte zwei Schritte rückwärts, bis sie die Reling im Rücken spürte. Der Junge trat grinsend dicht an sie heran, dann umfasste er ihre Hüften mit beiden Händen. Wie eine Feder nahm er sie hoch auf seine Arme, und sie kreischte und trommelte mit den Fäusten gegen seine Brust, doch er hob sie höher und drohte damit, sie über Bord zu werfen. »Antoine, nicht!«, rief sie und klammerte sich panisch an seinem Nacken fest. Ihr Puls raste.

Dann küsste er sie. Atemlos schloss sie die Augen und vergaß, dass Jason unten in der Kabine lag und jederzeit zu ihnen heraufkommen konnte. Sie vergaß, dass sie verheiratet war und der Junge ein ungeschliffener, roher Diamant, ohne Manieren und Anstand. Sie vergaß, dass sie mindestens zehn Jahre älter war als er und nicht allein mit ihm war auf diesem Boot.

Sie vergaß die Delfine, das Meer, das Ufer von Korsika, das sehr langsam größer wurde, die glühende Sonne, die sie erhitzte, die salzige Gischt, die dann und wann den Bug traf und auf der Haut kribbelte. Sie hörte auf zu atmen, als sie seine Zunge spürte, die wild und spielerisch in ihr tobte.

Sie atmete seinen Duft, der herb und männlich war, viel zu männlich für einen so jungen Mann, spürte die weichen Stoppeln auf seinem Kinn an ihrem, die raue Haut gegen ihre, fühlte den Kontrast zwischen dem Naturburschen und der gepflegten, kultivierten Frau, der die Natürlichkeit längst abhandengekommen war.

Und sie war plötzlich wieder jung, unbeschwert, fröhlich, mit Ameisenkribbeln im Bauch, ein junges Mädchen auf den starken Armen ihres jugendlichen Liebhabers, ohne Gedanken an die Zukunft, ohne Vernunft. Sie atmete ihn tief ein, trank von ihm, er sollte nicht aufhören, nicht aufhören ...

Emma keuchte, als er sie auf den Boden zurückstellte und einen Arm um ihre Taille legte. Das Boot glitt sanft dahin, er hatte wohl den Autopiloten eingestellt, und gemeinsam betrachteten sie die großen Delfine, die neugierig neben dem

Schiff durchs Wasser glitten und nur dann und wann kurz auftauchten, um Luft zu holen.

»Du darfst das nicht machen«, sagte sie leise und lehnte den Hinterkopf an seine Brust. Seine Hände ruhten sanft auf ihrem Bauch, in der Hitze der Sonne, und sie spürte seinen Atem auf der Kopfhaut.

»Ich weiß«, murmelte er und zerstrubbelte ihre Locken mit dem Kinn. »Aber ich kann nicht aufhören.«

»Mmmh«, machte Emma und schob seine Hände tiefer, über ihren Bikinistring, und er folgte ihrer Bewegung. Zärtlich und sacht strich er mit den Fingern über ihre Spalte, durch den winzigen String hindurch, ohne ihn zur Seite zu schieben, und sie spürte, wie sich die Feuchte wieder ausbreitete zwischen ihren Schenkeln. Salzwassertropfen spritzten in ihre Gesichter und prickelten auf der von der Seeluft gespannten Haut.

Sie atmete tief ein und sehnte sich danach, dass er weitermachen würde, dass er sie nehmen würde, gleich hier an Deck, der Gefahr, die von Jason ausging, trotzend.

Aber er tat nichts dergleichen. Er hielt sie einfach fest und streichelte sie, so vorsichtig und sanft, dass er damit ihre Lust nur noch stärker anheizte. Sie wollte seine Finger fester gegen ihre Klit drücken, doch er nahm ihre Hände und hielt sie fest. Dann spürte sie seine Härte an ihren Pobacken.

Behutsam hob und senkte sie die Hüften, um sich an ihm zu reiben, aber er zog sich plötzlich zurück und ließ sie stehen.

»Nicht jetzt«, sagte er und grinste.

»Guten Morgen!« Jasons Stimme klang fröhlich, als er die schmale Treppe emporstieg und sein Haar sich im Aufgang zeigte. »Ich habe so herrlich geschlafen, wie ein Stein!« Emma schnaubte und wandte sich den Delfinen und dem Meer zu. Seit wann waren Steine nachts so laut?

»Guten Morgen, Darling!« Er blieb neben ihr stehen und hauchte ihr einen Kuss auf die Wange. Antoine beobachtete sie schmunzelnd, dann kehrte er ans Steuer zurück und richtete einen neuen Kurs ein.

»Siehst du die Delfine?«, fragte sie und deutete vor sich aufs Meer.

»Wahnsinn! So nah hab ich sie noch nie gesehen!« Jason war entzückt und lachte wie ein kleiner Junge. »Du hast nicht zu viel versprochen, Antoine! Was für magische Wesen!«

Seufzend ging Emma die Treppe hinunter und bereitete ein Frühstück vor. Ihr Schoß brannte wie Feuer. Wie sollte sie den Rest des Tages überstehen, im Angesicht der Versuchung?

***

Sie hatte gelesen, gedöst, in der Sonne gelegen und sogar ein paar Zeilen geschrieben. Doch nichts konnte sie ablenken von der Gier, diesem seltsamen Juckreiz, den sie verspürte.

Sie beobachtete jede Bewegung des jungen Skippers, und als Jason sich am frühen Abend ins Bett verzog, weil er die erste Wache Antoine überlassen wollte, hüpfte ihr Herz.

»Kommst du nicht mit?«, fragte Jason, als Emma im Salon sitzenblieb und ein Magazin zur Hand nahm. Sie schüttelte den Kopf.

»Ich bin noch gar nicht müde. Ich werde Antoine noch ein wenig Gesellschaft leisten und komme später.« Jason verschwand in dem winzigen Schlafzimmer und zog die Tür hinter sich zu.

Lustlos blätterte sie in dem Magazin und sah immer wieder auf, um Antoines nackte Füße durch das Fenster zu betrachten. Sein Anblick allein entfachte eine ihr unbekannte Lust in ihrem ganzen Körper.

Als eine halbe Stunde später Jasons Schnarchen aus der Kabine ertönte, stand sie entschlossen auf und ging nach oben an Deck.

Antoine las ein Buch. Der Autopilot steuerte das Boot immer weiter auf Korsika zu, dessen Lichter nun den Horizont erhellten. Das Wasser plätscherte sanft gegen den Bug, es ging nur ein kleiner Wind, der das Boot friedlich dahingleiten ließ.

»Du liest?«, fragte sie erstaunt, und Antoine hob den Kopf.

»Warum wundert dich das? Es ist nicht einmal ein Fachbuch über das Segeln«, sagte er und lachte. Er legte das Buch zur Seite und ging auf sie zu.

»Wo ist Jason?«

»Er schläft schon«, antwortete sie leise und vergaß beinahe zu atmen. Ihre Schläfen pochten so heftig wie ihr Schoß. Dann drängte sie sich an ihn, sehnsüchtig, ihre Lippen suchten seinen Mund.

»Hmmm«, machte Antoine und hielt sie mit beiden Armen auf Abstand. »Ich weiß nicht, was du von mir willst.«

Emma zwinkerte irritiert. »Ich glaube, das weißt du sehr gut«, flüsterte sie und hob ihr Kinn, um ihn zu locken. Doch er blieb ungerührt.

»Bist du sicher? Ich bin doch nur ein ungebildeter, ungehobelter Junge«, sagte er grinsend und zog mit einer raschen Bewegung sein T-Shirt aus.

Emma holte tief Luft, unwillkürlich fuhr ihre Zunge über die Lippen, als sein muskulöser Oberkörper im schummrigen Licht sichtbar wurde. »Ich bin roh und ungezogen, das hast du selbst gesagt«, fuhr er fort, während er die Jeans aufknöpfte, und ihre Härchen stellten sich erregt auf, als er die Hose tatsächlich auszog.

»Ein böser Junge. Ich weiß nicht, ob es das ist, was du suchst, in deiner Kultiviertheit.« Sein französischer Akzent war weich und milderte seine Worte.

»Ich suche genau das«, sagte sie leise und knöpfte das Kleid auf, unter dem sie nackt war.

Er zog sie zu sich heran und streifte den Stoff von ihren Schultern, dann betrachtete er sie bewundernd. »So wunderschön«, murmelte er an ihrem Hals, seine Lippen küssten und liebkosten ihre noch immer erhitzte Haut, und sie presste ihren Mund an seine Wange und schmeckte das Salz darauf.

»Bitte«, hauchte sie, als er ihre Hüften an sich zog und mit seinem Oberschenkel zwischen ihre Beine glitt. Ihre Feuchtigkeit breitete sich auf seinen feinen Härchen aus, und sie drückte das Becken fest gegen seine Muskeln.

»Du musst mir sagen, was du willst«, flüsterte er, sein Atem war heiß. Sie spürte die Hitze auf ihren Wangen.

»Du weißt, was ich will«, wisperte sie und knabberte an seinem Ohrläppchen, als er wieder ihren Hals eroberte. Dann küssten sie sich, gierig, er presste ihren nackten Hintern gegen das Steuerrad, wie sie es sich vorgestellt hatte, und ihr ganzer Körper verzehrte sich nach ihm.

»Sag es mir«, sagte er leise, als er ihre Beine spreizte und sich vor sie kniete. Seine Zunge glitt sanft und rau zugleich über ihre Spalte, mit der Spitze teilte er die Labien und stieß ein paarmal kurz und schnell in den engen Eingang, dessen Nässe er geschickt verteilte. Sie stöhnte leise und hielt seinen Kopf fest umklammert.

»Hör nicht auf«, keuchte sie, als ihre Schenkel zitterten. Er legte ihre Beine auf seine Schultern und drang mit einem Finger in sie ein, während seine Zunge sie weiter bearbeitete.

»Oh Gott«, stöhnte sie. »Mach weiter, bitte ...«

Er tanzte um ihre harte Perle, die schon zu beträchtlicher Größe angeschwollen war, seine Zunge reizte sie, sein Finger massierte sie gekonnt, bis sie ihr Becken anhob und es ihm entgegenschob, immer wieder.

»Was willst du?«, fragte er, als ein heftiges Klopfen durch ihren Körper schoss, den Höhepunkt ankündigend. »Du musst es sagen, ich will es hören aus deinem kultivierten Mund.«

Seine Mundwinkel zuckten.

»Fick mich«, antwortete sie leise, und ihre Wangen glühten. »Ich will, dass du mich fickst.«

Er grinste. »So eine Ausdrucksweise für eine Lady«, sagte er.

»Ja, ja, ooh Antoine, bitte ...« Ihre Klit pochte und pulsierte vor Erregung, ihr ganzer Schoß schrie nach ihm, und sie spreizte die Beine so weit sie konnte, bis sie keinen Halt mehr fand, dann endlich drückte er seine Spitze vorsichtig gegen ihre Öffnung.

Hitzig griff sie um seine Hüften und schob ihn weiter. »Komm, komm«, stöhnte sie, aber er reizte sie, tauchte die Spitze nur kurz ein, dehnte sie, massierte die ersten Zentimeter ihres engen Eingangs, dann zog er sich wieder zurück.

»Oh Gott, Antoine«, jammerte Emma, als er ihre Hände nahm und sie festhielt. Seine Lippen arbeiteten an ihrem Mund, er knabberte, saugte und küsste, sie schmeckte das Meer, das Salz, atmete seinen herben Duft ein, ihr Becken bebte unkontrolliert.

»Du willst von einem ungehobelten Jungen gefickt werden, Emma? Ist es das, was du willst?«, flüsterte er, und wieder schob er die Spitze in sie hinein, drängte das weiche, feuchte Fleisch auseinander, um nur einmal kurz in sie einzudringen, und heizte ihre Gier damit nur noch weiter an.

Sie bewegte die Hüften wie in Panik, ließ ihre Zunge wieder tief eintauchen in seinen Mund, erforschte ihn und keuchte unter dem Zucken seines Schwanzes in ihr.

»Ja, gib ihn mir«, hauchte sie atemlos, und dann, endlich, schob er sich in sie hinein, tief. Er war groß, unglaublich hart, und er füllte sie ganz und gar aus, er war perfekt.

Schluchzend umklammerte sie seine Hüften mit ihren Beinen und drückte ihn noch enger an sich, bis er bis zum Anschlag in ihr steckte.

»Oh mein Gott«, murmelte sie, als er anfing, sie zu stoßen. Seine Bewegungen waren hart und doch sanft, mit einem gleichmäßigen Rhythmus stieß er zu, seine Bauchmuskeln rieben dabei hart an ihrer Klit. Das Steuerrad drückte sich gegen ihren Rücken, hart und kalt, und sie genoss es, die Rücksichtslosigkeit, die Wildheit, die Leidenschaft in seinen Augen und seinen Bewegungen. Unbeherrscht. Unkultiviert.

Er zog sich abrupt wieder aus ihr zurück, bis sie leise jammerte. Dann drehte er sie um, sodass ihre Brüste sich in die Aussparungen am Steuerrad schmiegten.

Er spreizte ihre Beine weiter und fuhr mit dem Finger dazwischen, glitt in sie hinein und wieder heraus, umkreiste ihre Klit und verteilte ihre Feuchtigkeit überall, dann legte er seine Hand auf ihren Mund.

Sie schmeckte sich selbst, ihre Lust, ihr eigener Duft mischte sich mit seinem, und er stieß von hinten in sie hinein, drängte sich zwischen ihre Beine und teilte die geschwollenen Mösenlippen, die sich wie von selbst aufwarfen und ihn hineinließen.

Sie stöhnte unterdrückt in seine Hand, als sie kam, biss in seine Finger, umklammerte das Steuerrad mit beiden Händen, und ihre Beine versteiften sich, ihr Hintern wurde hart. Das Beben ergriff ihren ganzen Körper, heftig pulsierte der Höhepunkt tief in ihr.

Seine Hand unterdrückte ihren Aufschrei, sein Schweiß tropfte auf ihren Rücken, als er sie immer schneller und heftiger fickte, und minutenlang umklammerte ihre Möse seinen Schwanz, pumpte ihn, bis auch er laut aufstöhnend in ihr zuckte und kam.

***

Am nächsten Morgen erreichten sie Korsika. Fröhlich kletterte Emma von Bord und ließ sich von Jason auffangen, der bereits am Kai stand.

»Ist das schön hier!«, rief sie und schob die Sonnenbrille auf die Nase, bevor sie sich umsah. »Einfach herrlich!«

Jason lachte zufrieden. »Siehst du – ich habe doch gewusst, dass auch dir so eine Bootstour guttun wird!« Emma griff um seinen Hals und zog sein Gesicht nahe an ihres heran, dann küsste sie ihn leidenschaftlich.

»Oh ja«, schnurrte sie und hängte sich an seinen Arm. Aber am meisten freute sie sich auf die Rückfahrt …

SexPumps

Müde verließ Erica das Büro und ging zu Fuß die Straße entlang nach Hause. Es war mal wieder spät geworden, und obwohl ihr der Job Spaß machte, war er doch furchtbar anstrengend.

Sie war erfolgreich und hatte Karriere gemacht, konnte stolz auf sich sein! Doch genau daran war ihre letzte Beziehung gescheitert. Marcus hatte sich schließlich für seine Sekretärin entschieden, die ständig in seiner Nähe war und sich redlich um ihn bemüht hatte.

»Erica, du bist dauernd müde und erschöpft, wenn du abends nach Hause kommst. Ich will aber ein bisschen Spaß im Leben haben und keine frustrierte Frau, die nur für ihren Ehrgeiz lebt. Du hast keine Lust auf Sex, du hast keine Lust, mit mir auszugehen und du hast keine Lust auf Leben. Arbeiten ist alles, was für dich zählt.«

Sie hatte nicht geweint, nachdem er endgültig gegangen war. Sie hatte sich einfach wieder in ihren Job gestürzt und noch intensiver und länger als sonst gearbeitet.

Nun war sie seit einem Jahr allein und vermisste die Beziehung kein bisschen.

Als sie an *Dave's ShoeHouse* vorbeikam, blieb sie unwillkürlich stehen. Lächelnd betrachtete sie die feinen Lackpumps, die sie trug. Sie hatte sie erst letzte Woche hier gekauft, in dem besten Schuhgeschäft in Seattle, das teure Marken und kostbare Designerschuhe in schickem Ambiente führte.

Schon bevor Marcus sie verlassen hatte, war der Einkauf in Boutiquen und Schuhgeschäften zu ihrer Kompensation für fehlende Gefühle und mangelnden Sex geworden. Sie zog die wertvollen Pumps, in denen sie sich weiblich und zugleich stark fühlte, dem Sex mit Marcus vor, der für diese Gelüste nichts übrig gehabt hatte.

Früher hatte sie oft versucht, ihn nur mit Nylons aus echter Seide und ihrer neusten Errungenschaft aus dem Schuhschrank zu verführen, doch dafür war er nicht empfänglich gewesen. Hastig hatte er sie von Strümpfen, Dessous und vor allem den Schuhen befreit, aus Angst, sie könnte ihn mit den spitzen Absätzen womöglich verletzen.

Sie hatte dann oft unter ihm gelegen, während er mit ihr schlief, und sehnsüchtig zur Seite auf die Schuhe geschaut, die nach ihr zu rufen schienen. Nichts war so aphrodisierend für sie, wie das Gefühl von teurem, luxuriösem und erotischem Leder an ihrem Fuß.

Wenn sie morgens in die Schuhe schlüpfte und sich im Spiegel betrachtete, war sie nicht nur entzückt darüber, dass der hohe Absatz sie gut drei Kilo leichter wirken ließ, sondern auch ihre Beine und vor allem ihren Hintern hervorragend zur Geltung brachte.

Ihre gerade und aufrechte Haltung, der weibliche Gang auf den hohen Absätzen, den sie seit Jahrzehnten beherrschte, als sei sie auf den schwindelerregend hohen Hacken geboren worden, umgaben sie bei jedem Schritt wie eine Aura. Sie fühlte sich schön und sicher mit hohen Absätzen, und trug flache Schuhe nur zum Joggen oder im Urlaub am Strand, weil sie im Sand wirklich zu unpraktisch waren.

Die Auslage in *Dave's ShoeHouse* hatte sich seit letzter Woche verändert, das erkannte ihr geübter Blick sofort. Neugierig trat sie näher an die Fensterscheibe des großen Geschäftes heran und betrachtete die Neuheiten.

Gleich mehrere Schuhe weckten ihre Sehnsucht und beschleunigten ihren Herzschlag. Ein Paar rote Sandalen aus glänzendem Lackleder lockte sie. Der Absatz war zur Hälfte mit ebenso rotem Leder bezogen, die vordere Hälfte des schmalen Absatzes war aus kühlem Metall gefertigt, was den Schuhen die nötige Extravaganz verlieh, die Schuhwerk von Kunst unterschied. Ein Blick auf die Uhr zeigte, dass sie noch eine gute Viertelstunde Zeit bis zum Ladenschluss hatte, das dürfte reichen.

Schwungvoll stieß sie die gläserne Tür auf und lauschte entzückt dem vertrauten Klingeln des Glöckchens darüber.

»Hallo, Mrs Walker«, begrüßte eine junge, blonde Verkäuferin sie. »Kann ich Ihnen helfen, oder möchten Sie sich erst wie immer umsehen?«

Erica lächelte. »Ich interessiere mich für die roten Sandalen aus dem Fenster«, sagte sie und legte ihre Handtasche auf einen Stuhl aus schwarzem Samt, der mit vergoldeten Holzschnitzereien verziert war wie zu Zeiten des Sonnenkönigs. Ein wenig kitschig, aber in dem sonst sehr klinisch wirkenden, riesigen Raum machte sich dieser Stilbruch sehr gut.

»Ich bringe Sie Ihnen«, sagte die Verkäuferin eifrig und ging nach hinten, um die Sandalen in Ericas Größe aus dem Lager zu holen. Während sie wartete, ging Erica an den Glasregalen entlang und betrachtete die Auslagen. Es waren tatsächlich einige neue Modelle hinzugekommen seit letzter Woche, stellte sie fest.

Nicht umsonst war *Dave's ShoeHouse* der beste Schuhladen in den gesamten USA. Sie hatte in einer Frauenzeitschrift gelesen, dass es nunmehr rund dreißig Filialen in fast allen großen Städten Amerikas gab. Der Besitzer kaufte die Ware persönlich ein und fand mit den Jahren immer wieder neue Designer auf der ganzen Welt, deren erotische Kreationen er gern in seinen Geschäften feilbot.

Seufzend nahm sie ein Paar Sandaletten mit Keilabsätzen aus dem Regal und betrachtete sie näher.

»Keilabsätze sind nichts für Ihre tollen Beine«, sagte plötzlich eine Stimme hinter ihr. Erica fuhr herum und sah in ein lächelndes Gesicht.

»Entschuldigen Sie bitte meine Forschheit«, sagte der große, dunkelhaarige Mann und senkte fast demütig den Blick, bevor er ihr die Schuhe aus der Hand nahm. »Aber ich kann es nicht ertragen, wenn eine Frau mit so wunderschönen Beinen und einem so eleganten Äußeren sich mit so klobigen Dingern verunstalten will.«

Erica lachte laut auf. »Ist schon gut«, sagte sie. »Ich hatte nicht vor, sie zu kaufen. Darf ich fragen ...?«

Er reichte ihr eine Hand. »Ich bin ein neuer Verkäufer hier und noch nicht so bekannt mit unseren Kunden«, erklärte er. »Verzeihen Sie, wenn ich zu aufdringlich war.«

Die junge Verkäuferin kam mit den gewünschten Sandalen aus dem Lager zurück und runzelte die Stirn, als sie den neuen Kollegen bei Erica stehen sah.

Er lächelte und nahm ihr den Karton aus der Hand. »Ich kümmere mich darum, Ms Kennel. Sie können ruhig schon nach Hause gehen, ich schließe nach dieser Dame hier ab.« Das blonde Mädchen mit dem Pferdeschwanz sah irritiert aus, nickte dann aber und verschwand nach hinten, um ihre Sachen zu holen.

»Bitte«, sagte er und wies auf den plüschigen Stuhl. Erica nahm ihre Handtasche herunter und stellte sie daneben ab, dann setzte sie sich.

»Wunderschöne Schuhe«, sagte er und kniete sich vor sie. »Die sind doch auch von uns, oder?«

Sie zuckte zusammen, als er vorsichtig die Riemchen von ihren Pumps löste und das feine Leder von ihrem Fuß streifte. Ihr war, als habe er unmerklich tiefer eingeatmet, als der Schuh ihren Fuß freigab, doch sicher hatte sie sich getäuscht. Welches seriöse Schuhgeschäft würde schon einen Schuhfetischisten als Verkäufer einstellen?

Sie lächelte bei dem absurden Gedanken und wartete geduldig, den in hautfarbenen Nylons steckenden Fuß auf sein Knie gestützt, bis er die roten Sandalen aus ihrem Karton befreit und geöffnet hatte.

Ohne um ihr Einverständnis zu bitten, schob er die Sandale über ihren rechten Fuß und befestigte die Riemchen so, dass sie nicht drückten, aber genügend Halt boten. Dann griff er um ihre linke Wade, hob den Fuß etwas an und streifte die zweite Sandale darüber.

Als er fertig war, stand er auf und reichte ihr die Hand. Ohne ein Wort zog sie sich von dem Sessel hoch und machte prüfend ein paar Schritte durch den menschenleeren Laden. Der hochwertige Teppichboden unter ihren Füßen war durch die dünnen Ledersohlen zu spüren und streichelte ihre Füße wie eine liebevolle Hand.

»Aufregend«, sagte der Verkäufer und nickte lächelnd. »Sie heben den Spann dekorativ an und zaubern einen sehr eleganten Fuß. Sehen Sie?«

Er stellte sich neben sie vor den Spiegel und beugte sich herab, um mit einer Hand über ihren Fußrücken zu streichen. Erica spürte, wie sich eine Gänsehaut auf ihren Beinen ausbreitete und machte unwillkürlich zwei Schritte zurück.

»Entschuldigen Sie bitte«, murmelte er und richtete sich

wieder auf. Er sah etwas verlegen aus, seine Wangen waren leicht gerötet.

»Schon gut«, murmelte sie und betrachtete ihre Füße in dem hohen, schmalen Spiegel. Sie widerstand der Versuchung, sein Gesicht im Spiegelglas zu suchen und konzentrierte sich stattdessen ganz auf das rote Lackleder, das beinahe verrucht an ihr wirkte. Ein toller Stilbruch zu dem strengen, grauen Hosenanzug, den sie häufig im Büro trug.

Sie stellte sich vor, dass sie einen schmalen Gürtel aus dem gleichfarbigen Lackleder über ihrem Blazer dazu tragen würde, und natürlich brauchte sie noch einen Lippenstift in derselben Farbe, dann wäre ihr Outfit perfekt. Seriös genug für ihren Job und doch so aufregend, dass die Männer auf der Straße sich nach ihr umdrehen würden.

»Ich nehme sie«, sagte sie fröhlich, und der Verkäufer nickte zustimmend.

»Sie sind perfekt«, sagte er und kniete sich wieder vor sie, um die Sandalen von ihren Füßen zu streifen. Die ungewohnte Berührung seiner Finger an ihrem Knöchel jagte einen erneuten Schauer über ihre Beine und sie spürte, wie die feinen Härchen an ihren Oberschenkeln sich aufstellten und durch die dünnen Nylons nach außen drängten. Er streifte die schwarzen Pumps wieder über ihre Füße und befestigte auch hier die Riemchen geschickt und in genau der richtigen Weite.

Er sah sie nicht weiter an, als er die Sandalen sorgfältig in dem glänzenden Karton verpackte, dann stand er auf und trug sie wie eine Trophäe zur Kasse. »Kann ich sonst noch etwas für Sie tun?«, fragte er, als Erica in ihrer Handtasche nach der Kreditkarte suchte, die sie immer separat trug, falls ihr mal jemand das Portemonnaie stehlen sollte.

Sie schüttelte den Kopf und zahlte ohne mit der Wimper

zu zucken 379 Dollar für die schmalen Lackstreifen mit dem raffinierten Absatz. Sie ließ schließlich jeden Monat mindestens tausend Dollar in diesem Geschäft, was dank ihres Gehaltes auch kein Grund zur Sorge war, somit lag sie mit diesen neuen Schuhen absolut im Budget.

»Vielen Dank, Mr ...«, sagte sie und sah ihn fragend an. Im Gegensatz zu den anderen Verkäuferinnen im Geschäft trug er kein Namensschild an seinem Sakko.

»Newman«, antwortete er und reichte ihr die Hand, bevor er sie zur Tür begleitete. »Bis bald, hoffe ich.«

Erica lächelte. »Das hoffe ich auch«, antwortete sie und es kam ihr so vor, als wäre bei ihren Worten ein Leuchten über sein Gesicht gehuscht.

Fröhlich summend ging sie die Straße entlang nach Hause. Sie hatte nur drei Blocks vor sich, daher ging sie meistens zu Fuß in ihr Appartement. Die Nähe zum Büro war ihr bei der Auswahl der Wohnung sehr wichtig gewesen, sehr zum Leid von Marcus, der lieber etwas weiter außerhalb im Grünen gewohnt hätte, sich aber letztlich doch ihrem Willen gebeugt hatte.

Das kleine Appartementhaus lag etwas zurückgelegen von den großen Einkaufsstraßen und war daher relativ ruhig. Mit den fünf Stockwerken wirkte es neben den vielen Wolkenkratzern in der direkten Umgebung beinahe winzig, und genau deshalb hatte sie sich in die Wohnung und das Haus verliebt.

Das Haus war alt, aber liebevoll restauriert. Ihre Wohnung befand sich im fünften Stock und besaß eine wunderschöne Dachterrasse, die mit vielen Pflanzen und Windschutzwänden vor neugierigen Blicken geschützt war.

Sie schloss die Wohnungstür auf und betrat die leere und modern eingerichtete Wohnung. Die Tüte mit den neuen Sandalen stellte sie im Flur ab, dann ging sie sofort ins Schlafzimmer und zog den grauen Hosenanzug aus, um in ein schwarzes Nachthemd zu schlüpfen. Darüber zog sie einen dunkelroten Morgenmantel aus schwerem Samt.

Es war nicht besonders kalt in Seattle, trotz des Regens, der auch im Sommer die Stadt im Griff zu haben schien, aber sie fröstelte leicht und wollte die letzten Stunden des Abends gemütlich verbringen.

Bevor sie ins Wohnzimmer zurückkehrte, nahm sie ihre neue Errungenschaft aus dem Karton und suchte einen schönen Platz für sie in dem riesigen Schuhschrank, den sie extra hatte anfertigen lassen. Sie fanden ihre Bestimmung zwischen roten Pumps und weiteren roten Sandalen, die obszön hochhackig waren und vorn offen. Nicht einmal sie konnte darin mehr als fünf Schritte gehen, aber sie fand sie trotzdem so schön, dass sie sie unbedingt kaufen musste, obwohl Marcus sie abschätzig als Fetischschuhe bezeichnet hatte.

Die Sandalen fügten sich perfekt in das Bild ein. Erica ging ein paar Schritte zurück, um ihre Schuhwunder zu betrachten.

Eine ganze Wand ihres Schlafzimmers war den Schätzen zum Opfer gefallen. Schmale, einzelne Holzbretter waren hier ohne sichtbare Trägerstangen direkt in die Wand gebohrt worden, alle Regale neigten sich etwas nach unten und waren vorn mit einer Kante ausgestattet, damit kein Schuh abrutschen konnte, wenn sie die Türen öffnete.

Mehrere durchsichtige Schiebetüren aus Glas waren vor dem Regal angebracht, sodass sie all ihre Schuhe jederzeit bewundern konnte und morgens nicht lange suchen musste. Trotzdem war das wertvolle Leder staubgeschützt.

Rechts im Regal befanden sich zahlreiche Mittel und Werkzeuge zur Pflege der Schuhe: Schuhcreme, Glanzcreme, diverse Sprays und Bürsten sowie Schuhspanner und Schuhanzieher in Löffelform.

Ganz unten machten einige höhere Regale genug Platz für Stiefel aller Art, in denen Spanner steckten, um die weichen Schäfte zu stützen.

Erica konnte der Versuchung nicht widerstehen und zog die roten Sandalen noch einmal aus dem Schrank. Dann setzte sie sich auf ihr Bett und schlüpfte mit nackten Füßen hinein. Das kühle Lackleder prickelte auf ihrer Haut, und als sie die Riemchen um ihre Knöchel schloss, erinnerte sie sich an die zärtliche Hand von Mr Newman, der so geschickt und gekonnt mit dem feinen Leder und ihrem Fuß umgegangen war, dass er damit automatisch eine körperliche Reaktion bei ihr ausgelöst hatte.

Erica legte sich rücklings auf ihr Bett und hob die schlanken Beine in die Luft, bewunderte ihre zarten, sorgfältig pedikürten Füße in den glänzenden Riemen. Sie streckte die Füße und zog sie wieder zu sich heran, spielte damit, strich mit der Hand über ihre Waden und über ihren Fußrücken, wackelte mit den Zehen, die in einem zarten Nudeton lackiert und ordentlich rund gefeilt waren, und erfreute sich an dem Anblick der neuen Schmuckstücke.

Wieder tauchte Mr Newman vor ihrem geistigen Auge auf. Sein Blick, der beinahe zärtlich über ihre Füße und die Sandalen geglitten war, wie verliebt. Sein Mund, der über einem perfekt glattrasierten Kinn leicht zitterte, die volle Unterlippe ließ auf Durchsetzungsvermögen und Sensibilität schließen.

Die grünen Augen, die so vorwitzig geblitzt hatten, als sie die Keilsandalen in der Hand gehalten hatte. Seine Hände, die sanft und feingliedrig waren wie die eines Chirurgen oder Pianisten.

Seufzend stellte sie sich vor, wie diese Hände ihre Füße liebkosten. Sie sah seinen Mund, der die roten Lackriemchen küsste und sich langsam ihre Wade hinaufarbeitete, in der Kniekehle verharrte, um sie dort zu lecken. Dann legte er ihre Füße auf seine Schultern und ließ seinen Kopf zwischen ihren Schenkeln verschwinden.

Erica schob den Morgenmantel und das kurze Nachthemd hoch und griff sich mutig zwischen die Beine. Sie winkelte die Knie an und wackelte mit den roten Sandalen, die im Licht der Nachttischlampe glänzten, ergötzte sich an ihrem Anblick, und schon bald wurden Mr Newmans Hände real, ebenso wie seine Zunge, die sie plötzlich in ihrem Schoß spürte, liebkosend und zärtlich ihre kleine Perle umspielend.

Stöhnend befeuchtete sie ihren Finger zwischen den Lippen und glitt wieder mitten hinein, teilte ihre Labien und rieb an ihnen, dann drehte sie sich auf den Bauch und hob und senkte ihr Becken, während sie mit dem Finger kräftig und schnell an sich rieb.

Sie ging auf die Knie und stellte sich vor, dass Mr Newman hinter ihr hockte, auf seinen Unterschenkeln, und sie an den Füßen zu sich heranzog, bis sie auf seinen Beinen lag. Sie schob ihren Finger in sich hinein und stieß kräftig zu, wie er sie stoßen würde, wenn sie so vor ihm läge. Nackt und willig, die roten Schuhe dicht an seinen Körper gepresst.

Sie kam leise seufzend und presste das Becken fest gegen ihre Hand, als der Höhepunkt ein sanftes Zittern durch ihren Leib schickte. Dann rollte sie sich selig auf die Seite und schloss die Augen.

***

Am nächsten Tag im Büro erregten ihre neuen Sandalen tatsächlich große Aufmerksamkeit, allerdings eher, weil es draußen regnete.

»Gummistiefel wären wohl angebrachter«, witzelte ihr Kollege Jason und zog die Brauen hoch. »Oder hast du heute etwas Besonderes vor, dass du deine Füße so aufbrezelst?«

Erica antwortete mit einem lächelnden Schulterzucken und stopfte einige Unterlagen in ihre Aktentasche, bevor sie das hässliche, graue Bürogebäude verließ.

Draußen spannte sie ihren Schirm auf und zog den leichten Mantel über ihr Kostüm. Sie wollte den Eindruck ihrer schönen Schuhe nicht mit einer langen Hose ruinieren. In Gedanken an ihr gestriges einsames Erlebnis ging sie vorsichtig die Straße entlang, wobei sie einen Bogen um diverse kleine Pfützen machte, die der Regen auf dem Asphalt gebildet hatte.

Als sie an *Dave's ShoeHouse* vorbeikam, blieb sie wie von selbst stehen und versuchte, durch die Glasscheiben hineinzusehen. Der Regen machte es nicht einfach, und drinnen brannte wenig Licht. Sie sah auf die Uhr. Es war schon zehn vor acht, sie war etwas später dran als sonst, aber schließlich war das Geschäft bis zwanzig Uhr geöffnet, und sie wollte doch nur kurz nachsehen, ob Mr Newman heute auch da war.

Sie schüttelte den kleinen, schwarzen Regenschirm aus und faltete ihn zusammen, dann schob sie die Glastür auf und wartete auf das Glöckchen, das ihr Eintreten verkündete.

»Hallo, Mrs Walker!« Die junge Verkäuferin blinzelte irritiert und musterte sie von oben bis unten. »Die Sandalen sind wunderschön, aber bei dem Wetter ...?«

Erica lachte leise. »Ich bin so verliebt, dass ich sie heute unbedingt anziehen musste. Aber nun suche ich noch ein Paar schöne Halbstiefel für den kommenden Herbst, wenn Sie mir da vielleicht helfen könnten? Sie kennen ja meinen Geschmack.«

Die junge Frau biss sich lächelnd auf die Lippen und nickte. Offenbar dachte sie darüber nach, was Erica wohl mit den unzähligen Halbstiefeln und Stiefeln angestellt hatte, die sie im Laufe der letzten zwei Jahre hier erstanden hatte.

»Ms Kennel, ich kümmere mich um die Dame.« Erica lächelte unwillkürlich, als sie die Stimme hörte, und drehte sich zu ihm um. Er reichte ihr höflich die Hand und sah bewundernd auf ihre Füße.

»Zu dem Rock sehen sie noch besser aus als zur Hose, sie betonen Ihre Waden so schön«, sagte er, und Erica nickte erfreut.

»Ms Kennel, Sie können schon Feierabend machen«, sagte er zu der jungen Frau, die stirnrunzelnd von dannen zog. Sie schien sich wohl zu fragen, was mit den beiden vor sich ging, sagte aber nichts dazu.

»Setzen Sie sich. Ich werde ein Paar für Sie aussuchen«, sagte Mr Newman und deutete auf den schwarzen Stilbruch aus Samt, der vor einem Spiegel stand.

Erica nahm Platz, stellte ihre Tasche auf den Boden und streckte die Beine aus. Ihre Strümpfe waren ziemlich nass geworden, obwohl sie vorsichtig gegangen war, und sie überlegte, ob sie sie ausziehen könnte. Allerdings wollte sie doch zunächst ein paar Stiefel anprobieren, die Mr Newman ihr brachte.

Er kam mit einer Auswahl hochhackiger Stiefel und Stiefeletten zurück und stellte sie neben dem Stuhl ab. Dann kniete er sich wieder vor sie und zog behutsam die Sandalen von ihren Füßen.

»Das ist gutes Leder, so ein bisschen Regen macht ihnen nichts aus, wenn Sie sie gut imprägniert haben«, sagte er und strich vorsichtig, wie zufällig, über ihre Fußsohlen. Erica zog erschrocken die Füße an und wurde rot. Unwillkürlich dachte sie an den gestrigen Abend und ihre Fantasien von Mr Newman. Wenn er ahnte, woran sie gedacht hatte, als sie es sich selbst gemacht hatte, würde sie im Erdboden versinken vor Scham.

Sie hüstelte kurz, als er nach ihrem rechten Fuß griff und ihre Zehen befühlte.

»Ihre Strümpfe sind nass«, sagte er und sah zu ihr auf. Der Blick aus den grünen Augen verpasste ihr erneut eine Gänsehaut, und sie zog automatisch die Schultern zusammen. Tatsächlich waren ihre Strümpfe nicht nur nass, sondern auch kalt vom Regen, und Mr Newman spürte das.

Er begann, ihre Zehen mit den Fingern zu massieren. »Möchten Sie die Strümpfe ausziehen?«, fragte er leise, und Erica nickte schüchtern.

Er stand auf, um zur Tür zu gehen. Höflich drehte er ihr den Rücken zu und schloss ab, während Erica die halterlosen Nylons hinter einem Regal versteckt von ihren Beinen abrollte und zusammenknüllte. Mit nackten Füßen ging sie zu dem Stuhl zurück, schob die Strümpfe in ihre Handtasche und streckte die Beine aus.

Er kam zurück, kniete sich erneut vor sie und massierte ihre Zehen weiter.

»Mit kalten Füßen sollte man keine Schuhe anprobieren«, erklärte er. »Die Füße dehnen sich ja etwas aus, wenn sie warm sind, und wenn Sie mit kalten Füßen probieren, kann es sein, dass sie später drücken und zu eng sind.«

Erica nickte. Sie lehnte sich im Stuhl zurück und schloss die Augen. Seine Zärtlichkeit tat gut, sie war so sinnlich und zugleich so unschuldig, er tat ihr einen kleinen Gefallen, die Fußmassage entspannte sie ungemein.

Seufzend rutschte sie im Stuhl umher, bis er aufhörte und besorgt fragte: »Ist alles in Ordnung mit Ihnen?«

Sie öffnete die Augen wieder und lächelte. »Es könnte nicht besser sein«, antwortete sie leise, dann streifte er schmunzelnd eine schwarze Stiefelette aus handschuhweichem Leder mit einem sehr zierlichen, etwas gebogenen Absatz über ihren Fuß.

Erica schämte sich ein wenig, mit den nackten Füßen in das kostbare Leder zu schlüpfen.

»Es ist okay«, beruhigte Mr Newman sie. »Ich habe selten so schöne und so gepflegte Füße gesehen wie Ihre. Da können wir ruhig auf Probierstrümpfe verzichten, die sind so – unerotisch.«

Erica kicherte und stimmte ihm zu. Diese nur den halben Fuß bedeckenden Füßlinge waren auch ihr ein Gräuel, daher trug sie in der Regel eigene Strümpfe, wenn sie Schuhe kaufen wollte.

Das Leder war kühl, aber ihr Fuß rutschte problemlos in den schmalen Schaft hinein. Vorsichtig zog Mr Newman den Reißverschluss an der Seite zu und streifte den zweiten Stiefel über ihren linken Fuß. Dann half er ihr auf und führte sie zum Spiegel.

Die Stiefeletten schmiegten sich perfekt an ihre Knöchel, und der leicht gebogene Absatz sorgte für eine tolle Kurve in ihren Waden.

»Sie sollten einen kürzeren Rock dazu tragen«, sagte Mr Newman. »Darf ich?« Erica nickte, und er zog vorsichtig mit zwei Händen ihren Rock etwas höher, sodass ihre Knie und ein Teil ihrer Oberschenkel unter dem Saum hervorblitzten. Er stand hinter ihr, und sie spürte seinen Atem in ihrem Nacken. Eine Gänsehaut breitete sich dort aus, und sie machte einen Schritt nach vorn auf den Spiegel zu.

Seine Hände fielen herab, ebenso der Rock, der nun wieder knapp über ihrem Knie endete. »Haben Sie gesehen, was ich meine?«, fragte er höflich und trat einen Schritt zur Seite.

»Ja, ich weiß genau, was Sie meinen«, antwortete Erica und wurde rot. Sie spürte das Blut in ihren Wangen und ärgerte sich darüber.

»Sie sind wirklich toll, ich nehme sie«, sagte sie dann und setzte sich auf den Stuhl zurück, woraufhin er sofort in die Hocke ging, um die Stiefel von ihren Füßen zu streifen.

»Oder möchten Sie sie gleich anlassen? Bei dem Wetter ...?«, fragte er, bevor das Leder von ihrem Fuß rutschte.

»Ja, das wäre wohl ganz gut«, antwortete sie lächelnd. »Ich habe es nicht mehr weit, aber trotzdem sind die Stiefel heute wohl angebrachter als die Sandalen.«

Mr Newman wickelte die Sandalen in Seidenpapier ein und legte sie in den Karton der Stiefeletten. Erica zückte ihre Kreditkarte und unterschrieb für 549 Dollar.

»Das Leder ist butterweich«, sagte sie entzückt und wippte vorsichtig auf den Absätzen auf und ab.

»Ja«, sagte Mr Newman strahlend, und seine Augen leuchteten wieder. »Es ist eine ganz hervorragende Qualität, Ziegenleder aus Italien, in echter Handarbeit hergestellt. Und wenn ich das so sagen darf – der Künstler muss einen Leisten von Ihrem Fuß gehabt haben, so perfekt wie sie sitzen.«

Glücklich verabschiedete sie sich von Mr Newman und verließ das Geschäft. Der Verkäufer verriegelte die Glastür hinter ihr und löschte das Licht.

**

»Meinst du nicht, dass du es etwas übertreibst mit deinem Schuhtick?«, fragte ihre Freundin Alice am nächsten Tag im Büro und betrachtete stirnrunzelnd die neuen Stiefeletten. »Die waren doch bestimmt wieder sauteuer, oder?«

Erica schob sich ein Stück Hähnchenbrust in den Mund und zuckte mit den Achseln. »Na und? Ich finde sie toll!« Welche Wonnen sie ihr gestern Abend im Bett gebracht hatten, verriet sie ihrer Freundin natürlich nicht.

Das feine Leder hatte sie zu gefährlichen Fantasien geführt.

Sie hatte geträumt, wie Mr Newman sie im abgeschlossenen Geschäft in das Lager geführt und ihr all die Schuhe gezeigt hatte, die dort aufbewahrt wurden. Es roch intensiv nach frischem Leder, und der Duft wirkte auf Erica wie das stärkste Aphrodisiakum der Welt.

Sie hatten gemeinsam die feinen Materialien bewundert, mit den Händen über Stiefelschäfte und kühle Absätze gestreichelt, und dann hatte er sie gegen eine Wand von Schuhkartons gedrückt und war mit heruntergezogener Hose in sie eingedrungen, einfach so, ohne Vorspiel, ohne Vorwarnung.

Erica war bei dieser Fantasie sehr schnell gekommen und hatte sogar geschwitzt. Sie hatte in ihrer Lieblingsposition auf dem Bauch gelegen und ihr Becken so fest gegen die Finger gedrückt, dass sie die Federn in der Matratze an ihrem Schambein gespürt hatte.

»Ja, sie sind schon toll, aber ich mache mir langsam etwas Sorgen um dich ... Das ist doch, ganz ehrlich, nicht normal, was du da machst. So viele Schuhe kann man doch im ganzen Leben nicht tragen!«

Alice war im Gegensatz zu ihr selbst die große Karriere verwehrt geblieben, und so trieb sie sich noch immer als Marketingassistentin in dem Chemiekonzern herum, während Erica längst die höchsten Stufen der Leiter erklommen hatte und das wichtige Produktmanagement leitete. Natürlich konnte Alice sich so teure Schuhe gar nicht leisten, zumal ihr Mann ein ziemlich brotloser Künstler war und von ihrem Geld lebte.

Da kam ihr eine Idee, die ihr Herz zum Klopfen brachte. »Alice, ich schenke dir ein Paar Schuhe!«, sagte sie und sah ihre Freundin strahlend an.

Die rümpfte die Nase. »Nein, danke«, sagte Alice. »Getragene Schuhe möchte ich nicht.«

»Doch keine gebrauchten Schuhe von mir«, erwiderte Erica und verdrehte die Augen. »Ich lade dich nach der Arbeit zu *Dave's ShoeHouse* ein, und wir suchen dir ein Paar todschicke Stiefel für den Herbst aus. Bitte, bitte, ich möchte dir so gern den Gefallen tun, und ich weiß, dass du die Schuhe ebenso lieben wirst wie ich, wenn du sie erst mal an den Füßen hattest.«

Alice war noch nicht überzeugt. »Süße, ich weiß, wie teuer die Schuhe da sind. Ich drücke mir dauernd die Nase am Schaufenster platt und überlege, ob ich mir ein Paar davon gönne oder diesen Monat lieber was Vernünftiges zu essen kaufe.«

Erica lachte. »Mach dir keinen Kopf. Ich schenke dir gern etwas, du kannst es ja als vorgezogenes Geburtstagsgeschenk ansehen!«

Alice schüttelte den Kopf. »Mein Geburtstag ist im Februar«, sagte sie zweifelnd, als machte sie sich Sorgen über Ericas geistige Verfassung. Aber die war überzeugt von ihrer Idee und ließ nicht locker.

Der restliche Tag im Büro war zäh und schien seltsamerweise länger zu dauern als sonst. Erica ertappte sich dabei, dass sie schon nervös vor Vorfreude auf ihrem Stuhl herumrutschte. Was war nur mit ihr los? Neuerdings hatte der Spaß an den Schuhen eine seltsam erotische Komponente bekommen, die ihr noch etwas fremd war. Allerdings gefiel sie ihr auch ausnehmend gut.

Endlich konnte sie das Büro verlassen und holte Alice einige Etagen tiefer aus ihrem Großraumbüro ab.

»Mann, warum musst du immer so lange arbeiten«, maulte sie. »Ich wäre schon vor zwei Stunden nach Hause gegangen.« Es war halb acht, Ericas normale Zeit für den Büroschluss, und sie lachte.

»Deshalb kaufe ich ja auch dir die Schuhe und nicht du mir«, feixte sie, was Alice mit rausgestreckter Zunge beantwortete.

»Dass du in den Dingern so schnell gehen kannst«, keuchte sie auf der Straße hinter Erica her, die trotz der hohen Absätze rasch in die bekannte Richtung lief.

»Das ist reine Übungssache«, meinte sie. »Je öfter man so hohe Absätze trägt, desto eleganter läuft man.« Alice starrte nach unten auf ihre flachen Ballerinas und grinste.

»Na, da muss ich wohl meinem Mann eine Freude machen und mit den neuen Dingern ein paar Stunden vor ihm auf- und abflanieren«, meinte sie.

Vor *Dave's ShoeHouse* blieben sie stehen und betrachteten gemeinsam das Schaufenster. Erica entdeckte wieder ein paar neue Modelle und wunderte sich.

Sie war ja schon lange Kundin hier, aber so ein rascher, täglicher Wechsel in der Auslage war ihr neu. Hoffentlich blieb das nicht dabei, sonst würde sie hier arm werden und sich für ein paar Schuhe in den sicheren Ruin stürzen.

»Guten Abend, Mrs Walker!« Die junge Verkäuferin war nicht zu sehen, dafür strahlte Mr Newman hinter dem langen Glastresen, auf dem die Kasse stand, bis an beide Ohren. Fast sah es so aus, als hätte er sie erwartet, dachte Erica, schüttelte aber innerlich den Kopf. Als er Alice hinter ihr entdeckte, verzog sich sein Mund unmerklich, ohne dass er das unverbindliche Verkäuferlächeln verlor.

»Oh, Sie haben jemanden mitgebracht?«

Erica nickte und schob Alice vor sich. »Das ist meine Freundin Alice«, sagte sie. »Sie möchte sich auch ein Paar Stiefeletten aussuchen, weil ihr meine so gut gefallen haben.«

Mr Newman zog die Nase kraus, riss sich aber sofort wieder zusammen und kam hinter der Glastheke vor. »Setzen Sie sich«, sagte er zu Alice und deutete mit der Hand auf den

Plüschstuhl. »Ich werde ein paar Modelle für Sie auswählen.«

Er warf einen missbilligenden Blick auf die ausgetretenen und nicht gerade gepflegten Ballerinas, deren Sohle sich an einer Stelle schon löste, und ging kopfschüttelnd nach hinten.

»Jetzt weiß ich, warum du immer hierher gehst«, zischte Alice. »Der Typ sieht ja total verschärft aus!«

Erica schüttelte irritiert den Kopf und sah ihm nach, als er hinter zwei Regalen verschwand und sich dort bückte. Er war ganz attraktiv, aber dass sogar Alice ihn »verschärft« nannte, hätte sie jetzt nicht gerade erwartet. War ihr da etwas entgangen?

»Hast du etwa nicht gesehen, was für eine Topfigur der hat?«, flüsterte Alice. »Der Hintern! Und diese schmalen Hüften bei dem breiten Brustkorb ...«

»So, da haben wir eine kleine Auswahl für Sie«, sagte Mr Newman und ließ ein paar Stiefeletten mit kleinem Absatz achtlos auf den Boden fallen. Erica beobachtete ihn stirnrunzelnd und fragte sich, welche Laus ihm heute über die Leber gelaufen war, dass er sich so merkwürdig benahm. Er blieb neben dem Stuhl stehen und wartete, bis Alice sich bückte und ihre Ballerinas auszog. Dann reichte er ihr einen Halbstiefel und richtete sich wieder auf.

Alice quetschte ihren Fuß in das Leder und wackelte mit den Zehen. »Zu eng«, sagte sie und zog den Stiefel wieder aus.

Wortlos reichte Mr Newman ihr einen zweiten Stiefel, in den sie hineinschlüpfte. Erica starrte den Verkäufer mit offenem Mund an. Sie konnte nicht fassen, wie verwandelt er plötzlich war. Was hatte er nur?

Alice gefielen die Stiefel nicht, also probierte sie noch vier weitere Paare, bis das letzte Paar ihr Interesse fand. »Die sind gut«, rief sie und ging vor dem Spiegel damit auf und ab.

Mr Newman verzog das Gesicht, als habe er in eine Zitrone

gebissen, und wandte sich hüstelnd ab.

Erica runzelte die Stirn und wusste nicht, was sie sagen sollte. Offenbar hatte sie sich in ihm getäuscht, vielleicht wollte er sie doch nur anbaggern und hatte ihre Vorliebe für Schuhe dazu genutzt?

»Ich nehme die hier«, sagte Alice und zog die Stiefel wieder aus. Mr Newman nahm sie mit spitzen Fingern entgegen und trug sie ohne ein weiteres Wort zur Kasse. »Ganz schön arrogant, der Typ«, flüsterte Alice ihrer Freundin zu und tippte sich an die Stirn. »Aber wenn der glaubt, dass er mir ein Paar Stiefel für vierhundert Dollar andrehen kann ...«

Erica zog ihre Kreditkarte aus der Tasche, aber Alice drückte ihre Hand zurück in die Handtasche. »Nix da! Du hast doch nicht wirklich geglaubt, ich würde dich bezahlen lassen?«, sagte sie, und Mr Newman beobachtete die beiden aus den Augenwinkeln, während er den Betrag in die Kasse tippte und den Karton mit den Stiefeln in einer Tüte verstaute.

Erica zischte. »Das war aber so abgemacht!«

Alice schüttelte den Kopf und kramte ihr Portemonnaie aus der Tasche.

»Einhundertneunundreißig Dollar«, sagte Mr Newman kühl.

Alice bezahlte den Betrag bar, nahm die Tüte entgegen und ging zur Tür.

Erica drehte sich zu ihm um und sah ihn mit hochgezogenen Brauen an, doch er schüttelte nur den Kopf und wandte sich ab. Er sah traurig aus.

»Bis morgen!« Alice hauchte ihr draußen vor dem Geschäft einen Kuss auf die Wange und umarmte sie zum Abschied. »Danke, dass du mich mitgenommen hast in deine Kathedrale!«

Mit gesenktem Kopf ging Erica die Straße entlang nach Hause, doch kurz bevor sie ihr Haus erreichte, drehte sie um und lief so schnell sie konnte zurück. Vielleicht hatte sie Glück und erwischte ihn noch?!

Das Licht war schon gelöscht, atemlos blieb Erica vor dem Geschäft stehen. Enttäuscht wollte sie sich wieder umdrehen, als sie drinnen eine Bewegung wahrnahm.

Beherzt hob sie die Hand und klopfte gegen die Glasscheibe. Wieder machte sich ein Schatten hinter der Fensterscheibe bemerkbar, und dann öffnete sich die Tür. Ein Lächeln huschte über sein Gesicht.

»Mr Newman«, setzte sie an, doch er zog sie am Arm zu sich in den Laden und drückte sie an sich. »Mr Newman ...«, wiederholte sie, leiser jetzt, dann ließ sie zu, dass er seinen Mund auf ihren presste.

Er küsste vorsichtig, nur langsam tastete sich seine Zunge zwischen ihre Lippen, als wolle er prüfen, ob er weitergehen könnte.

Erica schloss die Augen und erwiderte seinen Kuss. Sie stellte sich auf die Ballen und ließ den Oberkörper gegen seinen sinken. Seufzend genoss sie seinen Kuss.

Er verriegelte die Tür, bevor er sie mit sich in den hinteren Bereich des Geschäftes zog. Dort schob er sie vorsichtig auf einen der kitschigen Sessel und kniete sich vor sie.

»Oh Erica«, flüsterte er, und sie sah ihm atemlos zu, wie er den Reißverschluss ihrer Stiefeletten öffnete und sie von ihren Füßen zog. Dann küsste er ihre Zehen, streichelte ihre Füße und ihre Waden, glitt mit den Händen geschickt ihr Bein empor und massierte sie gekonnt. Er rollte ihre Strümpfe herab und schob ihren Rock hoch, ganz langsam, wie in Zeitlupe, um das zarte Nylon nicht zu beschädigen.

Kein Wort kam über ihre Lippen, als er seinen Mund um ihre Zehen legte und an ihnen saugte, vorsichtig, sanft. Mr

Newman ließ seine Zunge über ihre Füße gleiten, lutschte an den Zehen und strich mit den Händen immer wieder über ihre Beine, die nun ohne die Strümpfe nackt und glatt waren. Sie stöhnte leise, als er sich einen Weg über ihre erhitzten Oberschenkel suchte und seine Fingerkuppen darauf tanzen ließ. Sie spürte seinen Atem, der die Feuchtigkeit kühlte, die er mit seinem Mund auf ihren Zehen und Füßen hinterlassen hatte. Er hauchte Küsse auf die zarte Haut, dann sog er tief ihren Geruch ein.

Erica erschauerte. »Mr Newman ...«, brachte sie hervor, wollte aber nicht, dass er aufhörte. Stattdessen zog sie ihn zu sich herauf, höher, und er verstand. Er ließ von ihren Füßen ab und legte ihre nackten Fußsohlen auf seinen Oberschenkel. Der Stoff seiner Hose war rau und warm, und ihre Zehen fuhren ganz automatisch darüber.

Dann hauchte er seinen Atem auf ihre Oberschenkel, strich mit der Zunge behutsam über die feinen Härchen, die sich sogleich aufrichteten und an seinen Mund drängten. Er küsste sich Zentimeter für Zentimeter hinauf, bis er kurz vor ihrem Schoß aufhörte.

Erica zappelte ungeduldig auf dem Stuhl. Zwischen ihren Beinen prickelte es, und sie sehnte sich danach, dort berührt zu werden. Er legte seine Lippen auf ihren Venushügel und atmete tief und warm durch den Stoff ihres Strings gegen ihre Labien. Sie zuckte zusammen, dann genoss sie die Hitze, die er produzierte und die sich in ihr ausbreitete, spürte die Feuchte, die sie plötzlich erfüllte.

Er strich mit einem Finger über den Slip, an ihren Labien entlang, drückte sich durch den dünnen Stoff zwischen die feinen Schamlippen und erkundete sie. Erica wand sich seufzend auf dem Stuhl und umklammerte seinen Kopf mit beiden

Händen, dann biss er vorsichtig in die prall gefüllten Lippen und zog sanft daran.

»Oh bitte«, hauchte sie und spreizte die nackten Beine weiter, schob den Rock höher, um ihm Platz zu machen, doch er war geduldig und vorsichtig. Wieder atmete er mit dem Mund, schloss die Lippen um ihre Scham und sicher konnte er spüren, wie ihre kleine Perle sich verhärtete und mit Blut füllte. Das Pulsieren setzte sich in seinem Mund fort, und Erica schob mit zwei Fingern den Slip zur Seite, damit er sie endlich richtig berührte.

Sofort wich Mr Newman zurück und sah sie an. Irritiert blinzelte sie, aber er lächelte. Dann griff er mit beiden Händen in die Seitenbändchen ihres Höschens und zog es gekonnt und langsam über ihre Hüften nach unten. Als er es über ihre Füße streifte, hob er ihre Beine an und glitt mit der Zunge über ihre Waden. Er liebkoste ihre Zehen und massierte die Zwischenräume, bis sie wohlig schnurrte und sich vor ihm räkelte.

Ihr Gesicht fühlte sich heiß an, ihr Schoß war feucht, und sie schämte sich ein wenig vor dem Schuhverkäufer, der nun ungehindert zwischen ihre Beine sehen konnte. Doch offenbar gefiel ihm, was er da sah, denn er ließ kurz darauf von ihren Füßen ab und schob seinen Kopf erneut zwischen ihre Schenkel.

»Uuuh«, stöhnte Erica, als seine Zunge ihre Perle berührte, ganz kurz und heftig stieß er sie hervor und jagte einen Schauer der Erregung über ihren Rücken. Erneut traf sie ein unerwarteter Einschlag, der punktgenau und zielsicher auf ihrer Klit landete.

»Sie sind so schön, Erica«, seufzte Mr Newman leise. Sie drückte seinen Kopf fester gegen ihren Schoß, sodass er gezwungen war, den Mund auf sie zu legen. Sein heißer Atem durchströmte sie wieder, und er glitt mit einem Finger behutsam über ihre Labien, rieb sie sachte, während er ab und zu die Zunge hervorschnellen ließ.

Sie zappelte unter ihm, legte die Beine auf seine Schultern und quetschte seinen Kopf dazwischen ein, wie im Klammergriff. Dann durchdrang sein Finger den kleinen Widerstand und glitt in sie hinein, nur ein wenig, ein paar Zentimeter.

Er massierte sie innen und ließ seine Zunge kreisförmig um ihre Klit tanzen, malte Buchstaben und Zahlen auf ihr, schob mit der Zungenspitze die Vorhaut zurück und ließ sie wieder schützend über die Perle gleiten, bis sie laut aufstöhnte unter seinem Rhythmus und in seinem Mund kam.

»Oh Gott«, keuchte sie atemlos, ihr Becken zitterte unkontrolliert unter ihm und ihre Beine hatten sich auf seinen Schultern lustvoll verkrampft. Mr Newman zog sich zu ihr hoch und küsste sie.

Erica ließ sich in den Sessel zurücksinken, ihr Hinterkopf lehnte an dem Schuhregal, und dann sah sie sich im Spiegel.

Ihre Wangen leuchteten rot, ihre Augen glänzten, die ordentliche Frisur war zerwühlt, als sei sie gerade aus dem Bett gestiegen. Ihre nackten Beine hatte sie um seine Hüften geschlungen, und er kniete zwischen ihnen vor dem Sessel. Seine Erektion drückte sich an ihren feuchten Schoß, sie war auch durch die Hose hindurch deutlich spürbar.

»Nimm mich«, sagte sie leise und hob sein Kinn an, um ihm in die Augen zu sehen. Er lächelte und stand auf, dann ging er um den Sessel herum nach hinten. Enttäuscht sah sie ihm nach, es war nur wenig Licht im Geschäft und sie konnte nicht genau erkennen, wohin er gegangen war.

»Mr Newman?«, fragte sie und stellte fest, dass sie noch immer seinen Namen nicht kannte, obwohl sie gerade in seinem Gesicht explodiert war.

Kurz darauf kam er zurück, in der Hand eine schwarze Schachtel. »Ich habe etwas für Sie, Erica«, sagte er und öffnete den Karton. »Und ich möchte, dass Sie es tragen, wenn ich ...« Er sprach es nicht aus, aber Erica verstand und lächelte.

Atemlos sah sie zu, wie er ein Paar Schuhe aus dem Karton zog. Sie waren hoch, sehr hoch, mit einem sorgfältig eingearbeiteten Plateau vorn und einem spitzen, nach unten konisch verlaufenden Absatz. Der ganze Schuh war aus glänzendem Lackleder gearbeitet, die Sohle leuchtete dunkelrot, und auf der abgerundeten Spitze vorn blühte wie eine Blume eine schwarze Samtschleife – ein kleines Kunstwerk.

»Du meine Güte«, flüsterte sie andächtig, als er den Schuh vorsichtig über ihren Fuß streifte. Er passte perfekt, schmiegte sich sinnlich und eng um ihren Fuß, als sei er für sie gemacht.

»Ich habe sie selbst gemacht«, sagte Mr Newman stolz. »Für Sie, Erica! Sie haben mich dazu inspiriert.«

Sie war gerührt. Sie hatte nicht geahnt, dass er auch Schuhe machte, bisher war er nur ein einfacher Schuhverkäufer für sie gewesen. Ein Schuhverkäufer! Sie schluckte.

Er war Schuhverkäufer, und sie war gebildet, erfolgreich. Was sollte sie mit einem wie ihm anfangen? Ihre Freunde würden sie auslachen, niemand würde eine Beziehung zwischen ihnen ernst nehmen.

Sehnsüchtig strich sie mit den Fingerkuppen über seine Wange, während sie die Schuhe an ihren Füßen betrachtete. Mr Newman lächelte versonnen. »Ich hoffe, sie gefallen Ihnen«, sagte er und sah etwas verlegen aus.

Erica nickte. »Sie sind wunderwunderschön«, flüsterte sie und zog ihn an sich, um ihn erneut zu küssen.

Sie pfiff auf die Freunde und die anderen, die über sie lachen würden. Trunken vor Glück zerrte sie an seinem Gürtel, öffnete den Reißverschluss seiner Hose und befühlte den harten Schaft, der sich ihr entgegendrängte. Mit den Füßen schob sie die Hose so weit herunter, dass seine Hüften nackt waren und sein Glied sich wie von selbst zwischen ihre Beine schob, als er näher kam.

Sie schlang die Schenkel um ihn und drückte die spitzen Absätze in seinen Hintern. »Komm«, lockte sie. »Fick mich! Ich will dich spüren!«

Er stöhnte leise auf, seine Härte war unglaublich, und dann drang er in sie ein, mit einem kräftigen Ruck, der sie aufheulen ließ.

»Oh ja«, stöhnte sie, als er zustieß und das Gesicht in ihren Haaren vergrub. »Oh ja, stoß zu! Stoß mich fester!« Er nahm ihre Beine hoch und legte sie wieder über seine Schulter, und sie stellte die Absätze vorsichtig darauf, um sie im Spiegel bewundern zu können.

Sie sah seinen runden, muskulösen Hintern im Glas, seine Beine, die trainiert wirkten und doch leicht zu zittern schienen vor Anstrengung, während er immer wieder kräftig zustieß. Der Sessel rutschte gegen das Schuhregal, auf dem die teuren Pumps wackelten, und Erica schrie ihre Sehnsucht heraus.

»Uuuuh, ooooh, jaaaa«, jauchzte sie, als sie das Beben in sich spürte. Dann schmiegte sich ihr Muskel an ihn, pulsierend massierte sie seinen Schaft, während er die Lippen auf ihre presste und sie küsste, als sie gemeinsam kamen.

Er blieb noch lange in ihr und erschlaffte dort nur langsam, strich dabei immer wieder mit den Händen über ihre Waden und über die kostbaren Schuhe, die so perfekt waren für ihre Füße wie kein zweites Paar auf der Welt.

Erica strahlte. Was machte es, dass er nur ein Schuhverkäufer war? Immerhin teilte er ihre größte Leidenschaft, und er hatte ihr Schuhe gezaubert, die sich so richtig anfühlten, wie sein Schwanz in ihr. Nie wieder würde sie ihn loslassen.

»Mr Newman«, sagte sie leise, und er sah lächelnd auf.

»Ja, Erica?«

»Hm, ich denke es wäre an der Zeit, dass ich auch deinen Vornamen erfahre«, meinte sie und sah ihn fragend an. Er zog sich etwas zurück und grinste. »Ich heiße Dave«, sagte er, und bevor er sie erneut küsste, fiel ihr Blick auf die Leuchtreklame draußen.

LadiesGangBang

Etwas zögernd betrat Aneta den kleinen, eleganten Sexshop, der einer Boutique glich. Ein roter, dicker Teppich, duftende Blumen auf den Regalen zwischen formschönen und edel wirkenden Dildos und Vibratoren und eine seriös aussehende Verkäuferin um die Fünfzig ließen sie erleichtert aufatmen.

»Kann ich Ihnen helfen?«, fragte die ältere Dame mit der großen, schwarz umrandeten Brille freundlich lächelnd.

»Hallo«, grüßte Aneta ebenso freundlich zurück und machte zwei vorsichtige Schritte auf die Frau zu. »Ich möchte mich nur etwas umsehen ...«

»Gern, natürlich!« Die Dame nickte verständnisvoll und zog sich diskret hinter einen alten Schreibtisch aus Nussbaum zurück. Sie war die einzige Kundin in dem überschaubaren Laden, das kam ihr sehr entgegen. Die Dessous, die in antiken Schränken hingen, wirkten sündig und teuer. Sie ließ ihre Hände über die feinen Stoffe gleiten und geriet ins Träumen. Für so schöne Stoffe hatte sie schon immer ein Faible gehabt. Vielleicht sollte sie lieber hier zugreifen? Eine schwarze Satincorsage mit feinem Spitzenbesatz am oberen Rand hatte es ihr besonders angetan. Ob ihr so etwas stehen würde? Aber sie war ja eigentlich für etwas ganz anderes hierhergekommen ...

Seufzend wandte sie sich von der schönen Wäsche ab und den hohen, weiß lackierten Holzregalen zu. So ein feines Geschäft! Der Tipp ihrer Freundin war goldrichtig gewesen. Hier fühlte sie sich auf Anhieb wohl, und es hatte nichts gemein mit den schmuddeligen, düsteren Sexshops, die sie aus dem Fernsehen kannte.

Die Spielzeuge waren sorgfältig im Regal drapiert und kamen durch die vornehme, indirekte Beleuchtung hervorragend zur Geltung. Vorsichtig nahm sie einen elegant gebogenen Vibrator in die Hand. Er fühlte sich gut an, hart und weich zugleich, und die schlanke Form gefiel ihr. »Da haben Sie aber ein sehr schönes Stück ausgesucht«, sagte die Dame hinter ihr und nahm ihr den Vibrator aus der Hand. »Darf ich?« Mit geschickten Fingern schaltete sie ihn ein, dann reichte sie ihn ihr zurück. Aneta war erstaunt. Mit einer so kräftigen Vibration hatte sie nicht gerechnet. »Ja, der hat ganz schön Power«, sagte die Dame und lachte. »Und wasserdicht ist er auch noch – für die Badewanne.« Sie zwinkerte verschwörerisch und Aneta grinste. »Er ist aus Silikon, das ist ein sehr hygienisches Material, einfach zu reinigen und gesundheitlich unbedenklich. Keine schädlichen Weichmacher. Riechen Sie mal daran.«

Tatsächlich roch der Vibrator nach gar nichts, sie hatte einen Gummigeruch oder etwas Ähnliches erwartet. »Ich nehme ihn«, sagte sie kurzentschlossen und kramte die Kreditkarte aus der Handtasche.

***

»Hast du heute etwas Schönes gefunden?«, fragte René abends im Bett.

Aneta nickte. Sie war nackt, wie immer, wenn sie miteinander schlafen wollten, und hatte die Bettdecke über den Körper gezogen, weil ihr kalt war.

Dann entdeckte René die schwarze Lacktüte auf dem Nachttisch und zog sie neugierig zu sich heran. Er holte die große, schwarze Schachtel hervor, in der das edle Gerät ruhte, und öffnete sie. »Wow, so groß«, staunte er und lachte. »Du hast es aber wirklich vor, was?«

Aneta setzte ihren unschuldigsten Blick auf. »Na ja, du hast gesagt, ich soll mir was aussuchen. Und der gefiel mir halt gut.«

René fummelte den Vibrator aus der Verpackung und betrachtete das gute Stück mit männlichem Interesse. Der Vibrator wirkte hier im Schlafzimmer größer als im Geschäft, die schwarze Farbe strahlte Macht aus. Als er ihn einschaltete, gab er einen surrenden Ton von sich, und René zuckte erschrocken zusammen, als er die Vibration in den Händen spürte. »Hey«, lachte er und hielt ihr den eingeschalteten Vibrator entgegen. »Da werde ich ja direkt eifersüchtig!« Jetzt war auch sie neugierig auf das Spielzeug und konnte es kaum erwarten, ihn endlich auszuprobieren.

René ließ den Vibrator unter die Decke gleiten und suchte die empfindliche Stelle zwischen ihren Beinen. Schon spürte sie das Zucken des Gerätes an ihrer Scham, das Surren des Motors wurde durch die Bettdecke angenehm gedämpft und lenkte sie nicht mehr ab. Sie schloss die Augen und ließ sich auf das wohlige Kribbeln ein, das er in ihrem Unterleib erzeugte. Er schlug die Decke zur Seite und begann damit, den Vibrator langsam und vorsichtig zwischen ihren Beinen auf- und abgleiten zu lassen. Er drehte ihn in der Hand hin und her, sodass die Berührung intensiver und abwechslungsreicher wurde.

Sie hatte noch nie so ein Ding benutzt, das Gefühl war ungewohnt, aber sehr angenehm, und sie spürte, wie sie langsam feucht wurde.

Renés Blick wurde lüstern. Aufgeregt bewegte er den großen Vibrator etwas schneller hin und her, erhöhte den Druck der Spitze auf ihre Klitoris und beobachtete ihre Reaktion.

Aneta kniff die Augen fest zu und versuchte zu vergessen, womit ihr Mann sie gerade zu stimulieren versuchte. Sie stellte sich vor, es sei ein besonders großer, harter Schwanz, der an ihren Schamlippen und ihrer Klitoris rieb, auf denen sich langsam die Feuchtigkeit der Lust bemerkbar machte. Sie stellte sich einen schlanken, schwarzen Mann vor, dunkel und geheimnisvoll, mit muskulösen Armen und Beinen und kaum behaarter Brust, der sein erregtes Geschlecht zwischen ihre Beine drückte.

Und nach ein paar Minuten war sie so weit, spreizte die Beine und wollte ihn in sich spüren, stöhnte leise auf und griff nach unten, an seine Hand, um sie mitsamt dem Vibrator zwischen ihre Schenkel zu schieben.

Er verstand. Quälend langsam ließ er das surrende Gerät in sie eindringen, teilte mit der vibrierenden Spitze die Schamlippen und schob das Silikon vorsichtig in sie hinein.

Der künstliche Schwanz fühlte sich prall und mächtig in ihr an, die Vibration ging mühelos durch ihren ganzen Unterleib hindurch. René zog ihn wieder heraus und ließ ihn erneut in sie hineingleiten, immer schneller. Dabei keuchte er, seine Augen waren vor Erregung glasig geworden. Er umfasste seinen Penis mit der Hand und schob die Vorhaut vor und zurück, in demselben Tempo, in dem er sie mit dem Vibrator stieß.

Sie schloss die Augen wieder und ließ ihr Kopfkino weiterlaufen. Der schwarze Mann wurde lebendig, sie konnte ihn spüren und riechen, hob ihm ihr Becken entgegen, spreizte die Beine weiter, damit er ganz zwischen sie passte, und als René ihren neuen Freund herauszog und selbst in sie eindrang, war sie in Gedanken schon ganz woanders.

René war ein einfühlsamer Liebhaber und sehr geduldig. Und doch spürte sie, dass es wieder nicht gelingen würde. Auch als René, während er seinen Schwanz in sie hineindrängte, den feucht glänzenden, brummenden Vibrator an ihre Klitoris legte und diese damit rieb, war sie von einem Höhepunkt so weit entfernt wie ihr Dispokredit von einem ausgeglichenen Konto.

Sie spielte sein Spiel weiter mit, bis er einmal laut aufstöhnte und sich in ihr ergoss, sie spürte das Zucken seines Schwanzes, das ihre Erregung noch einmal kurz auflodern ließ, und dann war es vorbei.

Sie kuschelte sich an ihn, legte ihren Kopf in seine Armbeuge. René küsste sie. »Schade«, murmelte er, dann schloss er die Augen und schlief ein. Sie lag lange wach, ein leises Pochen zwischen den Beinen zeugte noch von der Erregung, die sie gespürt hatte, und doch hatte es wieder einmal nicht zur Erfüllung gereicht.

***

»Du meinst, du bist noch NIE gekommen?« Staunend riss ihre Freundin Ella die Augen auf.

Aneta schüttelte den Kopf. »Nein, nein ... Ich bin nur noch nie beim SEX gekommen!«, antwortete sie und sah verlegen aus. »Wenn ich es mir selber mache, klappt das immer ... Dauert aber sehr lange.«

Ella schloss den Mund wieder und nippte an ihrem Latte Macchiato. Sie saßen in einer Ecke auf zwei kleinen Sesseln bei *Starbucks* und erholten sich von einem Shoppingmarathon. »Hm, das ist arg«, sagte sie dann und leckte den Milchschaum von der Oberlippe. »Ich weiß ja nicht, wie viele Männer es waren – seitdem wir uns kennen, ungefähr fünf, sechs? Aber wenn es wirklich noch nie geklappt hat, liegt es doch wohl nicht an den Typen, es sei denn, du hättest wirklich immer gezielt ins Klo gegriffen.«

Aneta zog die Schultern hoch und knabberte an dem kleinen

Stück Schokolade, das auf ihrem Löffel gelegen hatte. »Nee, das kann nicht sein. Also zumindest René gibt sich wirklich Mühe, er kann sehr lange und denkt auch immer an mich, ist sehr einfühlsam ... Aber es will einfach nicht funktionieren! Er leidet auch darunter. Seit wir uns kennen, ist das so.«

Ella zog die Augenbrauen grübelnd zusammen. »Hast du mit ihm darüber gesprochen?«

Aneta seufzte. »Ständig sprechen wir darüber. Quasi nach jedem Mal! Das nervt mich auch total. Er fragt immer, was er anders, besser machen kann. Aber sein dauerndes Warten auf meinen Orgasmus macht es nicht gerade einfacher, das setzt mich eher unter Druck! Und dann geht halt gar nichts mehr.«

»Hast du es mal mit einem Vibrator probiert?« Jetzt musste Aneta lachen. »Ja, gerade letzte Woche! Das war leider auch ein Reinfall.« Ella ließ sich berichten, wie genau die Freundin den Vibrator eingesetzt hatte. Aneta erzählte zögernd und etwas beschämt. »Also weißt du, dass wir mal hier bei *Starbucks* sitzen und über Sex und Vibratoren reden ...«

Ella war empört. »Hallo? Wenn du mit MIR nicht darüber reden kannst, mit wem, bitte sehr, denn dann?« Da hatte sie natürlich recht – sie kannten sich schon sehr lange und hatten auch immer alle Männergeschichten miteinander geteilt. Neben ihr selbst kannte Ella sie wohl von allen Menschen am besten. Darum hatte sie sich auch Hilfe erhofft, zumal Ella wesentlich erfahrener war als sie selbst und sie die Männer, die sie verschlissen hatte, kaum zählen konnte.

»Hast du das Problem denn gar nicht?«, fragte Aneta neugierig.

Ella lachte. »Doch, natürlich. Aber eben nicht immer, sondern meistens nur bei bestimmten Männern. Es gibt halt echt Typen, die so schlecht sind im Bett, dass da einfach nix läuft. Rein, raus, fertig, danke sehr. Meistens kann ich die vorher schon ausfiltern, aber ab und zu gerate ich trotzdem an so ein Exemplar.«

»Und was machst du dann?«

»Dann warte ich, bis der Typ weg ist, und helfe selber nach. Manchmal starte ich auch schon, wenn er noch da ist, und die meisten werden dann gleich wieder spitz und können nach ein paar Minuten weitermachen, dann klappt es vielleicht doch noch.«

Aneta grinste. »Das werde ich mal versuchen«, meinte sie, »Vielleicht hilft es bei uns ja auch.«

Ella nickte. »Ja, wer weiß. Und René kann beim Zuschauen vielleicht noch was von dir lernen? Oder du besorgst dir mal einen vernünftigen Porno, den ihr euch zusammen anguckt. Das wirkt bei mir auch immer Wunder, da muss ich kaum Hand anlegen und komme schon, wenn ich nur meine Oberschenkel aneinander presse.« Sie grinste und leerte ihren Kaffeebecher mit einem Zug, die aufgerissenen Augen des jungen Mannes am Nebentisch ignorierend.

Nachdem sie sich verabschiedet hatten, ging Aneta auf dem Heimweg noch einmal an dem kleinen Sexshop vorbei. Nach kurzem Zögern trat sie durch die elegante Glastür, die Hände voller Einkaufstaschen.

Die ältere Dame mit der Brille erkannte sie gleich wieder. »Waren Sie nicht zufrieden?«, fragte sie besorgt, und Aneta beruhigte sie.

»Doch, doch, der Vibrator ist prima«, sagte sie und lachte. »Aber meine Freundin hat mir geraten, mich nach Filmen umzusehen. Haben Sie so etwas hier überhaupt?« Unwillkürlich sah sie sich in der kleinen Boutique um und war ziemlich sicher, dass es in diesem hübschen Geschäft solche Filme nicht geben würde.

Die Miene der Verkäuferin erhellte sich. »Natürlich«, sagte sie und eilte nach hinten, um aus einem Regal einige DVDs zu holen. »Wir haben nur ganz besondere, ausgewählte Filme«, erklärte sie und zeigte ihr die Plastikhüllen.

Zu ihrem Erstaunen waren die Cover hübsch und kreativ gestaltet, es gab keine Spur von den sonst üblichen obszönen Bildern und lächerlichen Titeln. Stattdessen strahlten attraktive Frauen in schönen Kostümen von den glänzenden Schachteln.

»Haben Sie bestimmte Vorlieben?«, fragte die Dame, und Aneta errötete.

»Nein, eigentlich nicht«, sagte sie rasch und wandte den Blick von den eindeutigen Titeln der Filme ab. Sie schämte sich plötzlich für die Idee; Pornos waren doch nun wirklich nur was für Männer! Was erwartete sie eigentlich von so einem Film? »Ich habe ehrlich gesagt keine Ahnung ...« Hilfesuchend betrachtete sie die Filmcover.

Die Verkäuferin räusperte sich. »Das ist gar kein Problem. Ich stelle Ihnen einfach unsere Lieblingsfilme hier im Geschäft vor, vielleicht ist etwas dabei, das Sie anspricht.« Und dann legte sie los. Staunend lauschte Aneta ihren Erzählungen von flotten Dreiern, Bondage und SM-Sex, wilden Orgien, romantischen Liebesgeschichten und detailliert gefilmten Akten. Nach einigem Zögern entschied sie sich für eine DVD mit dem wohlklingenden Titel »Your dreams«. Auf dem Cover war eine nicht mehr ganz junge Frau abgebildet, die von vier Männern gleichzeitig geküsst und gestreichelt wurde. Die Bilder auf der Rückseite trieben ihr die Schamesröte in die Wangen, aber auch ein deutliches Prickeln zwischen die Beine. »Den werde ich mal versuchen«, sagte sie, und die Dame nickte lächelnd.

»Eine gute Wahl. Der ist wirklich sehr anregend.«

Sie bezahlte und stopfte die DVD in ihre Handtasche. Was

René wohl dazu sagen würde? Mit roten Wangen marschierte sie durch die kleine Einkaufsstraße nach Hause.

Es war noch früh, René hatte Dienst am Wochenende und würde nicht vor acht zurück sein. Aneta packte ihre Einkäufe aus, hielt ein bunt gemustertes Sommerkleid vor dem Spiegel an ihren Körper, um es noch einmal zu bewundern, und machte sich einen Kaffee.

Dann fiel ihr Blick auf die Handtasche mit der DVD, und unwillkürlich presste sie die Schenkel zusammen, als ein leichtes Kribbeln sie beim Gedanken an die Bilder auf der Hülle durchfuhr.

Entschlossen stand sie auf, holte den schwarzen Vibrator aus der Nachttischschublade, legte die silberne Scheibe in den DVD-Player ein und setzte sich auf das Sofa.

Wie eine Trophäe hielt sie den schwarzen Stab vor sich ausgestreckt, als der Vorspann des Films begann. Noch war sie nicht sicher, ob sie ihn wirklich hier im Wohnzimmer benutzen wollte. Sie kam sich vor wie einer der Männer, die abends heimlich im Arbeitszimmer am Computer saßen und sich still und leise beim Betrachten diverser Pornofilmchen aus dem Internet einen runterholten. Peinlich!

Sie hatte natürlich auch im Internet schon den ein oder anderen kurzen Clip gesehen, schließlich wollte sie doch wissen, was die Männer so toll daran fanden, dass sie ganze Stunden ihres Lebens damit zubrachten, das Internet nach kostenlosen gynäkologischen Einblicken zu durchforsten.

Und tatsächlich hatten schon die schlecht produzierten, zumeist hanebüchenen Flimmerfilmchen eine gewisse Erregung ausgelöst; sich dazu selbst zu befriedigen, hatte sie sich aber aus Solidarität mit den gezeigten Frauen immer untersagt. Es war ja eine Sache, wenn ein Mann sich an der Unterdrückung von

Frauen sexuell ergötzte, aber sie hätte sich wie eine Verräterin dem eigenen Geschlecht gegenüber gefühlt.

Die blonde Frau vom Cover ging langsam und etwas ängstlich durch eine Straße. Mehrfach sah sie sich um, bevor sie ein altmodisches Haus mit zugezogenen Gardinen betrat. In einem kahlen Raum, beinahe ohne Möbel, zog sie sich aus, bis sie komplett nackt war. Atemlos begutachtete Aneta die haarlose Scham und die prallen Silikonbrüste, die spitz von ihrem Körper abstanden und der Schwerkraft trotzten.

Die Frau ging zu einem Podest in der Mitte des Raumes und nahm neugierig einige Dinge in die Hand, die dort ausgebreitet lagen. Kleine Flaschen mit Ölen und Gleitmitteln, winzige Vibratoren und buschige Federn an langen Plastikstielen. Nach einer Weile ließ sie sich auf dem Podest nieder und schlug die Beine übereinander. Sie wartete.

Aneta schluckte und wartete mit ihr. Worauf? Was würde hier passieren? Als die Tür aufging, betrat eine Horde Männer lachend und leise tuschelnd den Raum. Die blonde Frau lächelte und griff zwischen ihre Beine, um sich selbst zu streicheln. Die Männer waren nackt, einige zeigten schon eine deutliche Halberektion, andere sahen noch hoffnungsvoll aus und beobachteten die Blondine neugierig. Dann ließ sich der erste zwischen ihren gespreizten Beinen nieder und vergrub sein Gesicht in ihrem Schoß, während die anderen stumm um die beiden herumstanden und an sich selbst spielten.

Aneta spürte Erregung in sich aufsteigen und öffnete wie von selbst ihre Hose. Ihre Finger glitten ganz automatisch hinein und fanden, was sie suchten. Während sie mit geöffnetem Mund die Menschen im Film beobachtete, die vielen Schwänze, die Möse und Anus der Frau nahmen, die zahlreichen Münder, die unübersichtliche Menge von Händen, die den Körper der

Frau streichelten und zwickten, rieb sie heftig mit dem Finger an ihrer Klit. Sie war schon gehörig feucht geworden durch die Reize des Films. Das Stöhnen der vielen Männer erfüllte ihr Wohnzimmer, und sie konnte das Sperma förmlich riechen, das sie in hohem Bogen auf den Körper der Frau spritzten, der Schaum landete auf ihren Brüsten, in ihren Haaren, in ihrem Gesicht.

Aneta stimmte ein in die Symphonie der vielen Höhepunkte, pulsierend machte sich ihr eigener Orgasmus bemerkbar, gerade als die Frau im Film aufschrie und die Beine versteifte, während sie unter den Augen und Armen der Männer stöhnend kam.

Etwas beschämt und mit zitternden Knien stand Aneta auf und nahm rasch die DVD aus dem Abspielgerät. Wie peinlich, wenn René sie dort finden würde! Offenbar funktionierte sie aber ganz prächtig, der Film hatte sie wirklich sehr angemacht und der Orgasmus nicht lange auf sich warten lassen. Vielleicht lag es doch an René, dass es beim Sex nie so richtig klappen wollte? Oder brauchte sie einen Porno, um erregt genug zu sein? Was für eine schreckliche Vorstellung!

Nachdem sie das Abendessen zu- und sich selbst vorbereitet hatte, erwartete sie ihren Mann in einem etwas altmodischen, aber durchaus hübschen schwarzen Negligé. Im Wohnzimmer brannten ein paar Kerzen, und als er erstaunt zur Tür hereinkam, schob sie ihn ohne Umschweife zum Sofa. »Was hast du vor?«

»Sssh«, antwortete sie und verschloss seine Lippen mit einem Kuss. »Lass dich überraschen.« Erfreut setzte er sich auf das schwarze Leder und wartete geduldig, während sie am DVD-Player fummelte und den Fernseher einschaltete. Sie ließ sich neben ihn fallen und beobachtete seine Reaktion, als die Männer im Film den kahlen Raum betraten. René trug noch den weißen Arbeitskittel und die festen Schuhe – nicht einmal zum Umziehen hatte sie ihm Zeit gelassen.

Plötzlich hob er die Augenbrauen. »Ist das ein Porno??« Seine Stimme klang gepresst vor Erstaunen, und Aneta grinste, als sie die Erregung in seinen Augen sah. Aber sie wollte jetzt nicht reden, sie wollte den Film auf sich wirken lassen und versuchen, mit seiner Hilfe zu einem ersehnten Höhepunkt mit ihm zu kommen.

Sein Körper reagierte auf die detaillierten Bilder und das laute Stöhnen und Keuchen der Menschen ebenso vorhersehbar wie ihr eigener. Als sie die Feuchtigkeit zwischen den Beinen spürte, die sich dort langsam und genüsslich sammelte, während sich ihr Unterleib schon lustvoll verkrampfte, legte sie eine Hand auf seinen Schritt und ertastete erfreut eine ganz ordentliche Erektion. Ohne hinzusehen öffnete sie seinen Hosenschlitz und zog die Hose ein Stück herunter, damit er sich einen Weg ins Freie bahnen konnte. Als die rote, glänzende Eichel vor ihr lag, schlang sie die Finger um seinen Schaft und begann sanft, an ihm zu reiben.

»Ich fasse es nicht«, sagte René leise. Aber das Glitzern in seinen Augen belegte, wie sehr ihn diese Situation anmachte. Sie hatte Sorge gehabt, dass sie eifersüchtig sein könnte. Eifersüchtig auf eine virtuelle Blondine, die nun das Objekt seiner Begierde war. Aber die befürchtete Reaktion blieb aus. Erfreut stellte sie fest, dass sein Schwanz zwischen ihren Fingern lustvoll zitterte, und so glitt sie mit der anderen Hand unter seinen Kittel und liebkoste seine Brust, die muskulös und nur wenig behaart war. René seufzte auf und streichelte sie, während er sich von ihr weiter stimulieren ließ.

Sein Blick fixierte die Menschen im Fernseher, und Aneta fragte sich nun doch, ob ihn die vollen Silikonbrüste der Blondine mehr anmachten als ihre kleinen Brüste, die im Laufe der

Jahre nicht gerade ansehnlicher geworden waren. Doch die Erregung hatte auch von ihr Besitz ergriffen, ihr Körper konnte sich der automatischen Lust nicht entziehen, die der Anblick der schwitzenden, stöhnenden Körper im Film hervorrief.

René hob sie hoch und setzte sie rücklings auf seinen Schoß, sodass sie den Film weiter betrachten konnte, während er sie an den Hüften festhielt und auf seinem Stab reiten ließ.

Ihre Klit klopfte heftig, während sie dem wilden Treiben im Film zusah. Die Männer benutzten die blonde Frau auf eine rüde und schamlose Art, füllten all ihre Löcher, von vorn und von hinten, und bespritzten sie mit ihrem Sperma. Sie sah nur noch Schwänze, viele lustvolle Schwänze in Großaufnahme, die in Muschi, After und Mund der Frau eindrangen, die Hände der Frau, die an schon erschlafften Gliedern rieben, um sie wieder aufzurichten, damit sie sie erneut benutzen konnte.

Sie war fasziniert von dieser fremdartigen Welt, von dem Gedanken, ebenso benutzt zu werden wie die Frau im Film, aber ehe sie sich um ihre eigene Lust kümmern konnte, hörte sie René unter sich laut aufstöhnen. Und dann spürte sie, wie er sein heißes Sperma in sie hineinspritzte.

»Sorry«, murmelte er, »aber das war echt zu heiß, da konnte ich mich nicht länger beherrschen.«

Sie lächelte und streichelte über seine Wange. »Macht ja nichts«, sagte sie, wie immer. »War trotzdem schön.«

***

Ella lachte schallend, nachdem Aneta von ihrem Pornoversuch berichtet hatte. »Na, das war doch klar«, meinte sie prustend. »Da musst du ihm schon die Augen verbinden, wenn du dabei einen Porno sehen willst, da kann doch der arme Mann nichts dafür!«

Aneta zuckte die Achseln. »Mir fällt jetzt auch nichts mehr

ein«, sagte sie. »Ich gebe auf. Offenbar ist mein Körper nicht dazu gemacht, beim Sex zu kommen.«

Ella schüttelte heftig den Kopf und hakte sich bei ihr unter. »Hauptsache, du kriegst dein Kopfkino in Schwung mit dem Zeug. Das ist doch sowieso das Wichtigste beim Sex.«

Aneta nickte. Ja, ihr Kopfkino war in der Tat aktiviert worden. Und wie! Sie war wirklich nicht prüde, aber für Pornos hatte sie sich nie erwärmen können. Ab und zu hatte sie mal einen erotischen Roman gelesen, was sie auch durchaus erregt hatte. Aber Pornos – die waren eben für Männer.

Da sie unterdessen bei einigen Recherchen im Internet, das ja voll war von kostenlosen und sehr abwechslungsreichen kurzen Pornovideos, ihr Repertoire bedeutsam erweitert hatte, musste sie ihre Meinung ändern. Nicht alle Filmchen hatten dieselbe Wirkung wie die DVD, und noch immer fand sie die meisten einfach abstoßend, aber sie alle erregten sie auf eine unheimliche, automatische Art, kurbelten ihre Fantasie an, und schnell hatte sie bemerkt, dass Filme von Gangbangs und Sex mit mehreren Männern sie ganz besonders inspirierten.

Diese Fantasien wurden nun beim Sex mit René lebendig, und sie stellte sich vor, dass sie umgeben von vielen geilen Männern wären, die sie beobachteten und neben ihnen standen und onanierten. Vorgestern hatte René den Vibrator zu Hilfe genommen und war damit in ihren Anus eingedrungen, während er sie gefickt hatte. Da war sie kurz davor gewesen, zu kommen, aber auch das hatte am Ende nicht funktioniert. *Irgendwas stimmt doch nicht mit mir,* dachte sie.

Dann erzählte sie Ella von ihren Fantasien über Gruppensex, die sie seit den Pornovideos verfolgten.

»Probier das doch mal«, meinte Ella und zog die Freundin hinter sich her in ein Café.

Aneta protestierte. »Um Gottes willen! Das wäre mir wirklich peinlich!« Sie wurde rot. Nein, das ging wirklich zu weit. In der Fantasie mochte das ja in Ordnung sein, aber wenn sie sich vorstellte, sie läge tatsächlich vor so vielen fremden Männern, lustvoll und ausgeliefert ... Ein Schauer lief ihr über den Rücken, aber es waren nicht nur Angst und Scham, sondern auch eine gehörige Portion Lust, die ihr eine Gänsehaut bereiteten.

Ella hatte eine Idee. »Geh doch mit René in einen Swingerclub. Du musst ja dort nicht gleich mitmachen, du kannst auch erst mal nur zusehen. Vielleicht reicht dir das ja dann schon?«

Swingerclub? Da kannte sie sich nun wirklich nicht mit aus, damit hatte sie sich noch nie beschäftigt. »Ist das nicht was für Ältere?«, fragte sie skeptisch, aber Ella lachte sie aus.

»Bin ich etwa alt? Ich gehe auch ab und zu hin, wenn ich Spaß mit mehreren haben will. Einfacher kann ich das ja nicht kriegen, ich stell mich schließlich nicht in irgendeine Bar und quatsche ein paar Kerle an, ob einer Lust auf einen flotten Dreier hat.«

Bei dem Gedanken musste Aneta kichern. »Du wärst damit aber sicher erfolgreich«, meinte sie. Ella war attraktiv, und man sah ihr ihre dreiunddreißig Jahre nicht an. Die Haare waren sorgfältig und ansatzlos blondiert, das Make-up dezent und gepflegt, und sie hatte ein kleines und schmales Gesicht, wie eine Porzellanpuppe. Die großen, blauen Augen in dem Gesicht weckten Beschützerinstinkte.

Sie stellte sich vor, wie sich eine ganze Horde von maskierten Männern die kleine, zarte Ella in einem schmuddeligen Swingerclub zur Brust nahm. Sie sah das Puppengesicht lustvoll verzerrt, die schmalen Lippen lüstern geöffnet, ihre kleinen Brüste ... Dann seufzte sie und bestellte einen Cappuccino bei dem netten italienischen Kellner.

***

Im Büro surfte sie mitten am Nachmittag im Internet. Wie von selbst tippten ihre Finger »Swingerclub« in das Eingabefeld der Suchmaschine, und dann klickte sie wie ferngesteuert die ersten Ergebnisse an.

Die Clubs sahen so aus wie im Fernsehen. So ungefähr hatte sie sich das immer vorgestellt – mehrere Räume, die meisten davon mit hygienischen Gummimatten ausgestattet, große Schalen mit Kondomen und Gleitgel, Regale mit weißen Handtüchern. Irgendwie steril, lieblos, vor allem aber extrem unerotisch.

Sie stöberte und klickte weiter und begutachtete neugierig die verschiedenen Bildergalerien. Einige hatten Fotos von maskierten oder per Computer verfremdeten Gästen eingestellt, und sie betrachtete die unbekannten Personen, die sich ungehemmt auch vor der Kamera ihrer Lust hingaben. Dabei versuchte sie, Ella zu entdecken. In welchen Club ging sie denn wohl? Das hatte sie nicht verraten. Schade.

Dann fiel ihr Auge auf eine Überschrift »GangBang for Ladies«. Rasch klickte sie die Seite an, die sich auch schnell öffnete. Schwülstige Musik ertönte, und erschrocken drehte sie die Lautsprecher an ihrem Computer herunter. Der pummelige Chris drehte schon neugierig den Kopf zu ihr herum. Wie peinlich!

Die Webseite war ganz in schwarz gehalten und mit einem filigranen Rankenmotiv in zartem Rosa versehen. Das große Bild auf der Startseite gefiel ihr – eine Schwarzweiß-Fotografie von einer Frau, wie aus den 30er Jahren. Sie lag auf einem Himmelbett, und auf dem Bett hockten und knieten nackte Männer, ihre männliche Pracht dezent versteckt hinter Händen, Oberschenkeln und Kissen, sodass das Bild einfach nur erotisch, aber nicht pornografisch oder obszön wirkte, und sofort ihre Fantasie ankurbelte.

»Das besondere Erlebnis für Frauen, die wissen, was sie wollen« stand in elegant geschwungener Kalligraphieschrift über dem Bild.

Jetzt wurde sie wirklich neugierig und klickte das Foto an. Eine neue Seite öffnete sich, ebenfalls in schwarz, und hier tauchten weitere schöne Aufnahmen von einem wirklich hübschen Ambiente auf – plüschige Samtsofas, ein großes Bett mit einem riesigen Spiegel dahinter, schwarze Stiltapeten mit glänzenden Mustern, mehrere Hocker, zwischen denen nackte Männer saßen; einige trugen dominant wirkende Augenmasken aus Leder, andere filigrane venezianische Masken mit vielen Schnörkeln. Eine einzelne Frau räkelte sich in sexy Dessous auf dem Bett, auch sie trug eine Maske, die aus feinem, durchbrochenem Leder gearbeitet war, sodass die helle Haut der Frau hindurchschimmerte. Ihre Augen konnte man nicht erkennen.

Aneta rückte ihren Schreibtischstuhl zurecht und sah sich vorsichtig im Büro um, bevor sie zu lesen begann.

»Werte Damen,

träumen Sie davon, einmal von vielen Männern gleichzeitig lustvoll verwöhnt und vielleicht auch dominiert zu werden? Möchten Sie im Mittelpunkt stehen und von Männern umgeben sein, die sich ausschließlich um Sie kümmern? Dann sollten Sie unseren Service in Anspruch nehmen. Im stilvollen Ambiente unseres Clubs können Frauen die exklusiven Dienste unserer freiwilligen Herren genießen. Alle Herren sind von uns persönlich ausgewählt und geprüft worden. Ihre eigene Identität bleibt auf Wunsch geheim, ebenso wie die Identität unserer Herren nicht enthüllt werden kann. Aber alle sind seriös, gepflegt, gesund und leidenschaftliche Liebhaber – davon haben wir uns persönlich überzeugt.

Mit dem Formular unten können Sie Ihren Termin buchen und uns Ihre speziellen Wünsche mitteilen. Wir werden Ihnen eine Nacht bescheren, die Sie nie mehr vergessen werden.

Ihr ›For-Ladies-Team‹ «

Was sollte das denn sein? Sie kannte Swingerclubs, auch GangBang-Partys, zu denen Männer hingehen konnten, irgendeine Diskothek in der Nachbarstadt hatte so etwas mal veranstaltet und es war ein Riesenskandal gewesen. Aber ein GangBang für Ladies? Bei dem sie im Mittelpunkt stand?

Der Gedanke löste rasch ein wohliges Kribbeln in ihr aus. Das kam ihren aktuellen Fantasien schon sehr nahe. Aber würde sie sich in der Realität trauen, zu so etwas hinzugehen? Was, wenn ihr einer der Männer so gar nicht gefiel und sie müsste ihn trotzdem an sich ranlassen? Wie konnte sie wissen, ob sie das überhaupt über sich bringen würde, oder ob sie vor Scham im Erdboden versinken müsste?

Hektisch schloss sie den Internetbrowser, bevor sie zur Ablenkung in der Caféteria ein Sandwich zu sich nahm.

***

René hatte gekocht. Aneta freute sich, er war ein guter Koch, und wenn er Frühdienst oder gar frei hatte, bereitete er die Mahlzeiten besonders liebevoll zu.

Sie aßen gemeinsam und erzählten Belanglosigkeiten von der Arbeit. Der Gedanke an den Ladies-Gangbang brannte in ihrem Gehirn, und sie hätte ihm so gern davon erzählt, doch wie? *Er wird sauer sein*, dachte sie, *eifersüchtig, er wird es sicher verbieten, viel zu gefährlich, was für eine blödsinnige Idee.* Sie war doch seine Frau und keine Schlampe, kein Pornoflittchen. Er wäre bestimmt enttäuscht von ihr, wenn er von ihren Fantasien wüsste. Trotzdem musste sie einen kleinen Test wagen, sie musste wissen, ob es eine Chance für sie geben könnte, mit ihm zusammen ihre Fantasie weiter zu erforschen.

»Ella lässt dich grüßen«, erzählte sie dann beiläufig. »Wir haben uns neulich getroffen, und sie hat vorgeschlagen, dass wir vielleicht mal einen Swingerclub ausprobieren?!« Fragend und neugierig auf seine Reaktion sah sie ihn an.

René blickte von seinem Teller auf und grinste amüsiert. »Swingerclub? Wir? Ich dachte, da gehen wir frühestens in zwanzig Jahren hin?«

Sie lachte. Da hatten sie ja beide den gleichen Gedanken gehabt. »Ella meint, da gehen auch Leute in unserem Alter hin. Und man kann auch erst mal nur zugucken«, sagte sie kauend und schob noch eine Gabel voller Reis hinterher.

René schüttelte den Kopf. »Nee, das ist nix für mich«, sagte er. »Dafür bin ich zu eifersüchtig. Ich glaube, ich könnte es nicht ertragen, dass ein anderer Kerl dich anrührt. Kannst du dir etwa vorstellen, mir beim Vögeln mit einer anderen zuzusehen?«

Aneta überlegte kurz, dann nickte sie. »Ja – warum nicht? Ich meine, es geht ja nur ums Vögeln ... Da finde ich, glaube ich, nichts dabei. Vielleicht würde mich das sogar anmachen ...« Sie schwiegen beide nachdenklich und aßen weiter.

Aneta nahm einen Schluck Weißwein aus dem kleinen Wasserglas. »Andererseits – ach was, lassen wir das einfach.«

Während René das Geschirr in die Spülmaschine räumte, ging Aneta kurz ins Arbeitszimmer und fuhr ihren Laptop hoch. Sie hörte ihn unten in der Küche mit dem Geschirr klappern, als sie die Worte in die Suchmaschine eintippte. Und dann tauchte die schwarze Seite wieder auf. Die sinnliche Musik musste sie diesmal nicht abschalten, verträumt betrachtete sie die stilvollen Bilder und ließ ihrer Fantasie freien Lauf.

War sie pervers? War es nicht eigentlich eine Männerfantasie, dass sich eine Frau vielen ihr unbekannten Männern unterwarf und sich benutzen lassen wollte? René wäre schockiert, wenn er von ihren Träumen wüsste, das stand nach dem kurzen Gespräch beim Essen wohl fest. Aneta schloss die Augen und fantasierte sich in den Club hinein. Nun lag sie in den schwarzen Dessous, die mehr enthüllten als verbargen, auf dem großen Bett und genoss die zahlreichen Hände, Münder und Schwänze der Männer. Sofort breitete sich Feuchtigkeit zwischen ihren Beinen aus und ihre Schenkel begannen zu zittern. Sie war sich kaum bewusst, was sie eigentlich tat, als sie das Formular mit zitternden Fingern ausfüllte.

War das nun Fremdgehen? Es war doch nur Sex, sie würde keinen der Männer auch nur wirklich zu Gesicht bekommen, und René müsste nie erfahren, was sie getan hatte. Die Vorstellung, sich in diesem geschützten Raum von einer Gruppe ansehnlicher Männer nehmen zu lassen, kam ihrer Fantasie so nahe, dass sie nicht anders konnte. Sie musste, wenn sie jemals erfahren wollte, ob ihr Wunsch nur eine fixe Idee war oder doch mehr. Die Tastatur am Computer glänzte von ihrem Schweiß, als sie ihre Wünsche ausführlich eingegeben und das Formular abgeschickt hatte.

***

Erst Tage später fischte sie die E-Mail aus dem Spamfilter.
»Liebe Aneta,
vielen Dank für Ihre Anfrage! Wir können Ihnen als Termin den 15.09. anbieten, um 20:30 Uhr. Bitte teilen Sie uns verbindlich bis zum 31.08. mit, ob Sie den Termin wahrnehmen möchten. Um Ihre Wünsche haben wir uns bemüht und können Ihnen nun mitteilen, dass sie alle erfüllbar sind. Bitte beachten Sie, dass Ihre Buchung erst verbindlich ist, wenn der Teilnehmerbeitrag in Höhe von 250 Euro zur Unkostende-

ckung auf unserem Konto eingegangen ist. Die Bankverbindung finden Sie unten in der E-Mail. Nach Zahlungseingang gilt die Buchung als bestätigt, und Sie können sich auf Ihren privaten Abend freuen. Sie erhalten nach verbindlicher Buchung noch eine separate E-Mail von uns, in der wir Ihnen die weiteren Details mitteilen. Herzlichst, Ihr ›For-Ladies-Team‹«

Rasch verschob sie die E-Mail in ihren privaten Ordner. Nicht auszudenken, was passierte, wenn René sie in die Finger bekäme. Noch war sie nicht sicher, ob sie den Dienst wirklich in Anspruch nehmen sollte oder ob es nicht doch besser war, ihren Traum Traum sein zu lassen. Konnte die Realität überhaupt mit ihrer Fantasie mithalten? Waren die schönsten Träume im Leben nicht die, die sich nicht erfüllten und nur im Geiste existierten?

Zu gern würde sie sich Ella anvertrauen und ihren Rat einholen. Ihre Träume drehten sich nur noch um das eine, seitdem der Film diese Idee in ihr geweckt hatte. In ihrer Fantasie erlebte sie den erregendsten und besten Sex, den sie je gehabt hatte, und genoss das Gefühl, so vielen Männern ausgeliefert zu sein, die sich alle nur um sie kümmern würden. Sie erlebte in jeder Nacht das prickelnde Gefühl des Ausgeliefertseins und gleichzeitiger Macht, die sie durch ihren Körper, ihre Weiblichkeit auf die Männer ausübte. Das Team von »For Ladies« hatte schließlich Diskretion und Schutz versprochen und machte insgesamt einen seriösen Eindruck – soweit man überhaupt in dieser Branche von Seriosität sprechen konnte – warum sollte sie jetzt einen Rückzieher machen? Zudem hatte sie ihre Wünsche sehr konkret formuliert, und die Antwort ließ ja darauf schließen, dass man sich wirklich darum kümmern würde.

Seufzend starrte sie in die Dunkelheit und grübelte. Dann

tippte sie mit sicheren Fingern und wild entschlossen eine E-Mail auf ihrem Laptop, klappte den Deckel zu und ging ins Bett, in dem René schon schlief. Noch lange lag sie wach und starrte Löcher in die Nacht.

Am 15.09. sollte es also soweit sein, nur noch knapp drei Wochen. *Ich muss mich darauf vorbereiten,* dachte sie, *die Körperhaare entfernen lassen und schöne Dessous kaufen.* Schließlich wollte sie nicht, dass ihre eigenen Unsicherheiten sie bei dem bevorstehenden Ereignis ablenkten. Sie würde dem kleinen Sexshop einen erneuten Besuch abstatten. Bestimmt konnte die nette Dame ihr helfen und etwas zum Anziehen zu finden, das ihre Brüste größer und ihre Hüften etwas schmaler aussehen ließ.

Als sie die Augen schloss, spielten sich die immer gleichen Szenen in ihr ab. Aneta lag auf dem Podest, die Männer um sie herum betrachteten ihren nackten Körper, der lustvoll gebogen angeboten wurde, mit weit gespreizten Beinen, an denen sich jetzt einige Finger zu schaffen machten. Die maskierten Männer rieben ihre Schwänze hart, viele große und kleine Penisse umringten sie. Unwillkürlich glitten ihre Finger zwischen die Beine, und während sie in ihrer Fantasie zehn Männer gleichzeitig lustvoll verwöhnte und ihre Gier genoss, verschaffte sie sich selbst einen raschen, kleinen Höhepunkt.

***

Am Abend des 15. September geisterte sie nervös durch die Straßen. Sie hatte René gesagt, dass sie mit Ella ausginge. Ella war nicht eingeweiht, sie hatte sich nicht getraut, ihr von dem heimlichen Ausflug zu erzählen. Die Freundin hätte womöglich mitkommen wollen, das traute sie ihr durchaus zu. Vielleicht würde sie ihr später davon erzählen, wenn alles vorbei war. René pokerte freitags mit seinen Freunden und kam immer erst spät und meistens etwas angetrunken nach Hause. Sie war also guten Mutes, lange vor ihm im Bett zu liegen und verräterische Spuren rechtzeitig abgewaschen zu haben, sodass er nicht merken würde, was sie getan hatte: Dass seine liebe Frau keine brave Heilige war, sondern eine Hure, eine Perverse, die sich wie ein gefallenes Mädchen gleich von mehreren Männern vögeln ließ.

Die Nervosität mischte sich mit ihrem schlechten Gewissen zu einem Bleiklumpen im Magen. Es war noch eine halbe Stunde Zeit bis zum vereinbarten Termin, und so spazierte sie die Straße auf und ab und inspizierte die Umgebung.

Es war eine Wohngegend, nicht gerade die beste der Stadt, aber auch kein Grund zur Panik. Mittelklassewagen parkten am Straßenrand, nur wenige Menschen liefen die Straße entlang, dafür drang aus den meisten Fenstern bläuliches Licht vom Fernseher. Sie konnte die nicht gelebten Träume der Menschen nahezu spüren und kam sich plötzlich groß und stark vor. Sie würde ihre Fantasie nicht auf Filme und virtuelle Welten beschränken, sie war mutig und wollte sie ausleben.

Aneta sah auf die Uhr. Zehn Minuten. Ihre Aufregung wuchs. Noch war es früh genug, abzubrechen und nach Hause zu gehen, mit den unerfüllten Wünschen weiterzuleben, wie alle anderen es auch taten, sicher und beschützt, die Gedanken sind frei.

Dann stand sie vor dem unscheinbaren, freistehenden Haus. Die Fenster im Obergeschoss waren dunkel und mit Vorhängen vor neugierigen Blicken geschützt. Im Erdgeschoss zwängte sich trübes Licht durch einen Spalt in den Stoffen, doch hineinsehen konnte man nicht. Ein Blick auf die ausgedruckte E-Mail, die Anweisungen und die genaue Adresse enthielt, bestätigte die richtige Anschrift.

Sie hatte sündige Dessous gekauft. Eine sehr teure Corsage aus schwarzem Samt, die ihre Brüste gut zur Geltung brachte und ihre Taille schmaler wirken ließ. Die Corsage war vorn mit kleinen Häkchen verschlossen und im Rücken geschnürt. Dazu trug sie ein Höschen mit offenem Schritt, dessen Stoff perfekt zu der Spitze an den halterlosen Strümpfen passte, und hochhackige Lackpumps rundeten das Ensemble ab. Sie fühlte sich wohl in dem Outfit, hatte sich lange im Spiegel betrachtet und für schön befunden. Die nette Dame konnte wirklich zaubern und hatte ihre Wünsche perfekt erfüllt.

In der Handtasche ruhte die schwarze Samtmaske, die sie zum Schutz tragen würde.

Sie fischte zwischen Schlüsseln, Taschentüchern, Tampons und Lippenstiften danach und ertastete den weichen Stoff. Zur Beruhigung rieb sie mit den Fingerkuppen über den Samt und ging zur Tür, um auf den einzigen, unbeschrifteten Klingelknopf zu drücken.

Von außen sah man dem Haus nicht an, was sein Inneres verbarg, aber die Adresse war ja richtig. Was hatte sie auch erwartet? Eine grelle Neonwerbung, die der ganzen Welt und der Mittelschicht-Nachbarschaft verriet, was hinter den Mauern vor sich ging?

Nach ein paar Sekunden öffnete sich die Tür. Dahinter tauchte der blonde, kurzhaarige Schopf einer Frau auf, die sie freundlich anlächelte. »Aneta?«, fragte sie.

Aneta nickte. Ihre Knie zitterten, und sie war froh, nicht zu Abend gegessen zu haben, denn sonst wäre ihr jetzt mächtig übel geworden.

»Bitte«, sagte die blonde Frau und öffnete die Tür weit für sie. »Es ist schon alles vorbereitet für dich, komm rein.«

Zaghaft betrat sie das Haus. Der Flur war hell und freundlich, wie in einem ganz normalen Wohnhaus. An den Wänden hingen erotische Bilder, genauso stilvoll und sinnlich wie die Fotografien auf der Internetseite des Clubs.

Sie sah sich neugierig um und folgte der blonden Frau, die in ein schönes, großes Badezimmer ging. »Hier kannst du dich in Ruhe vorbereiten«, sagte sie und reichte Aneta ein schwarzes Badetuch aus weichem Frottee. »Wenn du bereit bist, kannst du hier die Klingel betätigen, dann hole ich dich ab.« Sie ließ Aneta allein zurück. Letzte Chance, abzuhauen, dachte sie, während sie mechanisch den Hosenanzug abstreifte und zurück in die hochhackigen Pumps schlüpfte. Auf dem Rand der großen Badewanne standen eine Flasche Champagner und ein Glas. Die Flasche war voll, aber bereits geöffnet. Sehr aufmerksam!

Aneta schenkte ein Glas ein und setzte sich damit auf den Klodeckel. Sie leerte es in einem Zug und füllte sofort nach. *Prima,* dachte sie, *genau das hat mir gefehlt.* Darauf hätte sie aber auch von selbst kommen können. Sie trank nicht oft Alkohol, sie mochte das Gefühl des Kontrollverlustes über den eigenen Geist nicht und war lieber Herrin ihrer Sinne, aber heute war er genau richtig. Ihre braunen Haare hatte sie mit einer glitzernden Spange hochgesteckt, die Augen auffällig geschminkt, die Lippen malte sie nach dem zweiten Glas Champagner noch einmal mit leuchtend rotem Lippenstift nach. Ein wenig verkleidet sah sie aus, aber das gefiel ihr. Die Maskerade schützte sie und machte sie selbstsicher. Sie war nicht mehr Aneta – sie war eine verruchte, fantasievolle Frau, die sich ihren größten Traum erfüllen wollte. Sie war sinnlich, frivol und sexy, genau wie die Dame im Spiegel.

Ein bisschen zu billig, von allem etwas zu viel, ganz anders als sonst. Und doch so genau richtig. Dann zog sie die schwarze Samtmaske an und verknotete die beiden Bänder am Hinterkopf.

Mit klopfendem Herzen und drei Gläsern Champagner im Körper verließ sie den schützenden Hafen des privaten Badezimmers, als die blonde Frau auf ihr Klingeln hin wieder erschien. Sie hatte die Uhr abgelegt und keine Ahnung, wie lange sie hier drin gewesen war, doch sie hatte die Zeit gebraucht, um sich zu sammeln und erneut Mut zu fassen.

Zwischen ihren Beinen kribbelte es schon heftig in Erwartung dessen, was sie heute Abend erleben würde. Sie war kein Teenager mehr und wusste natürlich, dass die Wirklichkeit nie so schön war wie die Fantasie. Aber immerhin war sie wirklich. Und so übertraf die Neugier auf das, was heute Abend passieren würde, ihre Aufregung und Angst bei weitem.

Die Frau führte sie in den großen Raum, den sie von der Internetseite kannte. In der Mitte stand das große Himmelbett mit dem Spiegel dahinter. Noch war sie allein hier, doch schon gleich, das wusste sie ja, würden einige Männer hereinkommen, fremde Männer, denen sie sich hingeben würde und die sich nur um sie kümmern würden.

Sie war gespannt auf die Männer, die ja für sie persönlich nach ihren Wünschen ausgewählt worden waren.

»Wenn du bereit bist, drück auf die Klingel am Bett«, sagte die blonde Frau. Aneta sah sich um und ließ sich aufs Bett fallen. Verschiedene Massageöle, Gleitmittel und Kondome lagen auf einem kleinen Tisch, Kerzenleuchter mit langen, weißen Kerzen, von denen zäh und langsam der Wachs herabtropfte, waren im Zimmer aufgestellt und spendeten ein wohliges, sanftes Licht. Federn, eine Augenbinde und Fesselkordeln mit Troddeln am Ende lagen am Fußende des Bettes.

Die Matratze war fest und mit einem schwarzen Seidentuch

bezogen. Bettdecken gab es keine – wozu auch, dachte sie und musste lachen. Ein GangBang im Dunkeln unter einer kuscheligen Decke wäre ja ziemlich absurd.

Die blonde Frau ließ sie allein. Aneta trank noch ein Glas Champagner und fühlte sich locker und beschwingt. Sie begutachtete die Accessoires auf dem kleinen Tisch und ließ den Blick, der durch die Maske stark eingeschränkt war und ihr das Gefühl von Scheuklappen gab, durch den Raum schweifen.

Alles wie gewünscht, dachte sie, legte sich dekorativ auf das Bett, mit dem Rücken halb aufgerichtet gegen das Kopfende gelehnt, und betätigte die Klingel. Sie war bereit.

Nach ein paar Minuten öffnete sich die Tür, und der erste Mann kam herein. Er war nackt, hatte blonde, kurz geschnittene Haare und eine sehr männliche, durchtrainierte Figur. Seine leichte Bräune war nahtlos, und er trug eine schwarze Ledermaske, die seine markante Nase wie einen Adlerschnabel wirken ließ. Im Sekundentakt ging es weiter – ein noch recht jung wirkender, dunkelhaariger Mann mit kinnlangem Haar kam auf das Bett zu, sein Penis hing noch schlaff zwischen den schlanken Oberschenkeln und verdeckte den Blick auf seinen Hoden. Forsch trat er auf sie zu und nickte lächelnd, das tiefe Grübchen in der Wange heiterte sie auf. Sie richtete die Augen weiter auf die geöffnete Tür. Ein elegant und katzenhaft wirkender Mann mit behaarter Brust und kurzen, dunklen Haaren trat nun hindurch, etwas zögerlich. Er trug eine große Ledermaske, die den oberen Teil seines Gesichtes komplett verdeckte, sodass sie nur seinen Mund und sein Kinn sehen konnte. Sein Penis war schon halb erigiert, und sie beobachtete dessen langsames Aufrichten, während er sie unverhohlen neugierig betrachtete.

Der vierte Mann hatte so kurz geschorenes Haar, dass sie

die Farbe nicht mehr erkennen konnte. Der Großteil seines Gesichtes war hinter einer aufwendig verzierten Maske aus Gips verborgen und er trug im Gegensatz zu den anderen noch eine schwarze Hose und ein dunkles Hemd.

Der fünfte Mann konnte mit einem schon im unerigierten Zustand sehr üppigen Schwanz aufwarten. Das hatte sie sich gewünscht, schließlich wollte sie ausschließen, dass ihre Orgasmuslosigkeit von zu kleinen Schwänzen rührte, und sie hatte noch nie mit einem Mann geschlafen, der besonders üppig bestückt war. Freudig stellte sie fest, dass auch er sich von ihrem Anblick erregt zeigte und langsam härter und noch größer wurde. Sie konnte den Blick nicht von dem prächtigen Schwanz lösen, und so registrierte sie kaum noch, dass zwei weitere Männer den Raum betraten.

Das Kribbeln in ihrem Schoß war unbändig geworden, eine Gänsehaut überzog ihren ganzen Körper.

Der Raum war erfüllt von Pheromonen, ihren eigenen und denen der Männer. Sie atmete die Lust und Erregung, die sie alle vereinte und die wie ein schweres Parfüm über allem lag, tief ein.

Niemand sprach ein Wort, als einer der Männer sich über sie beugte und langsam und beinahe zärtlich die prallen Ansätze ihrer kleinen Brüste mit den Lippen liebkoste. Ein zweiter Mann trat neben sie an das große Bett und streichelte ihre Schenkel. Dann schloss sie die Augen hinter der Maske und versuchte, nicht mehr nachzudenken über das, was sie hier tat. Lasst die Spiele beginnen!

Sie spürte Lippen und Hände auf ihrem Körper, die neugierig und zärtlich die Haut erforschten und erkundeten. Sie wurde gestreichelt, jemand hatte sich die Feder geschnappt und kitzelte damit die Innenseite ihrer Oberschenkel. Ab und zu öffnete sie kurz die Augen, um etwas zu sehen, doch die

Männer waren selbstlos mit ihrem Körper beschäftigt, sodass sie nur Hinterköpfe und Haare sehen konnte.

Sie wurde geküsst und liebkost, bis sich ihre Brustwarzen versteiften. Mit vorsichtigen Fingern löste jemand die Schnürung ihrer Corsage, die zur Seite fiel und ihre helle Haut preisgab. Dann zog ein anderer sehr langsam und zärtlich das Höschen aus, bis sie vollständig nackt war. Sie fühlte, wie eine Zunge zärtlich ihre Schamlippen teilte und ihre Spalte langsam und vorsichtig leckte, sorgfältig immer wieder um ihre Klit herum glitt, aufreizend und erregend, und doch ihre empfindsamste Stelle nicht berührte.

Sie stöhnte leise auf und griff mit den Händen wild in die Luft, ertastete Haare und Nacken, einen Arm, den sie festhielt. Zwei der Männer standen neben dem Bett und sahen dem Treiben auf der Matratze zu, beider Schwänze ragten schon steil in die Luft, während sie an dem Schaft rieben.

Jetzt drang jemand mit einem Finger in ihre feuchte Möse ein, rieb fordernd und erregend in ihr, während gleich zwei Zungen sich um ihre Klitoris und Labien kümmerten und sie abwechselnd leckten, der eine rau und forsch, der andere zärtlich und beinahe kitzelnd wie ein Kätzchen.

Sie ließ sich fallen, warf den Kopf in den Nacken und genoss lustvoll und erregt die vielen Berührungen auf ihrem Körper, während eine fremde Zunge in ihren Mund eindrang. Aneta küsste den fremden, maskierten Mann leidenschaftlich, während sie nach seinem Schritt tastete und einen steifen Schwanz fand, den sie zwischen zwei Finger nahm und rieb.

Irgendwann wurde ihr Becken sanft angehoben, man drehte ihren Körper auf dem Bett herum, sodass sie auf allen vieren kniete, und sie spürte, wie jemand warmes Öl zwischen ihren Pobacken verteilte. Ein damit getränkter Finger drang in den

Mund ihres Anus ein, durchstieß ganz langsam und vorsichtig den natürlichen Widerstand und wartete geduldig, bis ihre Enge sich pressend und neugierig öffnete.

Dann zwängte sich ein großer, harter Schwanz in ihr Hintertürchen. Mit einem leisen Aufschrei versuchte sie, sich zu lockern und ihn hineinzulassen, es brannte ein wenig, und sie spürte, wie sie von ihm gedehnt wurde. Nach wenigen, sanften Stößen drängte sich ein weiterer Schwanz von vorn an sie heran, glitt heftig und ohne Vorwarnung von unten in ihre feuchte Spalte, und sie schrie wieder auf, lustvoll ausgefüllt von den zwei ihr unbekannten Schwänzen, die sich in ihr trafen, nur getrennt von wenigen Zentimetern dicker Haut.

Sie genoss das Stöhnen und Keuchen der anwesenden Männer, die nur Augen für sie hatten und sich ganz und gar auf Aneta konzentrierten, die diese Erregung verursachte. Sie war schön und begehrenswert, die schönste Frau der Welt für den Bruchteil ihres Lebens, und obwohl sie sich den Männern ausgeliefert fühlte, spürte sie doch auch die Macht, die sie in diesem Moment auf sie ausübte.

Ein Mann fand den Weg zwischen ihre Lippen, die ihn gierig küssten. Wenn sie die Augen öffnete, sah sie lustverzerrte Münder, Augen hinter schwarzen Masken, direkt neben ihr erigierte Schwänze, auf deren Spitzen Tropfen der Erregung glänzten, ungeduldig abwartend, endlich auch in sie eindringen zu dürfen.

Die Gier und Erregung der Männer erfüllte ihren ganzen Körper und ließ ihn beben und vibrieren; während die zwei größten Schwänze sie noch immer bearbeiteten und vehement in beide Öffnungen stießen, spürte sie reibende und knetende Finger an ihrer pochenden Klit und ihren Brustwarzen.

Eine feuchte Spitze klopfte gegen ihre Lippen, und sie öffnete den Mund, um den nach Lust und Muschel schmeckenden Schwanz aufzunehmen. Sie ließ ihn tief in ihre Mundhöhle eindringen, spürte den Schaum auf ihrer Zunge, der sich aus der geröteten, nassen Spitze herausdrängte, und saugte und lutschte heftig an ihm, während die beiden Männer sich tief in ihr trafen und sie ausfüllten.

Es brannte nicht mehr; sie war so nass, dass ihre Feuchtigkeit die Körper unter und hinter ihr zum Rutschen brachte und jeder Stoß ein schmatzendes Geräusch verursachte. Sie hörte, wie die Haut der Männer sich an ihrer rieb, lauschte ihrem unbeherrschten Stöhnen und Atmen, den ausgestoßenen Wortfetzen, und nahm die Gerüche ihrer aller Lust in sich auf.

Sie schrie, als der Schwanz, den sie gerade noch in ihrem Mund gehabt hatte, direkt vor ihrem Gesicht in die Luft ragte und seinen Saft auf sie spritzte. Die warme Flüssigkeit verbrannte sie, traf Stirn und Wangen, ihre Haare, und als der Mann hinter ihr sich laut aufstöhnend an ihren Pobacken festkrallte und in ihrem Anus zuckte und zitterte, kam auch sie, laut und heftig, ihr ganzer Körper schien in einem endlosen Krampf zu erstarren, um sich dann wieder zu lösen, bis sie glaubte, in die Tiefe zu fallen. Minutenlang zuckte und bebte ihr Unterleib in rasantem Tempo und zog den Mann unter sich mit, der nun auch unbeherrscht brüllte und seinen Saft in ihre Möse ergoss.

Sie spürte heißes Sperma auf ihrem Rücken und ihrem Po, den wild pulsierenden Schwanz in ihrer Möse, sah in geschlossene Augen und weit geöffnete Münder vor sich, zuckende Schwänze in den Händen der Männer, die sich wie kleine Vögel wanden und aussahen, als wollten sie wegfliegen, während die dazugehörigen Männer mit verzerrten Gesichtern auf sie starrten. Sie lauschte der Symphonie der gemeinsamen Lust, die den ganzen Raum erfüllte, und berauschte sich an dem schweren Duft, der ihr den Atem nahm.

Dann lag sie da, erschöpft und atemlos, mit engem Brustkorb und rasendem Herzen, während Hände sie beruhigend streichelten, ihr Haar von Sperma befreiten und ihr Gesicht wieder reinwuschen. Doch noch war der Abend nicht zu Ende.

Die Männer zogen sich im Raum zurück, einige gingen hinaus, drei blieben in einer Ecke stehen und beobachteten, wie der Mann mit den sehr kurz geschorenen Haaren an das Bett herantrat. Sein Schwanz war der einzige noch steife Penis im Raum, die pralle Eichel glitzerte und lag frei von schützender Haut in seiner ruhigen Hand.

Er lächelte mit sinnlichen Lippen, amüsiert, erregt und nachgiebig, und sie spreizte die Beine ein wenig, damit er sich dazwischenknien konnte. Er presste sich fest gegen ihren Schritt, rieb sich an ihrer nassen Klit, die nur noch sanft klopfte und sich wieder unter das schützende Häutchen zurückgezogen hatte.

Er legte sich mit seinem ganzen Gewicht auf sie, und sie warf die Arme um seinen Nacken, um ihn festzuhalten und ihn zu küssen. Ihre Zungen spielten miteinander, während er seinen Penis an ihr Geschlecht presste und an ihr rieb, bis sie wieder scharf wurde und das sehnsüchtige Pochen in ihrem Schoß erneut aufkeimte. In ihren Ohren rauschte das Blut, und sie schloss die Augen unter der Maske, die sich an seiner großen Maske stieß, während sie sich weiter küssten; dann spürte sie erneut, dass ihre Beine sich versteiften und das Pulsieren sich zu einem wilden Crescendo steigerte, als er endlich in die geweitete und heiße Höhle eindrang. Das tiefe Zucken, das ihren ganzen Leib erfasste und sie schüttelte, löste eine winzige Träne aus ihrem Augenwinkel und einen inbrünstigen Schrei aus ihrer Kehle.

***

Der Heimweg war seltsam. Noch nie hatte sie sich so befreit und gelöst gefühlt, wie ein Vogel, der zum ersten Mal den schützenden Käfig verlassen hatte, um die Welt zu erkunden. Sie hatte ein heißes Schaumbad in dem eleganten, privaten Badezimmer genommen, den Rest des Champagners ausgetrunken und mit den Fingern immer wieder ihre zufriedene und erschöpfte Möse berührt, als wollte sie sich vergewissern, dass es noch immer ihre war.

Ja, es war anders gewesen als in ihrer Fantasie, stellte sie fest, während sie den duftenden Schaumberg in der großen Badewanne betrachtete. Besser. Unglaublich!

***

Zuhause saß René auf dem Sofa und schaltete rasch den Fernseher aus, als er sie hereinkommen hörte. Eigentlich musste er die Lust noch riechen können, dachte sie, und warum war er überhaupt schon zu Hause? Sie zog den Geruch ja wie eine Flagge hinter sich her, und auch der Badeschaum würde ihn nicht verdecken können.

»Hallo, Schatz«, sagte René und stand auf, umarmte und küsste sie.

»Warst du beim Friseur?« Stirnrunzelnd betrachtete sie seine neue Kurzhaarfrisur, die sie an jemanden erinnerte.

René nickte. »Ich denke, du hattest einen aufregenden Abend«, sagte er dann schmunzelnd.

Sie errötete ertappt. »Oooh ja«, murmelte sie, während sie das Gesicht in seiner Halsbeuge vergrub. »Und wie!«

Und als sie sich erschöpft und müde auf das gemeinsame Bett fallen ließ, entdeckte sie die Gipsmaske und die Einladung auf ihrem Kopfkissen …

Dein ergebener Sklave

Betty fuhr den Computer hoch und nippte an ihrer Kaffeetasse. Montage gehörten nicht gerade zu ihren Lieblingstagen. Auch nach Jahren der Berufstätigkeit hatte sie sich noch nicht an das frühe Aufstehen gewöhnt, und an den Montagen wurde die Schlummertaste ihres Weckers gern überstrapaziert. Ohne den starken Kaffee würde sie noch schlechter in Gang kommen und auch die ersten Stunden im Büro verträumen.

Seufzend schlug sie die obere Akte vom rechten Stapel auf und zuckte zurück. Auf dem ersten bedruckten Blatt klebte ein gelbes Post-it, von Hand bekritzelt. »Schreib mir! deinergebenersklave@yahoo.com«

Verdutzt nahm sie den gelben Zettel in die Hand und sah sich im Büro um. Die Kollegin saß in Akten vertieft an ihrem Schreibtisch, der Tisch direkt hinter ihr war leer, der Kollege noch nicht da.

Was sollte das sein? Ein dummer Witz?

Verärgert zerknüllte sie das Post-it und warf es in den Papierkorb, bevor sie sich wie gewohnt über ihre Arbeit hermachte.

Papierkram und Telefonate bestimmten den Alltag in der Schadensabteilung der großen Versicherung. Nicht wirklich spannend, aber sie verdiente ganz gut und konnte sich schlechtere Jobs vorstellen. Kassiererin im Supermarkt zum Beispiel, das würde sie stressen. Oder Gärtnerin, da müsste sie bei Wind und Wetter draußen sein.

So hatte sie immerhin einen bequemen Platz am Schreibtisch, im Sommer angenehm klimatisiert und im Winter schön warm. Gemütlich eben, so wie sie.

Ihre Figur verriet sowieso jedem, der sie nicht kannte, ihr eher ruhiges Temperament. Klar, sie saß ja schließlich den ganzen Tag am Schreibtisch, das Kantinenessen war meistens viel zu fettig, und am Nachmittag erfasste sie immer dieser Heißhunger auf Süßes, der unbedingt am Snackautomaten gestillt werden musste. Ein Schokoriegel hier, ein Tütchen Weingummi da, und schon zeigte die Waage am Wochenende wieder viel zu viel an.

Sie war nicht dick, oh nein, aber gute fünf Kilo wäre sie schon gern los, um in die präferierte Kleidergröße 38 zu passen. Die unerotische Größe 34, die auf allen Zeitschriftentiteln gnadenlos und unbarmherzig vorgeführt wurde, hielt sie allerdings für wenig erstrebenswert. Ein paar weibliche Rundungen mussten schon sein. Für eine Diät fehlte ihr die nötige Disziplin, außerdem genoss sie einfach zu gern, und so hatte sie sich in den letzten Jahren damit abgefunden, sich selbst zu den üppigen, weiblichen Rubensdamen zu zählen.

Sie griff zum Telefon und rief eine Kundin an, die einen Wasserschaden durch eine Waschmaschine gemeldet hatte, bei dem angeblich zwei wertvolle, antike Vitrinen im Keller zerstört worden waren. Nach einem kurzen Gespräch war klar, dass die Dame wohl nur mal eben ein bisschen Geld an der Versicherung verdienen wollte. Sie teilte ihr höflich, aber bestimmt mit, dass die Versicherung nur für Schäden aufkam, die zuvor auch versichert worden waren oder für die zumindest Kaufbelege vorlagen.

Die Kundin zeterte in den Hörer, Betty bedankte sich freundlich für das Gespräch und legte auf. Dann machte sie einen Vermerk in der Akte, trug die Informationen über das Gespräch im Computer ein und legte die Akte auf einem deutlich kleineren Stapel links neben sich ab.

Dann nahm sie die nächste Mappe vom Stapel. Es leuchtete ihr förmlich entgegen, das gelbe Post-it. Wie schon das erste war es etwas unbeholfen mit einem schmierenden Kugelschreiber bekritzelt. »Bitte schreibe mir! deinergebenersklave@yahoo.com«

Verstohlen schielte sie zur Kollegin neben sich, doch Mia tippte mit langen Fingernägeln ungerührt auf ihrer Tastatur herum und würdigte Betty keines Blickes. Der Kollege hinter ihr war inzwischen auch endlich im Büro eingetrudelt, der Gleitzeit sei Dank, aber er telefonierte und lachte dabei, sah aus dem Fenster. Keine Anzeichen für einen blöden Witz der unmittelbar neben ihr sitzenden Kollegen. Von wem aus dem Büro kamen diese Nachrichten dann?

Sie zerknüllte auch dieses Post-it, schüttelte den Kopf und bearbeitete den nächsten Fall. Eine Mutter, deren Kind in einer kleinen Boutique teure Damenbekleidung mit Schokoeis beschmiert hatte. Fünfhundert Euro Schaden waren entstanden. Hier telefonierte sie nicht, sondern machte nur einen entsprechenden Vermerk und schloss den Fall zugunsten der Kundin ab.

Kinder, dachte sie lächelnd und schnappte sich die nächste Akte. Sie war kaum erstaunt, als ihr auch hier ein Post-it entgegensprang. »Ich warte auf Deine E-Mail. deinergebenersklave@yahoo.com«

Langsam wurde sie sauer. Was für ein saublöder Scherz sollte das sein? Wem von den Kollegen würde sie so etwas zutrauen? Am ehesten passte dieser eigenartige Humor zu Steve, der zwei Türen weiter saß und immer einen frechen Spruch auf den Lippen hatte. Nicht nur wegen seiner roten, immer etwas strubbeligen Haare wirkte er wie ein zu groß geratener Junge. Wünschen würde sie sich jedoch, dass diese Nachrichten von John aus der Buchhaltung kämen. Sie konnte nicht umhin, ihn attraktiv und anziehend zu finden, wie fast alle Frauen im Büro, aber er wusste genau, wie gut er aussah und hatte für ein unscheinbares Moppelchen wie sie natürlich nichts übrig.

Am Anfang hatte sie noch geglaubt, seine kleinen Anzüglichkeiten ihr gegenüber seien Ausdruck einer irgendwie gearteten Zuneigung. Doch sie hatte schnell gemerkt, dass das wohl einfach nur seine Art war, mit Frauen umzugehen, und sich nicht weiter etwas darauf eingebildet. Er spielte ganz einfach nicht in ihrer Liga, und damit musste sie sich abfinden.

Ihre letzte Beziehung war schon zwei Jahre her, und seitdem schlug sie sich als Single durchs Leben. Die vergeblichen Verkupplungsversuche ihrer Freundinnen hatte sie stets belächelt, denn schließlich wusste sie, dass es für eine Frau in den Dreißigern nicht gerade ein Kinderspiel war, den idealen Partner zu treffen. Zumal ihre Ansprüche mit der Zeit natürlich gewachsen waren. Die Erfahrungen aus vergangenen Beziehungen hatten sie zudem vorsichtig gemacht, und es fiel ihr schwer, einem Mann zu vertrauen, wenn es um seine Zuneigung ihr gegenüber ging. Die Wunde, die Marc ihr durch seine Affäre mit einer ihrer besten Freundinnen verpasst hatte, schmerzte noch immer. Für eine heilende Vernarbung gab es noch keine Anzeichen.

Diesmal zerknüllte sie das Post-it nicht, sondern öffnete mit dem Schlüssel die obere Schublade ihres Rollcontainers unter dem Schreibtisch und legte es heimlich hinein. Dann schob sie leise die Schublade zu. Vielleicht wurde daraus ein Fall von Belästigung, und sie brauchte den handschriftlichen

Vermerk irgendwann einmal für die Frauenbeauftragte, wenn sie sich beschweren wollte.

Die nächste Akte nahm etwas mehr Zeit in Anspruch, ein recht komplizierter Fall, der sich nur durch mehrere Telefonate und die anschließende Bestellung eines Gutachters lösen ließ.

»Kommst du mit zum Essen?«, fragte Mia gegen Mittag und stand auf. Betty nickte und erhob sich ebenfalls. Sie massierte mit den Händen die vom Sitzen steif gewordenen Lendenwirbel und streckte sich. »Peter, was ist mit dir?«

Der Kollege winkte ab. »Geht ihr nur, ich hol mir nachher ein Sandwich oder so, will heute früher nach Hause.«

Einer plötzlichen Eingebung folgend, hielt sie kurz inne, dann nahm sie die nächste Akte vom Stapel und sah rasch hinein. Kein Post-it. Erleichtert legte sie die Mappe zurück auf die anderen und folgte Mia durch den Büroflur mit den einheitlich grauen Türen nach unten.

Nachdem sie einen Hamburger und ein paar Pommes in sich hineingeschaufelt und Mias lustigen Geschichten von ihren Katzen gelauscht hatte, saß sie etwas müde wieder am Schreibtisch und rieb kurz mit beiden Händen über ihre Schläfen, bevor sie die nächste Akte an sich nahm. Beim Anblick des Post-it erstarrte sie. Das war doch vorhin noch nicht da gewesen? Etwas panisch sah sie sich im Büro um. Peter war in seinen Computer vertieft, Mia nach dem Essen noch unten geblieben, um draußen eine Zigarette zu rauchen.

»Peter? War jemand hier drin, als wir unten waren?«

Der Kollege sah kurz von seinem Computer auf und hob die Schultern. »Keine Ahnung, ich war eben drüben in der Buchhaltung und nicht die ganze Zeit hier.«

Eigentlich ahnte sie schon, was auf dem Post-it stand. Und trotzdem las sie es, bevor sie es mit klammen Fingern zu dem anderen in die Rollcontainer-Schublade packte. »Betty, ich begehre Dich. Bitte schreibe mir! deinergebenersklave@yahoo.com«

Jetzt geht es aber langsam zu weit, dachte sie. Da spielte jemand mit ihren Gefühlen! Peter kannte sie schon zu lange, sie vertraute ihm. Außerdem war er glücklich verheiratet und gerade vor einigen Monaten Vater geworden. Nein, das war nicht Peters Art, das würde er nicht tun. Warum sollte er auch? Um sich an ihrer Ratlosigkeit zu ergötzen? Heimlich wandte sie den Kopf und schielte durch den schwarzen Pony hindurch zu ihm, aber er zeigte nach wie vor keine Reaktion.

Das zehnte Post-it an diesem Tag machte sie nervös. Die Botschaften wurden deutlicher, blieben aber kurz und rätselhaft, der Tenor war immer derselbe. Inzwischen lagen acht kleine gelbe Zettel in der Schublade und sie würde keine Probleme haben, sich wegen sexueller Belästigung zu beschweren. Doch ihre weibliche Neugier war wesentlich größer als der Ärger über diese niveaulosen Scherze.

Vielleicht sollte sie einfach eine E-Mail an die Adresse schreiben, um herauszufinden, wer dahinter steckte? Eventuell würde sie ihn am Schreibstil erkennen, trotz der natürlich anonymen E-Mail-Adresse.

Peter verabschiedete sich nach Hause, er wollte mehr Zeit mit seiner Familie verbringen. Die Kollegin stopfte gerade Zigaretten und eine Akte in die Handtasche und erhob sich. »Ich bin dann auch weg«, rief Mia und ging zur Tür. »Bis morgen! Mach nicht mehr so lange!«

Betty lächelte und winkte ihr hinterher. »Nein, nein, ich hab heute auch was vor.« Das stimmte nicht. Wie an den meisten Abenden würde sie allein zu Hause sitzen und natürlich gar nichts vorhaben. Ihre Freundinnen waren fast alle verheiratet oder zumindest in festen Händen, und so war sie auch an Geburtstagen oder anderen Feierlichkeiten immer von glücklichen Pärchen umgeben. Manchmal störte sie das, aber meistens war sie ganz zufrieden mit sich und ihrem Leben. Ihre wöchentliche Pokerrunde mit ein paar Freundinnen und ihr Kinotag am Donnerstag waren genug Abwechslung und Freizeitvergnügen für ihren Geschmack.

Die restlichen Abende verbrachte sie so, wie wohl die meisten alleinstehenden Menschen: Mit Einkaufen, Abendessen, Fernsehen oder eben am Computer. Im Internet war sie nie allein, da hatte sie viele Freunde, mit denen sie mailen und chatten konnte, wenn ihr danach war.

Entschlossen rief sie den Internetbrowser auf. Diese E-Mail würde sie sicher nicht von ihrem Firmenaccount aus schreiben. Sie loggte sich im Webmailer ein und tippte mit zittrigen Fingern die Empfängeradresse in das dafür vorgesehene Feld. In die Betreffzeile schrieb sie: »Was soll das??«. Dann schickte sie die ansonsten leere E-Mail ab, fuhr den Computer herunter und verließ das um diese Zeit beinahe schon menschenleere Büro.

Zu Hause angekommen, gönnte sie sich zunächst ein Sandwich mit Salat, Schinken, Käse und einer ordentlichen Portion Mayo, öffnete eine Flasche Wein und ließ sich vor dem Fernseher nieder. Zapp. Zapp. Zapp. Das Fernsehprogramm war wie üblich an Wochentagen grottenschlecht. Sie entschied sich für eine Kochshow und biss mit herzhaftem Appetit in ihr belegtes Brot.

Dann zappte sie noch ein wenig durch die Kanäle, fuhr den Laptop hoch und machte es sich damit auf dem Sofa gemütlich. Sie las und beantwortete ein paar private E-Mails, schaute bei Facebook nach Neuigkeiten ihrer virtuellen und echten Freunde, und dann, gegen 22 Uhr, machte das E-Mail-

Programm »Pling«. Eine neue E-Mail. Absender: deinergebenersklave@yahoo.com

Aufgeregt öffnete sie die Nachricht.

»Liebe Betty, danke, dass Du mir geschrieben hast! Ich weiß, dass Du Dich über meine Nachrichten wunderst. Aber ich begehre Dich schon lange und weiß nicht, wie ich es Dir sonst zeigen soll. Ich werde meine Identität zur rechten Zeit lüften, sei dessen gewiss. Ich würde mich freuen, wenn Du mir antwortest und mir vertraust. Dein ergebener Sklave«

Irritiert las sie die E-Mail wieder und wieder. Was sollte das mit dem Sklaven? Das konnte ja nur ein blöder Witz sein. Sie war doch keine Domina! Und sie hatte auch beileibe nicht vor, eine zu werden. Oder dachte einer der Kollegen im Büro, dass sie dazu eine Neigung hätte? Das wollte sie dann besser gleich mal klären, sonst gab es noch dummes Gerede. Und sie mochte es nicht, wenn über sie geredet wurde. Also tippte sie beherzt drauflos.

»Lieber ergebener Sklave, deine Nachrichten verwirren mich. Ich habe keine Ahnung, wer du bist und woher du mich kennst, nehme aber an, dass wir uns aus dem Büro kennen müssen. Ich bin keine Domina und will keinen Sklaven, tut mir leid. Eine Putzfrau wäre nett, aber die kann ich mir nicht leisten. Viele Grüße, Betty«

So, das wäre erledigt. Nun sollte wohl klar sein, dass sie kein Interesse hatte und der Spuk müsste hoffentlich ein Ende haben.

Sie surfte noch ein paar Minuten im Internet herum und spielte ein bisschen Poker, dann meldete sich das E-Mail-Programm wieder. Pling.

»Liebe Betty, Deine Ausstrahlung sagt mir etwas anderes. Du bist eine starke Frau, auch wenn Du Dich manchmal etwas zurückhaltend gibst. Ich weiß, dass Du schon lange solo bist und möchte Dir zur Verfügung stehen, was auch immer Du mit mir anstellen willst. Du musst Dich zu nichts verpflichtet fühlen. Aber bitte erlaube mir, Dich zu begehren und mich Dir zu unterwerfen. Schreib mir zurück, wenn Du Dir eine E-Mail-Affäre mit mir vorstellen kannst. Ich werde mich vorerst auch damit begnügen, bis Du Dir überlegt hast, ob Du unsere virtuelle Affäre in die Realität überführen möchtest. Herzlichst, Dein ergebener Sklave«

Wütend klappte sie den Laptop zu und ging ins Bad, um ihre Zähne zu putzen. Was dachte der Typ sich? Dass sie auf so eine blöde Masche reinfiel, damit er sich womöglich mit sämtlichen Kollegen im Büro über sie lustig machen konnte? Kopfschüttelnd putzte sie die Zähne und betrachtete sich dabei im Spiegel.

Sie war ja nicht unattraktiv. Sie könnte mehr aus sich machen, das wusste sie, aber meistens war sie dazu zu faul. Und außerdem gab es ja auch niemanden in ihrem Leben, für den sich der Aufwand gelohnt hätte.

Sie fuhr mit den Fingern durch die langen, schwarzen Haare, die voll und kräftig waren, vor Gesundheit strotzend wie sie selbst. Darauf war sie stolz. Ansonsten war ihre Haut etwas zu rosig, die Augen ein bisschen zu klein, die Augenbrauen zu dunkel und ungezupft, die Nase für ihren Geschmack zu grob. Aber die hohen Wangenknochen hatte sie schon immer gern an sich gemocht. Mit ein wenig Rouge könnte sie sie noch mehr betonen und ihrem Gesicht einen markanteren Ausdruck verpassen.

Sie ging ins Bett und grübelte noch lange über den merkwürdigen Sklaven nach.

***

Im Büro war alles wie immer. Erleichtert stellte sie fest, dass heute keine Post-its auf sie warteten. In der Kantine überlegte sie kurz, ob sie Peter und Mia von den seltsamen Zetteln erzählen sollte, entschied sich dann aber dagegen. Schließlich konnte sie nicht ganz ausschließen, dass einer von beiden mit dem Scherzkeks unter einer Decke steckte.

Stattdessen beobachtete sie John beim Mittagessen, der am Nebentisch saß und die Kollegen wie immer mit lustigen Anekdoten unterhielt. Die blauen Augen unter den mittelblonden, etwas strubbeligen Haaren leuchteten in seinem Gesicht. Er hatte ein sympathisches Grübchen in der linken Wange, die Nase war männlich und zeugte von Selbstbewusstsein und Humor. Jetzt bemerkte er, dass sie ihn beobachtete und drehte den Kopf in ihre Richtung. Sie errötete und wollte den Blick abwenden, doch er war schneller und zwinkerte ihr zu. Sie lächelte höflich, aber distanziert, und wandte sich wieder ihrem Essen zu. Die Blöße, dass der eingebildete John womöglich auch noch dachte, sie fände ihn gut, wollte sie sich wirklich nicht geben.

Vielleicht war er es tatsächlich, der diese merkwürdigen Zettel schrieb. Es würde zu ihm passen, sich so einen Scherz mit ihr zu erlauben, um das ganze Büro damit zu erheitern. Sie erinnerte sich daran, wie er sie im letzten Sommer beim Grillfest der Firma geneckt hatte. Sie hatte sich eingebildet, dass da mehr dahinter steckte, doch ihre eigene Unsicherheit hatte ihr verboten, darauf einzugehen und sie hatte ihn schroffer als geplant abblitzen lassen. Vielleicht hatte sie sich getäuscht und er hatte wirklich Interesse an ihr? Aber warum sagte er das dann nicht einfach, statt solche Dummheiten zu erfinden? Kopfschüttelnd aß sie weiter und lauschte den Geschichten von Mia und Peter, die fröhlich über ihre Kinder plauderten.

***

Abends zu Hause öffnete sie ihren Laptop. Sie hatte tagsüber im Büro ihren privaten E-Mail-Account ignoriert, doch nun machte das Programm: Pling. Pling. Pling. Sie blätterte durch die neuen Nachrichten und fand unter der Vielzahl von Werbung tatsächlich auch eine von ihrem geheimnisvollen Absender.

»Liebe Betty, Dein Outfit im Büro heute hat mir sehr gefallen. Du solltest öfter Röcke tragen, sie betonen Deine runden, weiblichen Hüften und Deinen prächtigen, wollüstigen Po. Die pralle Rundung unter dem straffen Stoff hat meine Fantasie angeregt. Ich würde gern mit den Händen darüber gleiten, meine Finger in das feste, pralle Fleisch pressen und Dich ganz fest an mich drücken, gegen meine Hüften, damit Du meine Erregung spüren kannst. Kannst Du sie fühlen? Ich will Dich mit heißen Küssen bedecken und Dir ganz ergeben sein. Du darfst mit mir machen, was Du willst. Ist das nicht eine schöne Vorstellung? Dein ergebener Sklave«

Zu ihrem Unbehagen stellte sie fest, dass die Nachricht sie nicht kaltgelassen hatte. Prickelnde Erregung machte sich zwischen ihren Beinen breit. Schließlich war es schon sehr lange her, dass sie jemand begehrt und ihr gesagt hatte, wie sexy sie sei, und so deutliche Worte hatte sie überhaupt noch nie gehört. Nachdenklich beäugte sie sich im Spiegel und betrachtete ihren Po von der Seite. Ja, er war groß und rund, aber er war auch prall und relativ fest. Und in dem Rock sah er tatsächlich, na ja, zum Anbeißen aus. Sie kicherte wie ein Schulmädchen.

Dann setzte sie sich an ihren Laptop zurück und antwortete.

»Lieber ergebener Sklave, danke für deine Nachricht! Ich habe eine Ahnung, wer du sein könntest, aber das muss ich noch verifizieren. So lange werde ich dich im Büro weiterhin mit meiner Weiblichkeit verrückt machen, bis du gestehst, wer du bist. Viele Grüße, Betty«

So, wenn der Typ blöde Spiele spielen wollte, machte sie halt mit. Warum nicht? So lange sie sich keine Blöße geben musste ... und außerdem wollte er ja *ihr* Sklave sein, was hatte sie schon zu verlieren? Er machte sich ja im Zweifel wesentlich lächerlicher als sie. Und sie würde keine Sekunde zögern, seine E-Mails im Intranet zu veröffentlichen, wenn sie bemerkte, dass er sich tatsächlich einen Spaß mit ihr erlaubte.

Im Bett schloss sie die Augen und sah John vor sich, das lachende Grübchen, das zwinkernde Auge. Sie sah seine männlichen und starken Hände und stellte sich vor, wie er um ihren Po fasste und ihre Hüften gegen seine presste. Sie spürte seine Erektion an ihrem Schoß, und wie von selbst glitten ihre Hände unter die Bettdecke und verschafften ihr nach Wochen einen schönen, einschläfernden Höhepunkt.

***

»Liebe Betty, ich habe mich sehr über Deine Antwort gefreut. Sie lässt mich hoffen, dass Du mir meinen größten Wunsch vielleicht doch erfüllen wirst. Ich habe bemerkt, dass Du heute einen noch kürzeren Rock getragen hast. Deine Beine in den schwarzen Nylons haben mir sehr gefallen. Kannst du Dir vorstellen, mich zu Deinem ergebenen Sklaven zu machen? Ich würde gefesselt in Deinem Bett liegen, und Du dürftest mit mir machen, was Du willst. Du darfst Dich einfach so auf mich setzen und auf mir reiten, ich werde meinen eigenen Höhepunkt so lange zurückhalten, bis Du gekommen bist. Ich will Dich vor Lust stöhnen hören, will sehen, wie Du Deine wunderschönen Haare nach hinten wirfst, will Deine üppigen Brüste vor mir auf- und abwippen sehen und die zarten Nippel mit meinem Mund verwöhnen. Ich verspreche Dir, Du wirst nicht enttäuscht sein. Dein ergebener Sklave«

»Lieber ergebener Sklave, du bist ganz schön unverschämt,

das muss ich schon sagen. Aber ich kann auch nicht leugnen, dass ich neugierig bin. Neugierig darauf, wer du bist. Und wann du dich endlich zeigen wirst. Ich werde übrigens morgen im Büro kein Höschen tragen. Deine Betty«

»Liebe Betty, die Vorstellung, dass Du heute kein Höschen angezogen hast, hat mich fast verrückt gemacht im Büro. Ich wäre gern unter Deinen Schreibtisch gekrochen und hätte Dir mit meiner Zunge einen wunderschönen Orgasmus verschafft. Ich habe davon geträumt, mit meiner Zunge Deine Labien zu teilen und darin zu versinken, Deine feuchte Lust auf meinen Lippen zu spüren, und Dich so lange zu lecken, bis Du gekommen wärst, laut und heftig. Du kannst Dir vorstellen, dass meine Arbeit heute ein wenig gelitten hat. Dein ergebener Sklave«

»Lieber ergebener Sklave, es freut mich zu hören, dass ich deine Fantasie so ankurbeln kann. Ich habe heute Nacht von dir geträumt und mir vorgestellt, mit dir … du weißt schon. Es ist zu lange her, mein letztes Mal … Verrate mir doch endlich, wer du bist, damit wir uns treffen können. Vielleicht werden deine Wünsche dann wahr? Deine Betty«

»Liebe Betty, ich werde Dir rechtzeitig verraten, wer ich bin, doch noch ist es zu früh. Ich stelle fest, dass Du mich nicht ganz ernst nimmst, aber ich will Dir versprechen, Dich glücklich zu machen. Ich bin ein guter Liebhaber und werde nur an Dich denken, wenn wir uns endlich vereinigen. Ich giere danach, meinen prallen Penis zwischen Deinen Labien zu versenken und Dich zu vögeln, bis Du vor Lust laut schreist. Ich träume davon, dass Du Dich auf mich setzt und mich benutzt, wie es Dir gefällt. Ach, Betty, der Anblick Deiner roten Lippen heute hat mich beinahe rasend gemacht. Es ist schön, dass Du Lippenstift getragen hast, er steht Dir gut. Dein ergebener Sklave«

»Lieber ergebener Sklave, was sind das für obszöne Töne in deiner letzten E-Mail? Tsts ... Kann es sein, dass du mich heute in der Kantine verschmitzt angelächelt hast? Und dass dein Name mit J anfängt? Ich habe eine Ahnung, wer du sein kannst, aber ich bin noch nicht sicher. Mir ist jedenfalls aufgefallen, dass du mir heute beim Essen besonders viel Aufmerksamkeit geschenkt hast. Das kann ja nicht nur am Lippenstift gelegen haben. Deine Betty«

»Liebe Betty, wie ich schon sagte, zu gegebener Zeit werde ich Dir bestimmt verraten, wer ich bin. Bis dahin musst Du ein wenig Geduld mit mir haben, ich bin noch nicht so weit. Aber die Bluse mit dem Ausschnitt, die Du heute getragen hast, hat mich rasend gemacht. Mir ist ganz heiß geworden. Ich träume von Deinen Brüsten, die so schön voll und prall sind, so köstlich weiblich. Ich möchte mein Gesicht hineinstecken und Dich tief einatmen. Und dann wünsche ich mir, dass Du mir erlaubst, mich auf Deiner feinen, weißen Haut zu ergießen. Dein ergebener Sklave«

»Lieber ergebener Sklave, das ist aber unverschämt, das durfte bisher noch niemand! Deine Betty«

»Liebe Betty, dann wird es vielleicht Zeit, dass Du jemandem dieses Vergnügen gönnst? *schmunzel* So herrliche Brüste müssen doch genutzt werden. Ich würde sie so gern in ihrer ganzen Pracht begrüßen. Ich kann sie vor meinem geistigen Auge wippen sehen, wenn Du auf mir sitzt, auf und ab, schwer wie kleine Melonen und ebenso rund und drall. Dein ergebener Sklave«

»Lieber ergebener Sklave, ich habe gestern Abend beim Duschen meine Brüste ausgiebig betrachtet. Ja, du hast recht, sie sind prall und fest und ziemlich groß. Sie sind sogar so groß, dass sie mindestens für zwei reichen würden. Wärst du dafür auch offen? Deine Betty«

»Liebe Betty, ich hoffe, Du machst Dich nicht lustig über mich, aber Deine letzte E-Mail wird mir eine schlaflose Nacht bereiten. Lustvolle Grüße, Dein ergebener Sklave«

»Lieber ergebener Sklave, heute im Büro hat sich mein Chef eine äußerst anzügliche Bemerkung bezüglich meiner Brüste erlaubt. Das war noch nie passiert und kann nicht allein daran gelegen haben, dass ich ein etwas tiefer ausgeschnittenes Top getragen habe. Bitte, bitte sag mir, dass du nicht Mr Keyner bist, ich muss sonst sterben! Deine bange Betty«

»Liebe Betty, das Top war wirklich gewagt, ich konnte mich heute kaum konzentrieren. Habe Nachsicht mit Mr Keyner, der ganz bestimmt nicht an diesen leckeren Rundungen vorbeisehen konnte. Er ist auch nur ein Mann. Ich versichere Dir aber, dass ich nicht Mr Keyner bin. Ehrlich nicht! Bist Du heute Abend wieder allein? Was treibst Du so, wenn Du allein bist? Dein ergebener Sklave«

»Lieber ergebener Sklave, das beruhigt mich jetzt ein wenig, denn mit Mr Keyner kann ich mir absolut gar nichts vorstellen! *schüttel* Also hoffe ich einfach weiter, dass du der bist, für den ich dich halte. J. sind nämlich heute in der Kantine bei meinem Anblick fast die Augäpfel aus dem Gesicht gekullert. Ich habe mir übrigens gestern die Bikinizone enthaaren lassen. Komplett! Das tat vielleicht weh … Aber du sollst schließlich bei dem angekündigten Vergnügen keine Haare essen müssen. Wann ist es denn übrigens so weit? Deine Betty«

»Liebe Betty, dass den Männern die Augen aus dem Kopf fallen, ist ja kein Wunder. Hast Du einen neuen BH? Deine Brüste sahen noch praller aus als sonst! Sie sind so lecker, dass man reinbeißen möchte. Wie zwei exotische Früchte leuchteten sie mir heute entgegen. Ich kann mich immer schlechter beherrschen, muss ich Dir sagen. Aber bitte mach Dich nicht

lustig über mich, meine Absichten sind durchaus ernst und ich träume jede Nacht davon, Dir zur Verfügung zu stehen als Dein ganz persönlicher Lustsklave. Wenn Du es möchtest, krieche ich auch vor Dir auf dem Boden herum und liebkose Deine Füße. Die konnte ich ja in den hochhackigen Sandalen heute gut betrachten. Der dunkelrote Nagellack auf den Fußnägeln ist sehr kleidsam und hat wilde Fantasien in mir geweckt. Darf ich an Deinen Zehen saugen und lutschen, während ich mich selbst befriedige? Bitte erlaube es mir! Dein ergebener Sklave
PS: Wäre es übrigens gut oder schlecht, wenn ich J. wäre?«
»Lieber ergebener Sklave, J. wäre zumindest eine annehmbare Variante, aber noch glaube ich nicht so recht daran. Heute hat J. mich auf dem Flur angesprochen, und zwar ausnahmsweise sehr nett und gar nicht so albern wie sonst. Das gibt mir zu denken. Ich konnte ihm kaum in die Augen sehen, weil ich immer noch nicht sicher bin, ob du wirklich er bist. Gib mir doch bitte morgen ein Zeichen, wenn du J. bist. Irgendeins. Damit ich sicher bin. Ansonsten gehe ich jetzt mit der Vorstellung ins Bett, wie du unter meinen Füßen liegst und dabei mit dir selbst spielst – du bist sicher gut gebaut, oder? Deine Betty«
»Liebe Betty, wie gut ich gebaut bin, wirst Du schon noch herausfinden. Wenn ich Deine E-Mails lese, stelle ich mir vor, wie ich meine glänzende, pralle Lust in Dich hineinstecken darf. Du bestimmst, wie tief, und Du quälst mich mit langsamen Bewegungen. Ich werde verrückt, wenn ich daran denke, wie Du auf mir sitzt und mich ganz langsam fickst, ganz lange. Immer, wenn ich kurz vor dem Höhepunkt bin, lässt Du meinen Schwanz aus Dir herausgleiten, bis ich irgendwann völlig willenlos um Erlösung flehe. Und dann setzt Du Dich ganz fest auf mich und reitest mich schnell und heftig, bis ich mich laut schreiend in dir ergießen kann. Dein ergebener Sklave

PS: Hast Du abgenommen, oder ist das neue Kostüm nur so besonders geschnitten? Du solltest nicht abnehmen, ich liebe jede Rundung an Dir!«

»Lieber ergebener Sklave, heute im Büro habe ich mir vorgestellt, dass ich zu dir rübergehe und das tue, was du mir geschrieben hast. Bis zum Feierabend, den ganzen Tag lang. In deinem Büro. Ich habe geträumt, dass ich mich auf deinen Schoß setze und langsam und quälend auf dir reite, während du weiterarbeitest. Du kannst dich kaum konzentrieren, weil du so geil bist, aber ich quäle dich weiter und weiter. Du darfst dir nicht anmerken lassen, was ich mit dir tue, während du Telefonate und E-Mails beantworten musst. Besonders nett war es, als Mr Keyner anrief und dich vor meinen Ohren zusammenfaltete. Danach habe ich dich dazu gezwungen, unter meinen Rock zu kriechen und mich zu lecken, bis ich komme. Und dann musstest du unerfüllt nach Hause gehen und es dir ganz allein selbst besorgen. Würde dir so etwas gefallen? Deine Betty«

»Liebe Betty, XXXXXXXXXXXXXXXXXXXXXXXXXX«

»Lieber ergebener Sklave, ich hoffe, du hast meine letzte E-Mail gut verdaut. Ich muss schon sagen, dass mir das Spiel langsam Spaß macht. Und meine Neugier bringt mich fast um. Ich habe heute verzweifelt ein Zeichen von dir gesucht, aber du hast mich heute kaum beachtet. Vielleicht bist du doch nicht J., sondern jemand ganz anderes, an den ich gar nicht denke? Das macht mich ganz verrückt! Ich gehe jetzt ins Bett und werde an dich denken bis zum Einschlafen. Wenn ich dann feucht werde, werde ich mir selbst helfen, da ich auf deine Unterstützung ja nicht warten kann. Deine Betty«

»Guten Morgen, liebe Betty. Bitte trage heute im Büro wieder den engen Rock, den Du letzte Woche angezogen hattest.

Er betont Deine Hüften und Deinen Po ganz perfekt, und auch Deine Beine in den hohen Schuhen (seit wann trägst Du eigentlich so hohe Absätze?) wirken unglaublich elegant. Ich will mich an Deinem Anblick erfreuen und mir vorstellen, dass Du mir erlaubst, mich von hinten zwischen Deine Pobacken zu drängen, um Dich ganz liebevoll und zart zu nehmen, während meine Finger Dich vorn zum Höhepunkt reiben. Dein ergebener Sklave«

»Lieber ergebener Sklave, meine Kollegin Mia hat mich heute gefragt, seit wann ich im Büro so anders aussehe. Ihr ist natürlich auch aufgefallen, dass ich neue Klamotten habe und mehr von mir zeige. Sie meinte auch, ich sei selbstbewusster geworden und findet das gut. Ich habe kurz überlegt, ihr von den E-Mails zu erzählen, aber den Gedanken dann wieder verworfen. Wenn das Ganze doch nur ein Scherz ist, wäre mir das auch vor ihr unheimlich peinlich, obwohl sie eigentlich ja auch meine Freundin ist. Peter hat anzügliche Bemerkungen gemacht, das ist neu für ihn. Aber er hat gemeint, dass mein Dekolleté, das wohl locker für Drillinge reichen würde, ja neuerdings jede Aufmerksamkeit auf sich zöge. Haha. Deine Betty«

»Liebe Betty, es ist richtig, dass Du unsere E-Mails geheim hältst. Bürotratsch wollen wir doch beide nicht, oder? Dein Dekolleté ist mir heute auch aufgefallen, lecker! Habe Mitleid mit Peter. Wenn ich an seiner Stelle wäre und den ganzen Tag mit Dir ein Büro teilen müsste, würde ich mich gar nicht beherrschen können. Dann würde ich Deinen Alabasterkörper über den Schreibtisch werfen und Dich vögeln, von vorn und von hinten. Und es wäre mir egal, ob uns alle dabei zusehen könnten. Ich würde mich einfach in Dir versenken und Dich ganz langsam und ausdauernd nehmen, bis Du einen geilen Höhepunkt hast und das ganze Büro zusammenbrüllst. Ja, das würde ich machen. Pass also auf, was Du in den nächsten Tagen tust, ich weiß nicht, wie lange ich mich noch zusammenreißen kann. Dein ergebener Sklave«

»Lieber ergebener Sklave, der Gedanke, im Büro auf dem Schreibtisch zu vögeln, macht mich ganz schön an. Allerdings wäre das auch etwas unbequem. Vielleicht sollten wir uns lieber bei mir zu Hause treffen? Ich habe ein sehr großes und bequemes Bett ... Deine Betty«

»Liebe Betty, ich würde Dich überall vögeln, in Deinem Bett oder woanders. Wenn ich zu Dir nach Hause käme, würde ich Dich in jedem Zimmer rannehmen. Auch im Bad, unter der Dusche. Auf dem Esstisch. Auf dem Balkon (hast Du einen Balkon?). Im Flur auf dem Teppich. Ich würde Dich einmal quer durch die ganze Wohnung ficken, bis Du nicht mehr kannst. Ich wette, dass ich mehr Ausdauer habe als Du. Ich hoffe, Du hast heute mein kleines Präsent auf dem Schreibtisch gefunden? Dein ergebener Sklave«

»Lieber ergebener Sklave, danke für das Geschenk! Ich war sehr erstaunt, es heute nach dem Essen auf meinem Schreibtisch zu finden. Der Slip ist wirklich sehr schön, ich werde ihn morgen im Büro tragen, damit du weißt, was ich drunter habe. Da er offen ist, ist er noch frecher als gar kein Höschen, aber du gibst dich ja leider noch immer nicht zu erkennen. Meinst du nicht, es ist langsam Zeit für uns? Deine Betty«

»Liebe Betty, Du hast recht. Wir sollten uns endlich treffen und unsere Träume Realität werden lassen. Ich werde Dir diese Woche noch eine E-Mail mit meiner Adresse und einem Termin schicken. Komme dann abends zu mir und tue das, was Du möchtest mit mir. Ich werde nichts sagen und Dir ganz ergeben sein, Du darfst mich benutzen, wie wir es uns schon geschrieben haben. Sei nicht schüchtern, Du hast mir in den letzten Wochen ja gezeigt, was tatsächlich in Dir steckt. Ich freue mich sehr auf Dich und hoffe, Du bist nicht enttäuscht, wenn Du mich siehst. Dein ergebener Sklave«

»Lieber ergebener Sklave, deine letzte E-Mail hat mir Herzrasen und Gänsehaut bereitet. Soll es wirklich schon so weit sein? Heute auf dem Flur habe ich dich angesprochen – wenn du der bist, der ich glaube – die Reaktion war sehr nett und ganz anders als früher. Und deinen Blick in meinen Ausschnitt habe ich bemerkt *zwinker*. Ich bin mir jetzt ziemlich sicher, dass du J. bist, also lass uns das Katz- und Maus-Spiel doch nun beenden und uns treffen. Ich bin so aufgeregt! Deine Betty«

»Liebe Betty, bitte komme doch am Freitagabend zu der unten genannten Adresse. Dritte Klingel links, in der ersten Etage findest Du mich im linken Appartement. Wenn Du klingelst, werde ich Dich reinlassen und Dich in der Tür erwarten. Was dann geschieht, sollst allein Du bestimmen, alles liegt an Dir. Wenn Deine Erwartung nicht erfüllt wird, kannst Du einfach wieder gehen. Aber natürlich hoffe ich, dass Du Dir ein Herz fasst und mich endlich von der Pein erlöst, Dich täglich im Büro ansehen zu müssen und Dich nicht vögeln zu dürfen. Ich möchte so gern von Dir genommen werden und kann mir gar nicht alles ausmalen, was Du mit mir anstellen sollst. Dein ergebener Sklave«

***

Das Ende des Bleistiftes war schon arg abgenagt. Betty sah aus dem Fenster und dann zur Wand auf die Uhr. Erst drei. Heute Mittag in der Kantine hatte sie besonders auf John achten wollen, doch er war gar nicht dort aufgetaucht. Auch auf dem Flur hatte sie ihn heute nicht gesehen. Ob er kniff? Natürlich hatte sie die Adresse, die ihr vermeintlich anonymer Sklave per E-Mail übermittelt hatte, im Internet überprüft.

Als sie entdeckte, dass John mit dieser Adresse im Telefonverzeichnis eingetragen war, hüpfte ihr Herz. Sie hatte also doch die ganze Zeit über recht gehabt, und John war der wilde Verehrer, der mit seinen heißen E-Mails ganz neue Saiten an ihr hatte anklingen lassen.

Nun war sie hin- und hergerissen zwischen Vorfreude und Angst. Was sollte sie tun, wenn sie heute Abend zu seiner Wohnung ging? Was würde sie sagen? Sie wussten beide, was sie vorhatten, und doch war die Situation irgendwie bizarr, da er sich ihr gegenüber noch nicht wirklich zu erkennen gegeben hatte. Sollte sie sagen: »Hallo, John. Ich wusste, dass du es bist!«? Oder besser gar nicht reden und ihm den Vortritt lassen? Aber er hatte keinen Hehl daraus gemacht, dass er ihre fordernde Seite kennenlernen wollte, der Ton seiner Mails war unmissverständlich gewesen. Sie wusste bislang nicht einmal, dass sie diese Seite überhaupt besaß, war aber erstaunt darüber, was er mit den E-Mails und seiner unverhohlenen Begierde in ihr geweckt hatte.

»Nervös?«, fragte Mia und sah über den Rand ihrer Brille hinweg zu ihr herüber. Der zerkaute Bleistift und das hektische Trommeln der Finger auf dem Schreibtisch waren ihr wohl nicht entgangen.

Betty nickte lächelnd. »Ich hab heute Abend ein Blind-Date.«

Mia pfiff durch die Zähne. »Wow, cool! Mit wem? Ein Typ aus dem Internet? Sei bloß vorsichtig, nicht, dass du einem Psychopathen auf den Leim gehst, man hört ja so einiges ...«

Betty lachte über ihre Angst. »Nee, keine Sorge. Ich kenne ihn wohl schon etwas länger, wir haben uns nur erst im Internet wiedergefunden. Und ich bin bestimmt vorsichtig.«

Mia nickte wissend. »Ich hab mir schon gedacht, dass bei dir was los ist. Du hast dich ganz schön verändert in den letzten Wochen, aber nur zum Vorteil! Der neue Stil steht dir verdammt gut, du bist ja quasi zur Bürosirene geworden! Die Jungs tuscheln schon.«

Betty wurde rot. »Na, sooo schlimm ist es ja auch nicht«, protestierte sie, aber sie wusste, dass Mia recht hatte.

Mr Keyner steckte den Kopf durch die Tür und erinnerte an einen Abgabetermin bis siebzehn Uhr. »Danach könnt ihr auch ins Wochenende gehen«, meinte er und zwinkerte Betty zu. »Sie haben ja wohl was vor, wie?«

Betty wurde puterrot und versteckte das Gesicht hinter dem Monitor. Was sollte das jetzt bedeuten? Woher wollte er wissen ...? War er vielleicht doch der geheimnisvolle Sklave? Aber die Adresse, zu der sie gehen sollte, war doch die von John, das hatte sie ja überprüft! Vielleicht steckten sie unter einer Decke und das alles war doch nur ein blöder Witz der Kollegen? Bestimmt waren ihre E-Mails längst zur Belustigung aller durch das ganze Büro gewandert!

Bei dem Gedanken wurde ihr übel, obwohl sie heute nur einen Salat gegessen hatte. Vielleicht sollte sie die Schnapsidee verwerfen und es sich heute Abend einfach zu Hause gemütlich machen. Sollte er doch zu ihr kommen, wenn er was von ihr wollte, schließlich wäre es auch für ihn ein leichtes, ihre Adresse herauszufinden. Die Schmach, einem üblen Büroscherz auf den Leim gegangen zu sein und künftig als Gespött des Unternehmens herumzulaufen, musste sie nun wirklich nicht haben.

***

Um achtzehn Uhr stand sie zu Hause unter der Dusche und widmete sich ausgiebig ihrer Körperpflege. Die Bikinizone hatte sie sorgfältig entwachsen lassen, sie war noch immer glatt wie ein Kinderpopo. Auch die Beine waren von lästigen

Härchen befreit, sogar die Füße waren weich und streichelzart. Nach der Dusche trug sie eine duftende Bodylotion auf und massierte diese sorgfältig in die Haut ein. Dann zog sie eine schwarze Büstenhebe an, die den Großteil ihrer üppigen Brust frei ließ und trotzdem das ganze Gewicht attraktiv hob. Auf den passenden String verzichtete sie, eventuell würde sie den nicht brauchen, und wenn doch nichts passierte, würde es ja niemandem auffallen, dass sie sich unten ohne aus dem Haus gewagt hatte.

Die halterlosen, schwarzen Strümpfe mit dem breiten Spitzenrand trug sie neuerdings auch im Büro. Beim Mittagessen hatte sie sich manchmal kokett so hingesetzt, dass John den Spitzenrand unter dem Rocksaum hervorblitzen sehen musste, und gespannt auf seine Reaktion gewartet.

Sie schlüpfte in ein enges, schwarzes Kleid, das vorn wie eine Bluse durchgehend geknöpft war und eine Handbreit über dem Knie endete. Es formte ihren Busen und ihre Taille zu einer perfekten Sanduhrfigur, und sie würde es elegant und sexy ausziehen können, sollte es tatsächlich dazu kommen.

Zum Schluss widmete sie sich ihrem Gesicht. Die Augenbrauen waren unterdessen von einer Kosmetikerin professionell gezupft worden, was ihre Konturen weicher und noch weiblicher wirken ließ. Sie trug Make-up und etwas Rouge auf, tuschte die Wimpern gleich dreimal mit der schwarzen Mascara, von dem Trick hatte sie in einer Zeitschrift gelesen, und benutzte den dunkelroten Lippenstift, von dem sie wusste, dass er ihm gefällt.

Zufrieden betrachtete sie ihr Werk im Spiegel und überlegte kurz, ob sie die Haare zusammenbinden oder lieber offen tragen sollte. Sie entschied sich für die offene Variante, schlüpfte in die hochhackigen schwarzen Pumps, schnappte ihre Handtasche und zog die Wohnungstür hinter sich zu.

Auf dem Weg wurde ihr mehrfach fast schlecht vor Aufregung. Noch immer lieferten sich Angst, Neugier, Vorfreude und Lust einen aufregenden Kampf in ihr, und noch konnte sie nicht erkennen, wer ihn gewinnen würde. Das Prickeln zwischen den Beinen bei dem Gedanken an den ersten richtigen Sex nach so langer Zeit war jedenfalls sehr deutlich und es versuchte, die Schmetterlinge im Bauch und den kalten Schweiß auf den Händen zu übertönen.

Mit klopfendem Herzen stand sie vor der angegebenen Adresse, bebende Finger drückten auf die besagte Klingel, auf der »J. Mayer« stand. Dann wartete sie. Als sie den Türsummer hörte, schickte sie ein Stoßgebet gen Himmel und drückte die schwere Haustür auf. Mit zitternden Knien ging sie die Treppe hinauf in die erste Etage.

Er stand in der Tür und sah verwundert aus. »Betty!«, sagte er erstaunt, aber dann lächelte er. Er trug ein schwarzes T-Shirt und eine gemütlich aussehende Stoffhose.

Sie ging auf ihn zu, nahm ihren ganzen Mut zusammen. Jetzt oder nie, er ist es doch, zu lange sehnte sie sich danach, und schon hatte sie ihren rot bemalten Mund auf seinen gepresst, mit einer Heftigkeit, die ihm keine Chance ließ, jetzt noch zurückzuweichen. Ihre Zunge drängte sich wie von selbst zwischen seine Lippen, um mit seiner zu spielen, die zunächst etwas träge wirkte, dann aber schnell flinker und wendiger wurde und ihr Spiel mitmachte. Sie schob sich gegen ihn und drückte ihn mit ihrem ganzen Körper in den Flur der Wohnung, stieß mit dem Fuß die Tür hinter sich zu. *Mein ergebener Sklave,* dachte sie, während sie ihn wortlos und weiterhin küssend mit dem Becken durch die Tür in das Wohnzimmer dirigierte. *Ich will dir schon zeigen, was du in mir hervorgerufen hast.*

Er ging rückwärts und wehrte sich nicht, ließ sich von ihr

führen. Todesmutig öffnete sie die Augen und sah sich kurz im Raum um. Keine Kameras, keine Kollegen, kein Mr Keyner. Keine böse Überraschung. Alles gut.

Sie atmete auf, ließ sich einfach von ihrer Lust führen, die jetzt die Macht ergriffen hatte und ihren ganzen Körper lenkte. Sie schubste ihn auf den Boden vor dem Sofa, auf einen kleinen schwarzen Teppich, auf dem er etwas erstaunt sitzen blieb und sie mit großen Augen ansah.

Sie war jetzt ganz bei sich, sie wusste ja, was er von ihr erwartete, er hatte mehrfach davon geschrieben, wie er sich ihr Treffen vorstellte. Wild und egoistisch sollte sie ein, und so öffnete sie aufreizend langsam die Knöpfe ihres Kleides, einen nach dem anderen, von oben nach unten, und beobachtete, wie sein Atem schneller ging.

Sein Blick war noch immer erstaunt, aber von lustvoller Neugier erfüllt. »Betty, was ...?«, brachte er heiser hervor, dann entblößte sie ihre pralle, schwere Brust, die von der Hebe appetitlich in Szene gesetzt wurde und er verstummte. Sie ließ das Kleid so nonchalant wie möglich fallen und spürte seinen Blick auf ihrer blanken und feucht glänzenden, haarlosen Scham. Ihre Labien teilten sich erwartungsvoll und gaben den Blick frei auf die kleine Perle, die sich bereits aufgerichtet hatte. Der Anblick verfehlte seine Wirkung nicht, und John keuchte völlig überrumpelt.

Grinsend beugte sie sich zu ihm hinab, Schuhe und Strümpfe ließ sie an, küsste ihn wieder, dann drückte sie ihren Busen gegen sein Gesicht, ließ ihn tief den Duft ihrer Körperlotion einatmen, die sie überall verteilt hatte. Mit geschickten, aber zitternden Fingern öffnete sie Knopf und Reißverschluss seiner Hose.

John konnte den Blick nicht von ihr lösen, sie nahm das blanke Erstaunen darin aber nicht mehr wahr, denn ihre Augen waren jetzt von dem prächtigen, harten Schwanz gefesselt, der sich durch den Hosenschlitz hindurchzwängte. Ein echtes Prachtstück, so viel hatte sie ihm gar nicht zugetraut. Es war lange her, dass sie einen so schön geformten Schwanz berührt hatte, und beinahe ehrfürchtig glitt sie mit den Fingern an dem prallen Schaft entlang, vorsichtig zunächst, dann immer fordernder und fester, um zu spüren, wie er sich in ihrer Hand noch mehr versteifte.

Sie fragte nicht, sie wartete nicht, sie nahm sich jetzt einfach, was sie wollte, verwandelte sich in die fordernde Betty, die er sich gewünscht hatte, und so drückte sie seinen Oberkörper nach hinten, um mit ihren Knien über ihn zu rutschen, bis ihre vor Erregung pochende Spalte über seinen Mund glitt.

»Leck' mich!«, sagte sie betont harsch und erschrak beinahe selbst über ihren rauen Ton, aber er zuckte nicht einmal zusammen, sondern gehorchte.

Flink glitt seine Zunge über ihre Labien, suchte den Eingang in ihre pochende, warme Höhle. Mit den Händen hielt er ihre Hüften umklammert, um sie festzuhalten, damit sie ihm nicht entgleiten konnte. Sie schloss die Augen und genoss seine Berührung. Er machte das gut, seine Zunge war ausdauernd und kräftig. Er malte mit ihr Bilder um ihre Klit, dann wieder nahm er sie vorsichtig zwischen die Lippen und küsste sie, saugte ganz sanft an ihr. Sie bewegte die Hüften ein wenig über ihm, um das Tempo vorzugeben, verstärkte den Druck, wollte ihn ganz eng an sich spüren. Die Zunge war rau und weich zugleich, ihr Unterleib zuckte vor sehnsüchtiger Erregung.

Sie ließ ihn lecken, bis ihr warmer Schoß nach Erfüllung schrie. Kurz vor dem Höhepunkt rutschte sie nach unten und setzte sich auf ihn, nur ganz leicht, nur seine feuchte, gerötete Spitze ließ sie in ihre Spalte eindringen, dann bewegte sie sich langsam auf und ab, betrachtete von oben ihre vollen Brüste, die gemächlich bei jeder Bewegung mitschwangen. Sie hörte ein leises Keuchen unter sich, seine Hände fassten an ihre Brust und kneteten sie, zwirbelten die steifen Brustwarzen, sein Atem wurde schneller und lauter. Sie spielte mit ihm, ließ ihn kurz in sich hineingleiten, um sich danach wieder aufzurichten, sodass er immer wieder neu in sie eindringen musste. Sie genoss es jedes Mal, wenn er die Labien teilte und ihre feuchte Spalte vorsichtig erkundete, konnte nicht genug davon bekommen, obwohl sich ihr ganzer Körper danach sehnte, endlich von ihm ausgefüllt zu werden.

Nach einer grausamen Ewigkeit, in der er stöhnte und ihren Oberkörper zu sich herabzog, um sie zu küssen und an ihren Brüste zu saugen, wimmerte er und flehte, wie versprochen. »Bitte, fick mich jetzt!«, japste er, und der hilflose Ausdruck in seinen sonst so selbstbewussten, arroganten Augen jagte einen Schauer der Lust durch ihren ganzen Körper. Dann gab es auch für sie kein Halten mehr. Mit einer heftigen Bewegung setzte sie sich ganz auf ihn, drückte ihr Gewicht auf seinen Schwanz, stützte sich mit den Unterschenkeln und Knien am Boden ab und ritt ihn wild und schnell, den harten John, bis sie ihren eigenen Orgasmus spürte, der angaloppiert kam wie ein Rennpferd und diesmal keine Umschweife machte, sondern zielstrebig in ihr aufstieg. Und als sie sich schreiend über ihm aufbäumte, mit einer Hand an ihre Klit fasste und heftig daran rieb, kam sie gleich noch einmal, ihr ganzer Körper zuckte und bebte, bäumte sich über ihm auf wie ein durchgehendes Pony. Auch er stöhnte laut auf, und sie spürte sein Pulsieren tief in sich, das sich mit ihren Kontraktionen zu einem lustvollen, gierigen Tanz vereinte.

Sie blieb noch auf ihm liegen, presste ihren Oberkörper eng

gegen seinen und küsste ihn in die Halsbeuge. »Das war gut«, sagte sie leise und strich über seine blonden, vollen Haare. »Ich habe doch die ganze Zeit gewusst, dass du mein ergebener Sklave bist.«

John zwinkerte irritiert. »Ergebener Sklave? Ich? Wovon redest du?«

Sie schreckte hoch, ihr Gesicht lief knallrot an und sie spürte, wie ihre Beine den Dienst einstellten und weich wurden wie Schlagsahne. Was war hier los? Wieso wusste er nicht, wovon sie sprach? Er hatte sie doch erwartet, hatte doch an diesem Abend auf sie gewartet – oder etwa nicht?

Doch John lächelte jetzt. »Was auch immer – nach DER Nummer werde ich sehr gern dein Sklave sein.« Er küsste sie auf den Mund, und während er zwischen ihren Schenkeln langsam wieder hart wurde, blinkte eine SMS auf ihrem Handy, die sie erst am nächsten Morgen lesen würde.

»Hoffe, mein Plan ist endlich aufgegangen. Bussi, Mia«

Die GogoTänzerin

»Bist du wahnsinnig geworden?« Entgeistert sah Joanna auf ihre schniefende Zwillingsschwester herab und riss die Augen auf.

Carol blinzelte unter ihren angeschwollenen Lidern hindurch und seufzte. »Du musst mir helfen, Jo, bitte!«, sagte sie und trötete erneut in ein Papiertaschentuch. »Wenn du nicht für mich einspringst, bin ich den Job los und kann mein Studium endgültig an den Nagel hängen.«

Joanna hob die Hände und ließ sich auf einen Sessel fallen. »Das ist nicht dein ernst , Carol. Ich kann das doch gar nicht!«

Carol hustete erbärmlich.

Die Schwester tat ihr natürlich leid, aber was sie hier von ihr verlangte, war nun wirklich reichlich unverschämt.

»Bitte, Jo«, krächzte Carol und rieb sich die gerötete Nase, die dicker war als sonst und in ihrem schmalen Gesicht riesig wirkte. »Du hast doch den Kurs damals mit mir zusammen gemacht, es ist gar nichts dabei!«

Joanna schüttelte den Kopf und biss sich auf die Unterlippe. »Was ist das für ein dämlicher Chef, wenn er dich nicht einmal krank sein lässt?«, fragte sie.

»Er hat eben nicht so viele Mädchen, die einspringen könnten. Und ich hab ihm versprochen, mich um Ersatz zu kümmern. Außer dir fällt mir niemand ein! Meine lieben Stammgäste würden ja nicht einmal merken, dass ich gar nicht da bin, wir sehen uns doch so ähnlich. Du darfst das Geld natürlich behalten, um die fünfhundert Pfund dürften drin sein.« Sie hustete erneut und schnappte dabei nach Luft wie ein Fisch auf dem Trockenen.

»Fünfhundert Pfund?« Joanna dachte an die todschicken Pumps und die perfekt dazu passende Handtasche, die sie erst letzte Woche in ihrer Lieblingsboutique gesehen hatte. Obwohl sie ihr Studium schon beendet und gerade ihren ersten Job in einer Werbeagentur angefangen hatte, konnte sie sich bei dem kleinen Assistentengehalt solche Extravaganzen natürlich nicht leisten. Im Gegensatz zu Carol, die trotz ihres Studentendaseins dauernd neue Klamotten kaufte.

»Hm ... muss ich mich da auch anfassen lassen?«

Carols Augen erhellten sich, als sie von dem Taschentuch in ihrer Hand zu ihrer Schwester aufsah. »Nein, natürlich nicht«, beeilte sie sich zu sagen. »Du musst nur mit dem Hintern wackeln, deine Titten vorzeigen und nett lächeln. Das kannst du doch!«

Joanna lachte auf. »Na ja«, sagte sie. »Ich bin nicht gerade geübt darin ...«

Ihre letzte Beziehung lag jetzt immerhin schon sechs Monate zurück, und es wäre ihr im Traum nicht eingefallen, vor Mike mit dem Hintern herumzuwackeln. Für ihn war sie immer die brave, schüchterne Jo gewesen. Er hielt sie für eine Heilige, und wahrscheinlich wäre er ohnmächtig geworden, wenn sie ihn mit einem richtig heißen Strip angemacht hätte. Vielleicht hätte er sich dann aber auch nicht entschlossen, mit der frechen blonden Studentin aus seinem Seminar eine Affäre anzufangen.

»Ich muss vorher trainieren«, sagte sie seufzend, und Carol schloss erleichtert die Augen.

»Danke«, sagte sie heiser. »Das werde ich dir nie vergessen.«

Joanna grinste. »Ich werde mir eine Revanche überlegen«, sagte sie und wedelte drohend mit dem Zeigefinger vor Carols Nase. »Aber jetzt werd' du erst mal wieder gesund. Ich kriege das schon irgendwie hin.«

Sie drückte ihrer Schwester einen Kuss auf die glühende Stirn und ging zurück in ihre Wohnung, die nur zwei Häuserblocks entfernt lag.

***

Genervt zupfte Jo an dem winzigen Kostüm herum, das sie aus dem metallenen Spind mit der Aufschrift »Carol« geholt hatte. Sie hatte ein paar Pfund mehr auf den Hüften als ihre sehr schlanke Schwester, und der goldglänzende Stoff des winzigen Outfits schnitt in ihr Fleisch. Ihre Brüste wurden durch die fehlende Größe des Oberteils obszön zusammengequetscht und quollen so weit heraus, dass sie das Top kaum würde ausziehen müssen. Am Rand konnte man mit guten Augen schon das dunkle Rosa ihrer Brustwarzen erkennen!

»So ein Mist«, fluchte sie, als sie sich erhob und vorsichtig versuchte, auf den schwindelerregend hohen Absätzen ein paar Schritte zu gehen. »Die Dinger sind ja spitz wie Stricknadeln! Wie soll man darauf bloß laufen, geschweige denn tanzen?«

Seufzend ließ sie sich auf den Stuhl zurückfallen und streckte die Beine aus. Worauf hatte sie sich nur eingelassen?

»Kann ich dir helfen, Darling?«

Joanna schrak auf. Vor ihr stand eine rothaarige dralle Frau, die einige Jahre älter war als sie selbst und ganz offensichtlich künstliche Brüste hatte, jedenfalls standen diese auch ohne einen BH der Schwerkraft trotzend von ihrem Oberkörper ab. Sie trug ein bauchfreies Top mit Spaghettiträgern aus einem schwarzen Lurexstoff und einen knallengen Minirock aus pinkem Lack. Immerhin lächelte sie freundlich.

»Was ist los, Carol? Du wirkst so unsicher und gestresst heute«, fragte sie und kaute auf einem Kaugummi herum, der immer wieder zwischen ihren nicht mehr ganz weißen Zähnen auftauchte.

»Ich bin nicht Carol«, antwortete Joanna leise. »Ich bin ihre Schwester Joanna. Carol hat mich gebeten, sie heute zu vertreten, sie ist krank.«

Die Rothaarige runzelte die Stirn und strich sich eine lange Haarsträhne aus dem Gesicht. »Echt jetzt? Du siehst genauso aus wie sie! Vielleicht etwas üppiger.« Sie malte mit den Händen imaginäre Kurven in die Luft und lachte heiser.

»Ich bin Kim«, sagte sie dann und reichte Joanna die Hand. »Kannst du denn tanzen?«

Joanna stöhnte. »Ein wenig«, antwortete sie. »Ich hab vor ein paar Jahren so einen Kurs mit Carol besucht, aber im Gegensatz zu ihr hab ich mich nie getraut, das vor anderen auszuprobieren.« Sie verstummte und starrte auf ihre Füße, die in den hohen Plateausandalen winzig wirkten. Was war in sie gefahren, dieser Schnapsidee zuzustimmen? Sie würde sich in dem Etablissement bis auf die Knochen blamieren!

»Na, die Jungs sind leicht zu begeistern«, meinte Kim und grinste, während sie sich im Spiegel betrachtete und an ihrem Rock zupfte. »Und du siehst heiß aus! Solltest Carol sagen, dass sie ruhig ein paar Pfunde zulegen kann. Die Männer stehn drauf, die mögen so dürre Bretter mit Erbsen nicht.« Sie lachte wieder heiser.

Joanna erschauerte. Sie würde gleich die stickige Umkleide verlassen und sich in die Höhle der Löwen begeben müssen!

»Bleib einfach cool. Immer nett lächeln, sobald einer die Hand ausstreckt, draufhauen oder drauftreten«, erzählte Kim. »Die meisten Jungs sind Stammgäste und wissen sich zu benehmen, aber es kommen auch immer mal wieder neue Kerle hier rein und gucken, was so geht.«

Die Frage brannte ihr schon lange auf der Seele, und nun wagte sie es, sie zu stellen: »Macht ihr denn nie ... Ich meine, wenn jemand richtig viel Geld dafür bietet ...?«, fragte sie schüchtern und fixierte die rothaarige Kim.

Die zog die Nase kraus. »Na ja, einige von uns machen das schon«, gab sie freimütig zu. »Aber erst nach Feierabend. Vorher hat der Chef was dagegen, er will den Laden sauber halten. Wenn dir aber einer gefällt und der dir Kohle anbietet, nur zu! Die meisten zahlen ziemlich gut für'n kleines Extra.«

Joanna schüttelte sich. »Nee, das ist nichts für mich! Ich war nur neugierig.«

»Alles eine Frage des Preises«, sagte Kim und zwinkerte ihr zu. »Wie seh ich aus?«, fragte sie dann und drehte sich vor Joanna hin und her.

»Super«, gab sie zu verstehen, und Kim strahlte glücklich.

»Kommst du mit raus?«, fragte Kim.

Joanna zögerte und warf einen letzten Blick in den Spiegel. Sie hatte sich grell geschminkt und eine blonde Perücke mit sehr langen Haaren aufgesetzt, die Carol auch immer trug. Ihre Schwester war der Meinung, dass die Blondinen im Club mehr Geld verdienten als die Dunkelhaarigen. Also war Joanna ihrem Rat gefolgt, zumal sie noch immer hoffte, dass den meisten Gästen gar nicht auffallen würde, dass nicht Carol selbst heute Abend hier für sie tanzte. Allerdings verpuffte diese kleine Hoffnung innerhalb weniger Sekunden, als sie auf den dünnen Bleistiftabsätzen hinter Kim her balancierte.

»Oh weia«, meinte die und warf einen Blick auf Joannas Füße. »Das hättest du aber noch üben müssen! Am besten du bewegst dich nicht zu sehr beim Tanzen und bleibst einfach auf deinem Tisch stehen.«

Joanna riss den Mund auf. »Tisch? Ich muss auf einem Tisch tanzen?« Sie schnappte nach Luft.

Kim lachte laut. »Süße, warst du noch nie hier? Sag mir nicht, dass du gar nicht weißt, was genau du hier machen sollst?«

Joanna kaute auf ihrer Unterlippe und schüttelte verlegen den Kopf. »Ich ... ich dachte, ich ...«

Kim ergriff ihre Hand und zog sie hinter sich her durch einen schwarzen Stoffvorhang in den Club. »Es ist noch keiner da, wir sind früh dran«, sagte sie.

Tatsächlich war der nur spärlich beleuchtete Raum menschenleer, aus den Lautsprechern drang leise Musik. Tief einatmend sog sie die Atmosphäre des Clubs in sich ein. Er war nicht allzu groß, aber stilvoll eingerichtet. Fünf ovale Tische mit Stangen in der Mitte, die unter der hohen Decke befestigt waren, bildeten den Mittelpunkt. Um die Tische herum formierten sich Eckbänke aus schwarzem Leder, moderne Kronleuchter sorgten für eine dezente Beleuchtung und so etwas wie Stil.

In einer Ecke entdeckte sie Charlie, den Besitzer. Er war groß, breit und glatzköpfig. Aber ein nettes Gesicht und freundliche Augen mäßigten seine bullige Erscheinung, obwohl es keinen Zweifel gab, dass man sich mit ihm besser nicht anlegen sollte. Joanna hatte ihn bereits vor einem Jahr kennengelernt, als Carol sie mitgeschleppt hatte, um ihr den neuen Job zu erklären. Allerdings war sie damals mit hochroten Wangen geflüchtet, noch bevor Carol angefangen hatte zu tanzen.

»Hey! Bist du Joanna?« Charlie betrachtete sie mit unverhohlener Neugier und ließ seinen Blick von oben nach unten über ihren Körper gleiten, bevor er ungeniert an ihren Brüsten hängen blieb. Sie spürte, dass Röte in ihre Wangen schoss, und wand sich unbehaglich hin und her.

»Ja, Carol ist krank und ich ...«

Er winkte ab und zog eine Zigarette hinter dem Ohr hervor, die er zwischen die Lippen schob. Dann kramte er in der Tasche seines weißen Anzuges nach einem Feuerzeug. »Weiß schon«, murmelte er. »Kannst du das überhaupt?« Er runzelte die Stirn und musterte sie erneut.

Offenbar hegte er größere Zweifel daran, dass Joanna ihre Schwester ersetzen könnte, was ihren Ehrgeiz weckte. »Na ja, ich bin nicht so erfahren wie Carol, aber ich kann mich schon bewe ...«

»Jaja, mach mal«, unterbrach er sie und setzte sich auf einen Barhocker, nachdem er endlich erfolgreich die Zigarette zum Glühen gebracht hatte.

»Äh – hier?« Joanna klimperte nervös mit den Lidern und verwünschte die Kontaktlinsen, die schon jetzt ihre Augen brennen ließen. Das konnte heiter werden! Aber eine Gogo-Tänzerin mit Brille ging natürlich gar nicht, also musste sie da wohl durch. Hoffentlich hatte sie ihre Augentropfen nicht vergessen.

»Ja klar, hier«, meinte Charlie grinsend und stellte die Füße auf dem unteren Metallring des Hockers ab. »Oder wolltest du hinten in der Umkleide allein vor dich hin tanzen?«

Joanna schüttelte den Kopf und biss sich auf die Unterlippe. »Aber es ist ja noch niemand da«, versuchte sie einzuwenden, und Kim lachte leise.

»Darling, keine Scheu!«, flüsterte sie. »Charlie ist okay, er will bestimmt nur mal sehen, ob du das gut machst.«

Joanna schluckte nervös. Unter ihren Achseln bildete sich ein feuchter Schweißfilm, und ihre Körperhaare hatten sich vor Nervosität erregt aufgerichtet. Sie sollte einfach ihre Sachen nehmen und verschwinden, was tat sie eigentlich hier? Carol würde bestimmt auch einen anderen Job finden, und wenn Charlie so mies drauf war, dass er ihr nur wegen einer Erkältung kündigen wollte, war er sowieso ein heißer Kandidat auf den Titel Arschloch des Jahres.

»Na los! Oder spielst du Prinzessin Rührmichnichtan?« Charlie grinste bis an beide Ohren und entblößte dabei eine Reihe blendend weißer Zähne, die perfekt in eine Zahnpastareklame gepasst hätten.

Joanna hob die Schultern und spitzte die Ohren. »Vielleicht geht die Musik ein bisschen lauter?«, fragte sie schüchtern, und Charlie hob die Hand. Nach einem Fingerschnipsen schwoll der harte Technobeat so an, dass er Joanna direkt in den Magen fuhr, aber sie fühlte sich wohlig beschützt von der lauten Musik und atmete erleichtert auf. Zaghaft begann sie, ihre Hüften im Takt zu bewegen und ließ Charlie dabei nicht aus den Augen. Er verzog noch immer das Gesicht, eine tiefe Falte inmitten seiner Stirn bedeutete, dass er sich Sorgen machte. Joanna schloss kurz die Augen und holte tief Luft, dann versuchte sie, sich auf den Rhythmus einzulassen.

Sie vergaß, wo sie war, vergaß die rothaarige Frau hinter sich, die auf ihre Pobacken starrte, vergaß den Glatzkopf auf dem Barhocker, der sie noch immer misstrauisch betrachtete. Sie stellte sich vor, der Club sei schon gefüllt mit Menschen, Männern, die nur ein Ziel hatten – sich anmachen zu lassen. Von ihr!

Sie legte eine Hand auf ihre Hüfte und ließ das Becken kreisen, ging in die Knie, spreizte die Beine, dann griff sie nach oben unter ihre Brüste und hob sie mit beiden Händen noch höher, sodass sie fast ihr Kinn berührten. Sie hörte, wie der dünne Stoff der Hot Pants bei ihren Bewegungen ächzte, die Nähte waren wohl durch ihre üppigen Kurven an ihrer Belastungsgrenze, aber es war ihr egal.

Sie lauschte der Musik, folgte dem Rhythmus der Drummachine und dem klagenden Gesang der Sängerin, fasste in die Perücke und ließ das blonde Haar verführerisch durch ihre Finger gleiten. Dann schleuderte sie den Kopf herum und sah Charlie mit funkelndem Blick direkt in die Augen, öffnete leicht die Lippen, spreizte die Beine und ließ sich vor ihm zu einem gewagten Spagat nieder. Sie war sicher, dass das winzige Höschen nicht den ganzen Schritt verbergen würde, aber das störte sie nun nicht. Eine Hand glitt zwischen die Beine und rieb über die glitzernde Hose, während sie sich mit der anderen aufstützte und ihr Becken aufreizend auf- und abwippen ließ.

Erleichtert stellte sie fest, dass Charlies Stirnrunzeln einem erstaunten Augenaufreißen gewichen war. Offenbar gefiel ihm, was er sah, also legte sie nach und ging vor ihm auf die Knie. Nur zwei Meter trennten sie voneinander, während sie ihn mit verführerischem Blick fixierte und ihm eine tiefe Einsicht in ihr dralles Dekolleté bot. Sie streckte den Hintern raus und ließ ihn sinnlich in der Luft kreisen, im Takt der Musik, und sie spürte, dass sie feucht wurde.

Mist, hoffentlich konnte man das nicht durch das dünne Höschen sehen! Das wäre ihr nun nicht gerade angenehm. Aufhören mochte sie jetzt aber auch nicht mehr, erst recht nicht, als sie die Pracht zwischen Charlies Beinen sah, die sich dort unter der weißen Anzugshose abzeichnete. Kichernd drehte sie sich um und spreizte die Beine ein wenig weiter, sodass er von hinten direkt auf ihren Po gucken konnte. Sie griff erneut mit einer Hand zwischen ihre Schenkel und rieb vorsichtig an sich, die Feuchtigkeit war nun schon durch die Hot Pants zu spüren. Als sie wieder aufstand und am Rand des großen Tisches vor Charlie in die Hocke ging, entdeckte sie ein paar Schweißtropfen auf seiner Stirn.

»Nun?«, fragte sie kokett und schüttelte die blonden Fakehaare, die ihr gut gefielen. Sie sah gar nicht mehr aus wie Joanna, die brave Studentin, dank des Make-ups, der Perücke und den Klamotten, die ihr viel zu klein waren.

Kim stieß hinter ihr einen Pfiff aus und applaudierte kurz. »Darling, das hätte ich nicht von dir erwartet«, rief sie und nickte anerkennend. »Super! Man merkt fast gar nicht, dass du das noch nie gemacht hast.«

Charlie räusperte sich. »Nicht schlecht«, sagte er und drückte seine Zigarette im Aschenbecher aus. »Dann kann es ja losgehen. Habt Spaß, Mädels, wir haben ihn auch!« Er stand auf und verschwand hinter der Theke.

Joanna stöhnte erleichtert auf.»Es sah aus, als hätt' es dich echt angemacht«, meinte Kim und grinste.

Joanna lächelte gequält. »Ich bin eine gute Schauspielerin«, sagte sie und stöckelte auf wackeligen Beinen hinter ihrer neuen Kollegin her nach hinten.

Die warf einen Blick auf ihre Armbanduhr, bevor sie sie abnahm und zur Seite legte. »Zehn Minuten noch«, sagte sie. »Wie wär's mit einem Drink zur Auflockerung?«

Joanna schüttelte den Kopf. »Nein, besser nicht. Ich trinke so gut wie nie Alkohol und ich ...«

»Du solltest heute damit anfangen«, meinte Kim und schenkte ohne weiteren Kommentar Sekt aus einer Piccoloflasche in zwei Gläser ein, von denen sie Joanna eins reichte.

»Na komm, ein Gläschen schadet nicht und macht dich locker«, sagte sie lächelnd und hob ihr Glas. »Auf deinen ersten Abend im LimeLight!«

Joanna setzte das Glas an und leerte es, ohne weiter darüber nachzudenken, in einem Zug. Der billige Sekt war säuerlich, prickelte aber angenehm und stieg ihr gleich in den Kopf.

»Besser?« Kim tätschelte mütterlich ihre Schulter und streichelte ungeniert mit einem Finger Joannas Gesicht. »Deine Haut ist toll«, sagte sie anerkennend. »So schön gleichmäßig. Und deine Figur ist ein Knaller. Auch in den zu kleinen Sachen.« Sie zwinkerte und gab ihr einen Klaps auf den Hintern. »Also los, Darling. Zeigen wir es ihnen!«

Sie schob Joanna durch den Vorhang wieder nach vorn.

Joanna verfluchte die hohen Absätze, auf denen sie sich nur wackelig fortbewegen konnte. Bei jedem Schritt hatte sie das Gefühl, der spitze Absatz würde sich in den zerkratzten Parkettboden unter ihren Füßen bohren und dort einen weiteren Abdruck hinterlassen.

Inzwischen hatten sich ein paar einsame Herren im Club eingefunden. Die Musik wummerte weiterhin so laut wie vorhin bei Joannas Probetanz, die Männer saßen allein an der Bar oder auf den Stühlen, die um die Tische standen, und starrten auf die noch leeren Tanzflächen.

»Wo sind denn die anderen?«, rief Joanna gegen die Musik. »Wir sind doch hoffentlich nicht nur zu zweit?«

Kim schüttelte den Kopf und zog sich mit einer ungeheuerlich behänden Bewegung auf einen der Tanztische hoch. »Die kommen später«, rief sie und richtete sich auf. »Wie du siehst, ist noch nicht viel los, die meisten Gäste trudeln erst nach Mitternacht hier ein, dann wird es voll. Carol und ich tanzen immer als erste, weil wir viele Stammgäste haben, die uns gern exklusiv genießen, bevor der Laden brummt.«

Sie lächelte einem älteren Herrn mit Halbglatze und Brille zu, der an der Theke saß und erfreut strahlte, als er Kim erkannte. Offenbar war er einer dieser Stammgäste. Joanna blieb etwas unschlüssig am Rand stehen und beobachtete die Rothaarige, die nun begann, ihre Hüften lasziv zur Musik zu bewegen.

»Hey, rauf da mit dir!« Charlies Stimme dröhnte lauter als die Bässe des Technobeats, und Joanna fuhr erschrocken herum. »Ich bezahl dich nicht fürs Rumstehen«, sagte er und grinste. Sein kundiger Blick, der wieder etwas lüstern ihre Kurven entlangglitt, ließ sie erschauern. Noch nie hatte sie sich so zur Schau gestellt gefühlt, und nie hätte sie gedacht, dass sie genau das anmachte. Was Mike wohl sagen würde, wenn er sie so sähe? Die brave Joanna – er hatte sie spaßeshalber oft *Jeanne d'Arc* genannt oder *Meine Heilige* – verwandelt in eine Schlampe, mit blonder Perücke und zu engen Lurexklamotten.

Seufzend zog sie sich an einem zweiten Tisch in einiger Entfernung von Kim hoch und kletterte etwas unbeholfen darauf. Charlies heiseres Lachen drang an ihre Ohren, der Idiot machte sich über sie lustig!

Joanna biss die Zähne zusammen und schloss die Augen, während sie tief einatmete. Ganz ruhig bleiben. Du kannst das. Dann versuchte sie, sich wieder auf die Musik einzulassen und den Rhythmus zu fühlen. Die Bässe wummerten und lösten ein Grummeln in ihrem Magen aus, aber schon bald begann ihr Körper, sich wie von selbst im Takt zu wiegen. Fest blieb sie mit beiden Fersen auf der Tischplatte stehen, der Gedanke, auszurutschen und vom Tisch zu fallen, jagte ihr Hitzewellen durch den Leib. Nur nichts riskieren. Es genügte, den Oberkörper zu bewegen, ab und zu mit gespreizten Beinen kurz in die Hocke zu gehen, und den beiden Typen, die sie anstarrten, einen Blick in ihren goldglänzenden Schritt zu ermöglichen.

Joanna lächelte den beiden Männern zu und zwinkerte. Der jüngere von ihnen errötete, lächelte aber leicht gequält zurück.

Na also, dachte sie frohlockend. *Die sind genauso aufgeregt wie ich! Was soll's?*

Sie warf einen raschen Seitenblick zu ihrer Kollegin rüber, die bereits angefangen hatte, ihr Top auszuziehen. Das löste eine erneute Hitzewallung in Joanna aus. Mist, daran hatte sie gar nicht gedacht, aber natürlich erwarteten die Zuschauer, dass sie mehr präsentierte als ihren wackelnden Hintern und das glitzernde Top. Der Blonde rutschte schon nervös auf seinem Barhocker herum und nippte an seinem klaren Drink.

Noch nicht, beschloss sie. *Lassen wir sie ein bisschen zappeln.*

Sie wand sich weiter auf dem Tisch, umklammerte die rettende Stange, die in der Tischmitte arretiert war, mit einer Hand und ließ sich an ihr herabgleiten. Doch die beiden Männer beachteten sie nicht mehr, sondern starrten nun auch auf den weiter entfernten Tisch, auf dem Kim sinnlich wie eine Schlange ihre Hüften kreisen ließ und sich dabei höchst elegant ihres knappen Oberteils entledigte.

Ihre Brüste lagen in körbchenlosen BHs, die sie attraktiv hoben, aber trotzdem nichts verdeckten. Die Nippel waren rot geschminkt, sie leuchteten und waren klein und hart, sodass sogar Joanna ihren Blick kaum davon lösen konnte. Kim hob ihre Brüste mit beiden Händen hoch, senkte das Kinn, und dann schnellte die spitze rosa Zunge hervor und strich zweimal kurz über ihre Brustwarzen. Joanna schluckte. Sie hatte das mal aus Spaß versucht, war aber gescheitert, obwohl ihre Brüste größer waren als die von Kim und es daher hätte einfacher sein müssen. Wahrscheinlich war ihre Zunge zu kurz.

Sie tanzte einfach weiter, aber niemand nahm von ihr Notiz. Die rote Kim hielt die wenigen Besucher mit dem Anblick ihrer wogenden Brüste in Atem. Es war deutlich zu sehen, dass sie nicht echt waren, dafür waren sie viel zu prall und standen unnatürlich von ihrem Brustkorb ab. Aber sie sahen einfach großartig aus, das musste Joanna neidlos anerkennen. Sie gönnte der Kollegin die begehrlichen Blicke, obwohl sie sich etwas dumm vorkam, nun für sich allein zu tanzen.

Neue Gäste betraten den schummrigen Club und ließen sich an der Theke nieder. Joanna warf einen kurzen Blick zu der Gruppe rüber, doch auch die Neuankömmlinge hatten nur Augen für Kim, die nun den pinken Rock über die Hüften schob und sich in einem winzigen String präsentierte. Sie war perfekt glattrasiert, die Haut glänzte verführerisch, und Joanna hatte jedes Verständnis der Welt für die männlichen Zuschauer, die von dem Anblick gefangen waren. Kim war ein perfekter Beweis dafür, dass Erotik nichts mit dem Alter zu tun hatte, denn obwohl sie deutlich älter war als Joanna, strahlte sie so viel Sex aus, dass sie sich neben ihr vorkam wie ein Mitglied des kirchlichen Mädchenchors.

»Gib dir etwas mehr Mühe«, ertönte Charlies Stimme direkt neben ihrem Tisch.

Hastig wandte sie sich um und schoss ihm wütende Blitze zu. »Mach ich ja«, erwiderte sie trotzig und bewegte sich weiter im Takt der Musik. »Aber gegen Kim hab ich keine Chance.«

Charlie lachte wieder. »Mädchen, hast du mal einen Blick in den Spiegel geworfen? Du bist der pure Sex! Nur die blonden Haare passen nicht zu dir. Und die alberne Maske nervt.«

Joanna protestierte. »Die brauch ich, nachher erkennt mich hier noch jemand!«, sagte sie und rückte die glitzernde Maske, die beinahe die gesamte obere Gesichtshälfte bedeckte, zurecht. »Außerdem mag ich es, geheimnisvoll zu wirken.«

Charlie schnaufte. »Das wirkt nicht geheimnisvoll, sondern langweilig. Aber wie du meinst – ist ja nicht mein Trinkgeld, das dir entgeht.« Er drehte sich um und ging wieder zur Bar zurück, an der inzwischen noch weitere Männer Platz genommen hatten.

Joanna biss auf ihre Unterlippe und versuchte verzweifelt, die Zornestränen zurückzuhalten, die in ihren Augen brannten. Wenn sie jetzt auch noch anfing zu heulen, würden sich ihre Kontaktlinsen verabschieden, und dann wäre der Abend sowieso gelaufen. Sie hätte sich einfach nicht darauf einlassen sollen, schon gar nicht, ohne entsprechend zu üben. Aber nun war es zu spät.

Als sie die Blicke der beiden Neuen an der Bar einfing, lächelte sie so verführerisch wie möglich und legte beide Hände in den Nacken, um den Neckholderverschluss ihres Glitzertops zu öffnen. Die Aufmerksamkeit der beiden war ihr nun gewiss, also öffnete sie mit zitternden Fingern den Verschluss und streifte das Top etwas plump über die Hüften nach unten ab. Einer der Männer an der Bar grinste anerkennend, während der andere ihm einen Drink reichte und sich vorbeugte, um ihm etwas ins Ohr zu sagen.

Joanna wunderte sich, dass so relativ junge und auch gutaussehende Männer in einen Club wie das »LimeLight« gingen. Sollten sie nicht um diese Uhrzeit besser irgendwo anders auf Jagd gehen? Oder waren sie vielleicht in festen Beziehungen und suchten hier nur ein wenig Anregung, Aufregung, Abwechslung?

Ihre prallen Brüste brauchten keine Stütze von unten. Sie wogen schwer hin und her, und erleichtert bemerkte sie, dass auch einige der anderen Besucher sich von Kim abgewandt hatten und nun sie beobachteten. Das gab ihr Mut, der Sekt prickelte noch immer in ihrem Magen, der auf die harten Bässe reagierte, und so nahm sie beide Brüste in die Hände und knetete sie verführerisch, wie sie es aus diversen Erotikvideos im Internet kannte.

Sie ging in die Hocke und spreizte die Beine, dann bewegte sie ihr Becken auf und ab, als würde sie auf einem Mann reiten. Zwischen ihren Schenkeln kribbelte es wie in einem Bienenkorb. Die leichte Feuchtigkeit, die sich hier ausbreitete, erregte sie noch mehr als der Gedanke, dass die Männer nun alle sie anstarrten und auf mehr hofften.

Sie stellte sich vor, wie die Zuschauer nach der Vorstellung auf das schäbige Klo in dem Club gingen, um sich Erleichterung zu verschaffen, und sie hätte gern gewusst, bei wem sich im Schritt durch ihren Anblick schon etwas regte. Plötzlich spürte sie die Macht.

Sie war nicht das arme Mädchen, das angestarrt und zu einem billigen Sexobjekt degradiert wurde – sie war eine Sexgöttin, die bestimmte, was passierte. Die nicht angefasst werden durfte, nur aus der Ferne bewundert wie eine mittelalterliche Minnedame. Schmachten und träumen, vielleicht sich nachher auf ihren Anblick einen runterholen, mehr gab es nicht für die Männer, und das wussten sie genau.

Lächelnd ließ sie sich auf die Knie nieder, um über den schmalen Tisch nach vorn zu kriechen. Einer der Männer an der Bar stand auf und ging die wenigen Schritte zu ihr rüber. Joannas Herz holperte kurz vor Aufregung, was hatte Kim noch gleich gesagt, sollte sie tun, falls jemand sie anfassen würde? Aber der dunkelhaarige Mann machte keine Anstalten, sondern blieb nur dicht vor ihrem Tisch stehen und lächelte bewundernd.

Beinahe automatisch richtete Joanna ihren Oberkörper auf und streckte ihm ihre Brüste weiter entgegen, als wolle sie ihn damit locken. Sie kreiste mit den Hüften und griff mit einer Hand zwischen ihre Schenkel, streichelte sich selbst. Unwillkürlich zuckte sie bei der Berührung zusammen, ihre

Klit pochte schon sanft. Sie konnte kaum der Versuchung widerstehen, fester zuzugreifen und an sich zu reiben, aber das würde sie ganz sicher nicht vor aller Herren Augen tun!

Sie ließ den Blick des Mannes nicht los, während sie weiter über ihre Haut glitt und sich streichelte, dann warf sie den Kopf in den Nacken und streckte ihr Becken weiter vor. Die Musik wechselte den Takt, und Joannas Körper folgte wie von selbst.

Sie vergaß Raum und Zeit und tanzte nur noch für ihn, den unbekannten Dunkelhaarigen, der vor ihr stand und ab und zu unbeherrscht über seine Lippen leckte. Seine Augen glänzten, sie konnte die Erregung darin deutlich erkennen, und sie fesselte ihn mit ihrem Blick an sich.

Sie legte sich auf den Bauch und spreizte die Beine so weit, dass sie über den Rand des schmalen Tisches hinausragten, dann vollführte sie Stoßbewegungen mit dem Becken. Der Mann vor ihr stöhnte leise auf, sie sah, dass sich unter seiner Hose eine Beule gebildet hatte. Wie im Fieber wand sie sich weiter vor ihm, als sei er ihr Liebhaber und sie wolle ihn verführen, verlocken, quälen und zappeln lassen zugleich. Ihre Wangen brannten vor Hitze, und der Gedanke, was sie mit ihrem Körper und ihren Bewegungen ausrichtete, machte sie an.

Der Club hatte sich weiter gefüllt, aber Joanna nahm keine Notiz von den übrigen Männern. Sie verschmolz mit dem Fremden und tanzte nur noch für ihn. Seine Hände steckten in den Hosentaschen seiner Jeans, aber sie bewegten sich nicht.

Joanna musterte seinen Schritt mit offener Neugier und grinste anerkennend, als sie von der Stelle zwischen seinen Beinen wieder nach oben in sein Gesicht sah. Er nickte, dann zog er eine Hand aus der Tasche und näherte sich ihr, bevor er mit zitternden Fingern einen bläulichen Geldschein in ihre Hot Pants steckte. Joanna fuhr zusammen und sah ihn fragend an, doch er drehte sich um und ging zurück zur Bar, setzte sich wieder auf seinen Hocker und trank.

Was nun? Sollte sie das Geld etwa behalten? Es waren mindestens zwanzig Pfund, was verlangte er als Gegenleistung dafür? Unwillkürlich hielt sie in ihren Bewegungen inne, als sie sich an das Gespräch mit Kim erinnerte. *Alles eine Frage des Preises*, hatte sie gesagt. Zwanzig Pfund? *Ist ja nicht mein Trinkgeld*, hatte Charlie gesagt. Trinkgeld oder Vorschuss für mehr?

Joanna zitterte. Plötzlich war ihr kalt. Sie war keine Prostituierte, und ganz sicher würde sie für zwanzig Pfund nichts weiter tun als ein wenig zu tanzen. Augenscheinlich erwartete der Unbekannte aber auch nicht mehr von ihr, beinahe teilnahmslos starrte er sie einfach nur an.

»Hey, Pause ist noch nicht!«

Genervt verdrehte Joanna die Augen und drehte sich zu Charlie um. »Spielst du hier den Einpeitscher, oder was?«, fragte sie frech und stemmte die Hände in die Hüften. Zum Glück war die Stange direkt hinter ihrem Rücken, da sie bei der plötzlichen Bewegung auf den hohen Stelzen unbeholfen wackelte.

»Ich wusste nicht, dass du auf Peitschen stehst, sonst hätte ich meine mitgebracht«, erwiderte Charlie und grinste unverschämt.

Joanna wurde heiß. »Frechheit«, knurrte sie und beugte sich zu ihm herab, sodass ihre üppigen Brüste direkt vor seinem Gesicht lagen. Zufrieden beobachtete sie, wie der kräftige Mann kurzzeitig um Fassung rang. Er hatte nun wirklich alles gesehen, was es zu sehen gab, und garantiert mit den meisten der hier arbeitenden Mädchen schon geschlafen, aber für sie war es der erste und letzte Auftritt, also hatte sie nichts zu befürchten.

»Du hast eine Buchungsanfrage«, fuhr er fort, als er seine Contenance zurückerlangt hatte.

Joanna zog die Brauen unter der funkelnden Maske hoch und sah ihn fragend an. »Ich stehe für weitere Dienstleistungen nicht zur Verfügung«, sagte sie hochnäsig und schüttelte den Kopf. »Tut mir leid, aber ich bin nicht so eine ...«

»Zweihundert Pfund, für einen *LapDance* für den Herrn da hinten.« Er streckte den Arm aus und zeigte auf einen Ecktisch am anderen Ende des Raums. Sie hatte bislang nicht bemerkt, dass sich auch hier inzwischen Zuschauer eingefunden hatten, zu sehr war sie auf die Männer direkt vor ihrem Tisch fixiert gewesen. Zu ihrem Erstaunen tanzten nun auch auf anderen Tischen Mädchen, die sie noch nicht gesehen hatte. Offenbar war es schon nach Mitternacht – wo war nur die Zeit geblieben?

»Was soll das sein, *LapDance*?«, fragte sie, nachdem sie den Blick von der Dreiergruppe auf der Bank wieder gelöst hatte. Die Männer saßen zu weit weg, als dass sie jemanden hätte erkennen können.

»Mädchen, mach mich nicht schwach. Hat deine Schwester dich denn gar nicht aufgeklärt?« Charlie stöhnte theatralisch und hob die Hände.

Joanna errötete vor Wut. »Tut mir leid, ich verkehre normalerweise nicht in solchen Etablissements«, fauchte sie und ließ sich mit Schwung auf die Tischkante sinken. Mit baumelnden Beinen und Brüsten blieb sie dort sitzen und funkelte Charlie an. »Ich glaube, ich habe genug für heute und gehe nach Hause.«

Charlie verzog den Mund und schüttelte den Kopf. »Das glaube ich nicht, Mädchen. Zweihundert Pfund für eine Viertelstunde Arschwackeln – dafür kannst du dir ein paar tolle Klamotten kaufen.« Er grinste, und Joanna fühlte sich ertappt. »Shirley dort vorn fängt gerade an. Guck es dir kurz an, es ist nicht schwer, dann gehst du da rüber und machst es

ihr einfach nach. Eine Viertelstunde. Zweihundert Pfund.«
Er wedelte mit ein paar Fünfzigern und ging zur Bar zurück.

Joanna blieb auf dem Tisch sitzen und tastete hinter ihrem Rücken nach dem Glitzertop, während sie eine dünne Blondine in einem winzigen String beobachtete, die sich ein paar Bänke weiter breitbeinig über einen jungen Mann stellte.

Sie sog scharf die Luft durch die Zähne ein, als die Blondine sich mit dem Rücken zu ihm nach vorn beugte und mit dem Hintern wackelte. Dann ließ sie sich auf dem Schoß des jungen Mannes nieder und kreiste direkt über seinem Schritt mit den Hüften. Joanna spürte eine Gänsehaut, die sich auf ihrem Rücken ausbreitete. Niemals würde sie so etwas mit einem Wildfremden machen! Was dachte der Typ sich eigentlich? Sie war doch keine Nutte!

Der Gedanke, dass ihre Schwester sich hier am Wochenende für derlei Dienstleistungen hergab, jagte ihr Schauer über den Rücken. *Bitte nicht, Carol!*

Nur zögerlich schob sie den Po vom Tisch und ging mit zitternden Knien auf die Blondine zu. Als sie einen Seitenblick auf die Eckbank, von der die Buchung kam, warf, blieb ihr kurzzeitig die Luft weg. Das konnte nicht wahr sein! Was um Himmels willen tat *er* hier? War *er* es, der den *LapDance* gebucht hatte?

So schnell sie auf den hohen Absätzen konnte, lief sie mit wogenden Brüsten durch den Club zur Bar und riss Charlie am Ärmel seines weißen Anzugs zu sich herum. »Wer hat den *LapDance* gebucht?«, fragte sie aufgebracht und zeigte mit der Hand hinter sich. »Wer von denen war das?«

Charlie lachte. »Ganz ruhig, Mädchen«, sagte er. »Der Typ mit den kinnlangen Haaren und dem schmalen Gesicht war das«, erklärte er dann, und Joanna schloss stöhnend die Augen.

»Wieso, kennst du den etwa?«

Sie nickte mit schmerzverzerrtem Gesicht. »Ich muss weg, bevor er mich erkennt.« Charlie hielt sie fest und sah ihr in die Augen. »Mädchen, in dem Fall werde ich den Preis für dich nachverhandeln«, meinte er und grinste. »Warte hier. Nimm einen Drink, beruhige dich, und dann zeig es dem Kerl.«

Er ließ sie an der Bar zurück und ging durch den Club zu der Bank, auf der ihr Exfreund Mike mit zwei Kumpels saß. Joanna drehte sich zur Theke um und starrte auf das junge Mädchen dahinter, das nur eine Lackcorsage und einen winzigen Slip trug. Ihre Nippel waren mit weißen Pasties aus Lack verziert, und die Corsage war so geschnitten, dass ihre Brüste frei blieben.

»Stress?«, fragte sie und lächelte mit pink glänzenden Lippen.

Erst als der neben ihr auf einem Barhocker sitzende Typ sie auffällig grinsend musterte, fiel Joanna ein, dass sie kein Oberteil trug und gerade ihre nackten Brüste gegen die Thekenkante presste. Sie warf ihm einen tadelnden Blick zu, und er wandte schuldbewusst das Gesicht ab.

»Hier, geht aufs Haus«, sagte das junge Mädchen und schob Joanna ein Glas mit einer klaren Flüssigkeit zu. »Auf ex. Dann fällt der Stress von dir ab.« Sie drehte sich um und ging zum anderen Ende der Bar, um eine Bestellung aufzunehmen.

Joanna schnupperte an dem Glas. Der Inhalt roch nach Alkohol, scharf und beißend, aber er war gemixt mit etwas Süßem, Fruchtigem. Neugierig nippte sie an dem Longdrink, konnte aber nicht identifizieren, was genau darin war. Mutig schloss sie die Augen und leerte das Glas hastig. Ihr Mund war ausgetrocknet, ausgedörrt, ihre Lippen trocken von der Anspannung. Der Alkohol brannte in der Kehle und wärmte ihren Körper von innen. Gut. Genau das hatte sie gebraucht.

»Zweihundertfünfzig«, sagte Charlie hinter ihr und rieb sich die Hände. »Und er hat dich nicht erkannt.«

Joanna fuhr herum und tippte sich an die Stirn, was Charlie nicht bemerkte, weil sein Blick von ihren prallen Brüsten gefesselt wurde. »Ich mach das nicht«, sagte sie, spürte aber bereits prickelnde Aufregung zwischen ihren Beinen. Es war schon acht Monate her, seit sie zum letzten Mal mit Mike geschlafen hatte. In den letzten Wochen ihrer Beziehung hatte er keine Anstalten mehr gemacht, und sie wagte ja sowieso nur selten, die Initiative zu ergreifen. Um Himmels willen, sie konnte doch nicht jetzt, hier, in so einem Club, vor aller Augen, auf seinem Schoß sitzen und ihren Schritt an ihm reiben? Für so viel Geld? Unruhig warf sie wieder einen Blick auf Shirley, die noch immer dabei war, auf dem Jungen zu tanzen. Offenbar hatte er Geburtstag, denn seine Freunde saßen um die beiden herum und amüsierten sich köstlich über den angestrengt und peinlich berührt wirkenden Jungen.

Die Erinnerung an Mike und seinen Schwanz jagte hitzige Schauer durch ihren Körper. Wie oft hatte sie sich in den letzten Monaten nach ihm gesehnt? Wie oft hatte sie ihrer Schwester geantwortet, dass sie noch nicht bereit sei für eine neue Beziehung, weil sie noch zu sehr an Mike hing? Wie viele Tränen hatte sie geweint, seinetwegen! Nun war doch ihre Chance gekommen, sich zu rächen, sich zu revanchieren. Sie würde auf seinem Schoß sitzen und seine Erektion spüren können, während er hilflos unter ihr sitzen bleiben musste und sie nicht einmal berühren durfte.

Sie lächelte unwillkürlich bei der Idee, was Charlie wohlwollend quittierte. »Siehst du, Mädchen, ich wusste doch, dass du vernünftig bist. Zweihundertfünfzig Pfund, das ist Rekord für das erste Mal.« Seine Augen leuchteten, und Joanna überlegte, wie viel von dem Geld sie an ihn abdrücken musste. Sie hatte vergessen, Carol danach zu fragen, und jetzt traute sie sich nicht mehr.

»Okay, ich mach's«, sagte sie todesmutig. In ihrem leeren Magen bildete sich ein unangenehmer Kloß. Vor Aufregung hatte sie ihr Abendessen nicht runterwürgen können, was sich nun nach dem Alkohol bemerkbar machte. »Unter einer Bedingung«, fuhr sie fort und verschränkte die Arme vor den nackten Brüsten, um ihre harten Brustwarzen zu verbergen. Es verhandelte sich schlecht mit blankem Oberkörper und steifen Nippeln. »Er muss allein sitzen. Keine Zuschauer drum herum.«

Charlie grinste und nickte. »Klar, ich sag Bescheid. Komm einfach rüber, wenn du so weit bist.« Er schlurfte in die Ecke zu den drei Männern. Joanna warf einen raschen Blick auf Mike, dessen schmales Gesicht in der Dunkelheit kaum zu erkennen war. Aber sie wusste ja genau, wie er aussah, kannte die gerade Nase, die vollen Lippen, die hellblauen Augen, die einen reizvollen Kontrast zu seinen dunklen Haaren bildeten, das vorwitzige Kinn, das dominant und sensibel zugleich wirkte und perfekt wäre für eine Rasierwasserreklame.

Sie drehte sich zur Theke um und winkte dem jungen Mädchen mit der Lackcorsage. »Noch so einen«, befahl sie und zog den Geldschein aus dem Höschen, den der Fremde dort hinterlassen hatte.

»Lass stecken«, sagte das Mädchen grinsend und schob ein Glas über die Theke. »Du trinkst hier aufs Haus.«

Joanna legte den Schein auf die Theke und schüttelte den Kopf. »Für dich«, sagte sie und leerte das Glas erneut in einem Zug. Der Alkohol stieg ihr noch schneller ins Gehirn als beim letzten Drink, und sie spürte, dass ihre Beine immer wackliger wurden.

Mike hatte sich inzwischen an einem leeren Tisch platziert, seine Freunde waren auf der Bank sitzen geblieben.

Mutig stolzierte sie zwischen den Tischen entlang, auf denen die anderen Frauen tanzten, und hielt sich dabei rechts und links an Stangen und Tischen fest. Noch hatte sie sich nicht an die obszön hohen Absätze gewöhnt, aber immerhin stolperte sie nicht. Der Weg kam ihr länger vor, als er tatsächlich war, und sie spürte die Blicke der anderen Männer brennend auf ihrem Rücken. Schließlich war das winzige Stückchen Lurexstoff, das ihren Hintern nur knapp bedeckte, kaum mehr als Kleidung zu bezeichnen. Von ihren noch immer frei im Raum wippenden Brüsten ganz zu schweigen. Aber das kümmerte sie jetzt nicht. Schließlich waren fast alle anwesenden Frauen hier so gut wie nackt, also fiel sie weniger auf, als wenn sie ihr Top wieder angezogen hätte.

Ihre Aufmerksamkeit wurde von dem dunkelhaarigen Mann gefangen genommen, der nun allein auf einem gepolsterten Stuhl in der Ecke saß und mindestens so befangen und verunsichert wirkte wie sie selbst. Was tat er nur hier? Und warum hatte er so unverschämt viel Geld für einen *LapDance* von ihr geboten? Sogar Charlie war von der Summe beeindruckt gewesen. Hatte er sie längst erkannt? An der Rundung ihres Hinterns? Oder an den dunkelrosa Nippeln, die ziemlich groß und bestimmt einmalig auf der Welt waren?

»Hallo«, sagte sie mit krächzender Stimme und räusperte sich. Er sah auf und lächelte verhalten. Sein Blick traf sie wie ein Blitzschlag, und sie fürchtete, er würde sie trotz der Maske erkennen, an ihren Augen, ihren Lippen, die sie zwar mit knalligem Lippenstift ziemlich verunstaltet hatte, aber die sie trotzdem verraten könnten.

Mike hatte sie nie mit Make-up gesehen. Wenn sie ausgegangen waren, trug sie höchstens etwas Wimperntusche und Lipgloss, mehr nicht. Die langen blonden Haare verbargen ihre schmale Gesichtsform ziemlich gut, sodass sie hoffen konnte, er würde sie vielleicht nicht erkennen. »Hast du den *LapDance* gebucht?«, fragte sie, obwohl sie die Antwort ja kannte, und knetete unschlüssig ihre Finger. Sein Blick haftete auf ihren Brüsten, und ihr war, als würde ein Schimmer des Erkennens über sein Gesicht huschen.

Seine Freunde saßen nun ein paar Meter entfernt, ließen sie aber nicht aus den Augen und kicherten wie Schuljungen. »Meine Jungs waren das«, antwortete Mike, und der Klang seiner sonoren Stimme ließ Erinnerungen an ihre gemeinsame Zeit aufblitzen. Sie stöhnte unhörbar. Sie hätte sich niemals hierauf einlassen dürfen, sie hätte wissen müssen, dass das nicht gut gehen konnte.

»Wir feiern meinen Junggesellenabschied, und die beiden sind hier Stammgäste.« Ihr Herz schien den Dienst zu versagen, in ihren Ohren rauschte so laut das Blut, dass sie keine anderen Töne mehr wahrnahm. Nach dem Wort »Junggesellenabschied« hatte sie nichts mehr gehört von dem, was er sagte. Sogar die laute Musik war nur noch gedämpft zu hören. Sie waren doch erst seit ein paar Monaten getrennt, und er hatte sich offenbar nicht nur auf die neue Flamme eingelassen, sondern auch noch vor, sie direkt zu heiraten!

Wut stieg in ihr auf, die ihre Arme und Beine zittern ließ. Diese blöde Schlampe hatte ihr mit Jugendlichkeit und Lolitagehabe den Freund ausgespannt und schreckte offenbar vor nichts zurück. War Mike so einfach zu manipulieren, dass er sich wegen ein bisschen aufregendem Sex darauf einließ? War ihre Beziehung ihm denn gar nichts wert, dachte er nicht einmal mehr an sie? Er schien sie ja nicht mal zu erkennen, das durfte doch nicht wahr sein!

Für eine Sekunde dachte sie darüber nach, sich die Perücke vom Kopf zu reißen und die Maske abzunehmen, um ihm zu zeigen, auf wessen Brüste er da so starrte. »Ich hab so was noch nie gemacht«, fuhr Mike fort und hob den Kopf, um in ihr Gesicht zu sehen. Sein Lächeln wirkte seltsam gequält, aber er schien gute Miene zum Spiel seiner Kumpels zu machen, die sie noch immer nicht erkannte. Vielleicht hatte er sich nach ihrer Beziehung auch gleich einen neuen Freundeskreis zugelegt? Oder es handelte sich um Bekannte der kleinen blonden Schlampe, die er anscheinend heiraten wollte?

»Ich auch nicht«, bekannte sie freimütig und grinste, als sie seinen erschrockenen Gesichtsausdruck sah. »Aber keine Angst, wir kriegen das schon hin.«

Als ein neuer Song erklang, ein harter Technobeat, der den Parkettboden unter ihren Absätzen zum Schwingen brachte, drehte sie sich kurzerhand um und schob ihre Hüften mit gespreizten Beinen über seine zusammengepressten Schenkel. Rasch sah sie nach rechts zu einer anderen Frau, die soeben damit begonnen hatte, einem älteren Mann mit glänzenden Augen das gleiche Vergnügen zukommen zu lassen.

Dann konzentrierte sie sich, ließ die Musik auf sich wirken und wackelte vor Mikes Augen mit ihrem Hintern. Die Jungs in der Bank johlten auf und applaudierten, und Joanna war froh, Mikes Gesicht gerade nicht sehen zu müssen. Sie dachte daran, wie sie früher miteinander geschlafen hatten. Sie erinnerte sich daran, wie einfühlsam und zuvorkommend er gewesen war, und wie häufig sie sich gewünscht hatte, er möge einmal egoistischer und rauer sein und sich mehr gehen lassen. Wilder, animalischer hatte sie ihn sich gewünscht, er hätte sie mitreißen sollen, doch er war auch beim Sex so beherrscht gewesen wie in allen anderen Lebenslagen.

Vielleicht können wir das heute ändern, Junge, dachte sie und grinste in sich hinein, während sie das Becken tiefer senkte. Dann spürte sie den Stoff seiner Hose an ihren Schenkeln und zwischen ihren Beinen. Sie stützte sich mit den Händen auf seinen Knien ab und ließ ihr Becken über ihm kreisen, im Takt der harten Musik, deren Rhythmus sie aufpeitschte und mitriss.

Seine Knie bebten, und als sie sich auf seine Schenkel setzte, spürte sie das Zucken seiner Muskeln. Immer schneller bewegten sich ihre Hüften über ihm, dann konnte sie der Versuchung nicht widerstehen, sich an ihm zu reiben. Es war egal, wenn ihre Feuchtigkeit durch die Hot Pants sickern und einen Flecken auf seiner Hose hinterlassen würde. Sollte die kleine Schlampe sich ruhig fragen, was ihr »Zukünftiger« so kurz vor der Hochzeit ohne sie getrieben hatte. Sie würde ihn markieren wie eine Katze, jawohl!

Der Gedanke, sich so gleichzeitig an ihm und der dämlichen Blondine rächen zu können, heizte sie weiter an. Todesmutig drehte sie sich um und kletterte mit den Beinen über ihn, um sich auf ihn zu setzen. Sie hatte bei den anderen Frauen gesehen, dass sie immer nur mit dem Rücken zu den Männern tanzten, aber sie wollte ihn jetzt ansehen, wollte wissen, ob sie ihn anmachte.

Sie schob ihren Körper höher, bis sie seine Erektion zwischen ihren Schenkeln spürte. Frohlockend nahm sie ihre Brüste in beide Hände und rieb an ihren steifen Brustwarzen, schob ihm die üppigen Dinger direkt unter die Nase, bis sie erste Schweißperlen auf seiner faltenfreien Stirn entdeckte.

Er wurde immer härter unter ihr, sie drückte ihren Schritt fest gegen sein Gemächt und rieb sich daran. Dann stöhnte sie leise auf, als seine Hände zuckten und zugreifen wollten. Doch er wagte nicht, sie zu berühren. Ihre Klit pochte so heftig, dass ihr Gehirn plötzlich blutleer wirkte, der ganze Saft schien sich in ihrem Schoß zu sammeln. Ihr war heiß, ihr Rücken feucht vom Schweiß. Der Club roch nach männlichem Rasierwasser, weiblichen Parfüms, Bier und Lust, schwer und süßlich, herb und zart zugleich.

Sie bemerkte nicht mehr, dass andere sie beobachteten. Vor seinen Augen knetete sie ihre üppigen Brüste und rieb sich an ihm, als wolle sie sich an ihm befriedigen, ihn benutzen wie ein Spielzeug. Sie verfluchte die Hose, die seinen Schwanz von ihr trennte, die ihr keinen Blick auf die weiche Haut ermöglichte, die sie so gut kannte.

Ihre Spalte dehnte sich instinktiv, um ihn aufzunehmen, erkannte ihr Körper doch nicht, dass mehr als zwei Lagen Stoff sie voneinander trennten. Joanna lehnte den Oberkörper zurück und bewegte das Becken vor und zurück auf ihm, bis ihre Klit so heftig klopfte, dass sie den Saft förmlich aus sich herausströmen spürte. Der befürchtete Fleck breitete sich auf Mikes Schritt aus, doch er reagierte nicht mehr darauf. Er riss die Augen auf und starrte sie an, direkt ins Gesicht, und plötzlich sah sie das Flackern der Erkenntnis in seinem Blick.

»Feierabend!« Charlies laute Stimme riss sie aus ihrer Ekstase. »Die Viertelstunde ist um. Wenn du mehr willst, musst du nachzahlen.«

Joanna kletterte von seinem Schoß und blieb mit verschränkten Armen neben Charlie stehen. Ihr ganzer Körper zitterte, sie wusste, dass Mike sie erkannt hatte, sein schockierter Blick verriet ihn.

»Ist okay«, murmelte er und schlug die Beine übereinander, um seine Erektion zu verbergen, die Charlies Kennerblick jedoch nicht verborgen geblieben war.

»Wenn du meinst«, sagte er feixend und schob Joanna in den Clubraum zurück.

Sie atmete schwer und blieb vor einem Tisch stehen, auf dem eine farbige Kollegin in einem silbernen Bikini tanzte.

»Alles in Ordnung?«, fragte er und sah sie besorgt an. »Du siehst etwas blass aus.«

Joanna schüttelte den Kopf, dann nickte sie. »Tut mir leid«, sagte sie leise. »Geht gleich wieder.«

Charlie nickte. »Geh nach hinten, mach eine Pause. Du warst wirklich gut für dein erstes Mal. Ein Naturtalent, möchte ich meinen.«

Dankbar drehte Joanna sich um und marschierte so schnell sie in den hohen Schuhen konnte zur Bar. Als sie sich umblickte, waren Mike und seine Freunde verschwunden.

In der Umkleide ließ sie sich auf einen Stuhl fallen und zog die hochhackigen Sandalen aus. Ihre Füße brannten, und sie zitterte noch immer am ganzen Leib. »Scheiße«, murmelte sie, dann zog sie ihren schwarzen Pullover über, in dem sie gekommen war. Sie riss die blonde Perücke vom Kopf und warf sie auf die Erde, bevor die ersten Tränen über ihre Wangen rannen.

Zwischen ihren Beinen klopfte es noch immer heftig, ihre Spalte war heiß und nass und prickelte. Noch nie hatte sie so große unbefriedigte Lust verspürt, nie zuvor hatte sie sich so sehr nach Erfüllung gesehnt wie jetzt. Aus dem Club dröhnte die Technomusik, mindestens zehn weitere Frauen tanzten nun gerade dort, es war die Rush Hour der Nachtclubs, ein Uhr morgens. In zwei Stunden wäre der ganze Spuk vorüber, die Männer würden nach Hause zu ihren Frauen und zukünftigen Ehefrauen gehen und ein paar Tage lang von den Mädchen träumen, die sie hier beobachten durften.

Joanna schniefte und wischte mit einem Papiertaschentuch den Lippenstift von den Lippen. Dann rubbelte sie das Rouge ab und zog ihre normalen Stiefeletten an, bevor sie die enge Umkleide verließ. Sie hatte genug, sie würde heute nicht mehr da reingehen, das musste wohl reichen, um Carols Job zu retten. Das Geld für den *LapDance* konnte Charlie behalten, sie wollte es nicht. Es war Mikes Geld, oder das seiner Kumpel. Sein plötzlicher Anblick hatte ihr wieder unmissverständlich klargemacht, wie sehr sie ihn vermisste.

Sie nahm ihre Handtasche vom Stuhl und stopfte die Jeans hinein. Die glitzernde Hot Pants war feucht im Schritt, die würde sie besser anbehalten und nicht zur Erheiterung von Charlie im Club lassen. Dann öffnete sie die Tür der Umkleide und trat hinaus auf den spärlich beleuchteten, kargen Flur, von dem der Hinterausgang des Clubs abging.

Als sie die Tür nach draußen öffnete und die kühle Nachtluft ihr ins Gesicht wehte, blieb sie erschrocken im Türrahmen stehen.

»Ich wusste doch, dass du es warst«, sagte er und trat aus dem Schatten direkt vor sie.

Ihr Herz klopfte bis zum Hals, sie schluckte hart und machte unwillkürlich einen Schritt zurück in den düsteren Flur.

»Jo«, sagte er leise und streckte seine Hand nach ihr aus. »Warum machst du ... Seit wann bist du ... ?« Er stotterte unbeholfen, seine blauen Augen wirkten traurig, sehnsüchtig.

Joanna schüttelte den Kopf und umklammerte den Tragegurt ihrer Handtasche so fest, dass ihre Fingerknöchel weiß hervortraten. »Mike, es tut mir leid, ich bin nur heute hier, zur Vertretung ...«

Stumm blieb sie stehen und senkte den Blick. Er griff nach ihrer freien Hand und hielt sie fest. Dann näherte sich sein Gesicht ihrem, und sie konnte nicht anders, sie ließ einfach zu, dass seine Lippen sich auf ihre legten, seine weichen, warmen Lippen. Sie schloss die Augen und öffnete den Mund, um ihn einzulassen, seine forsche Zunge in sich eindringen zu spüren, die mit ihrer spielte. Heftig atmend stieß er sie in den Flur zurück, die Tür fiel krachend ins Schloss. Er drückte sie mit dem Rücken gegen die kahle Wand und küsste sie weiter, wild und ungestüm, wie sie es sich immer gewünscht hatte.

»Mike«, stieß sie zwischen zwei Küssen hervor, doch er verschloss ihre Lippen mit seinen, versiegelte ihren Mund und stieß mit der Zunge immer wieder in sie, in seinem Rhythmus, kurz und schnell, dann wieder lang und verspielt, und sie konnte sich nur auf ihn einlassen, seinen Kuss erwidern und atemlos gegen die Wand gedrückt mitmachen.

Seine Hand glitt zwischen ihre nackten Oberschenkel, dann strichen seine Finger über ihre Scham. Ihre Schamlippen waren geschwollen und drängten sich durch den dünnen Glitzerstoff, der feucht war im Schritt. Mike presste sein Becken gegen ihres, sie spürte seine Erektion, die sich durch die Hose drückte. Er stöhnte leise, als er mit dem Finger unter den Saum ihres Höschens fuhr und nach ihrer Spalte tastete. Dann zog er sich wieder zurück und schob mit beiden Händen das Höschen herunter, bis sie mit den Füßen herausklettern konnte. Die Luft im Flur war kühl, durch die Türritze wehte eine kleine Brise und kitzelte an ihrer glühenden Scham.

Sie küsste ihn weiter, ohne nachzudenken, legte eine Hand um seinen Kopf und zog ihn ganz dicht zu sich heran, während er mit einem Finger in sie eindrang und sie vorsichtig massierte. Sein Daumen legte sich auf ihre pochende Klit, die sich ihm entgegendrängte und nach mehr verlangte, und sie seufzte glücklich, als er endlich seine Hose öffnete und seinen Schwanz hervorzog.

Den langen, geraden Schwanz, beschnitten und glatt, haarlos und weich. Wie sie ihn vermisst hatte! Sie rieb ihren Schoß an seinem Oberschenkel, mit dem er ihre Beine spreizte, sie spürte die feinen Härchen, die sie kitzelten. Es war so geil, er war so geil, und seine Geilheit machte sie mehr an als alles andere. Sie stand in einem kargen Flur eines schmierigen Nachtclubs und war dabei, sich von ihrem Ex ficken zu lassen, der in den nächsten Tagen offenbar vorhatte zu heiraten! Was war in sie gefahren?

Joanna grübelte nicht länger. Ihr Körper verlangte nach mehr, alles in ihr sehnte sich danach, ihn in sich zu spüren, ihre Möse öffnete sich wie ein hungriger Mund, bereit, ihn aufzunehmen, sich dehnen zu lassen. Mühelos glitt er in sie hinein, dann schob er beide Hände unter ihren Hintern und hob sie ein wenig hoch. Die raue Wand zerkratzte ihren Rücken und den Pullover, doch das war egal. Sie schlang die Beine um seinen Po und gab sich dem Rhythmus seiner Hände hin, mit denen er sie hob und senkte und auf sich reiten ließ. Wild verkeilten sich ihre Zungen ineinander, sie schwitzte in dem warmen Pullover, schwitzte vor Lust, vor Sehnsucht und vor Gier wie noch nie zuvor.

»Fick mich«, stöhnte sie, und Mike erwiderte ihren Wunsch mit noch heftigeren Stößen, immer wieder schob er sich in sie hinein, als wolle er ihr Inneres nach außen drehen, so aggressiv wie nie zuvor. Dann zog er sich plötzlich abrupt aus ihr zurück, was sie mit einem unwilligen Brummen quittierte. Er drehte sie herum und drückte ihren Oberkörper gegen die Wand, schob ihre Beine weiter auseinander und fuhr mit dem Schwanz von hinten dazwischen.

Er war unerhört hart, und er strich fest mit dem Schwanz über ihre Spalte, ihre prallen Schamlippen, die sich öffneten und den Eingang für ihn freimachten. Seine Spitze rieb an ihrer Klit, die nun immer heftiger vor Lust pulsierte.

Joanna stützte sich mit den Händen an der Mauer ab, ihre Brüste pressten sich gegen die raue Oberfläche der Wand, während sie hektisch ihr Becken vor und zurück bewegte, um ihre harte Perle an ihm zu reiben. Sie benutzte ihn wie einen Dildo. Keuchend stieß sie ihre Hüften immer wieder vor und zurück, bis ihre Beine sich versteiften und ein Zittern ihren ganzen Körper überfiel, das sich in den Füßen aufbaute und in ihrer Klit explodierte. »Oh Gott, fick mich!«, stöhnte sie, während sich ihr ganzer Unterleib noch immer lustvoll zusammenzog, als er endlich in sie eindrang, mit seiner ganzen Härte.

Dann stieß er zu. Er zog ihre Beine weiter auseinander und stieß von hinten in sie hinein, ihre Möse schmiegte sich pochend um seinen Schaft, als wolle sie ihn nie wieder freigeben, ihn tief in sich hinein saugen. Joanna schrie, es war egal, ob jemand sie entdecken oder hören konnte, sie wollte jetzt nur noch eins: ihn.

Mike hielt keuchend ihre Hüften mit beiden Händen fest und pfählte sie, hart und unnachgiebig. Bis zum Anschlag drang er in sie ein. Sein Schweiß perlte warm und feucht auf ihre Pobacken, klatschend trafen sich ihre verschwitzten Körper, und als er eine Hand von ihrer Hüfte löste und nach vorn gleiten ließ, um an ihrer zu reiben, spürte sie erneut das heftige Beben in ihrem Unterleib.

Sie war so empfindlich, so sensibel, dass sie seine direkte Berührung kaum aushalten konnte, und sie schrie ihre ganze Lust in den leeren Flur hinein, als sich ihre Möse zuckend in einen weiteren Höhepunkt ergab, bis auch Mike sich hinter ihr aufstöhnend in sie ergoss.

Nachdem er sich von ihr gelöst hatte, zog sie hastig die

glitzernden Hot Pants wieder an und ließ sich auf den Boden sinken. Ihre Beine zitterten, sie konnte nicht länger stehen. Erschöpft legte sie den Hinterkopf gegen die Wand und sah zu ihm hoch.

»Jo«, flüsterte er und kniete sich vor sie hin, dann nahm er ihr Gesicht in beide Hände und sah ihr fest in die Augen. »Ich liebe dich, Jo. Und ich habe einen verdammt großen Fehler gemacht«, murmelte er, bevor er sie erneut küsste.

Ihre Körperhaare richteten sich auf, ihr Magen rebellierte nach seinen Worten, doch sie erwiderte seinen Kuss, der anders war als vorhin. Sanfter, zärtlicher, doch noch immer leidenschaftlich.

»Ich dachte, du heiratest?«, wagte sie zu fragen und sah in die hellblauen Augen, die so sanftmütig und auch so dominant leuchten konnten.

»Das wusste deine Schwester allerdings zu verhindern«, antwortete Mike grinsend und zog sie mit sich hoch. »Sie hat letzte Woche mitbekommen, wie meine Kollegen einen *LaDdance* für meinen Junggesellenabschied für mich gebucht haben. Zum Glück hat sie mich abgefangen, als ich den Club verlassen habe, und mich aufgeklärt, warum du heute wirklich hier warst. Ich dachte schon, du würdest dein Geld jetzt auf diese Art verdienen ...«

Joanna zwinkerte irritiert, als Mike die Hintertür öffnete und die Scheinwerfer eines bekannten Autos sie anstrahlten. Carol saß hinter dem Steuer und winkte fröhlich, die Nase war noch immer leicht gerötet vom Schnupfen. *Durchtriebenes Biest,* dachte Joanna grinsend und presste sich glücklich an Mike, der sie zum Wagen führte ...

CALLBOY

Bis vorhin war ich einfach nur furchtbar nervös. Dies ist meine erste Vernissage, die kleine Galerie ist schick und vornehm. Riesige Glasfenster lassen die Sonne herein, die ungnädig die Wahrheit ans Licht bringt. Es ist ein komisches Gefühl, meine eigenen Bilder hier hängen zu sehen und die vielen fremden Menschen zu erleben, die davor stehen bleiben und sie neugierig mustern. Ich wusste ja nicht, wie viel Kritik ich würde ertragen müssen. Aber jetzt übertönt die Peinlichkeit und die Scham jede Nervosität. Die beiden Männer, die gerade den Raum betreten haben und freudestrahlend von der Galeristin und zwei weiteren Frauen empfangen werden, haben mir das Blut ins Gesicht getrieben. Gleich werde ich ohnmächtig. Vor Scham. Meine Beine machen instinktive Fluchtbewegungen, aber meine Freundin hat ihre langen Fingernägel in meinen Unterarm gegraben und hält mich fest. Mir wird schlecht. Und dann nähert sich die Galeristin mit den beiden Herren im Schlepptau. Natürlich will sie ihnen die Künstlerin vorstellen. Oh Gott ...

***

Warum mir das Ganze peinlich ist? Nun ja, das ist eine längere Geschichte.

In einer Champagnerlaune hatte ich vor Wochen mit meiner besten Freundin Sara darüber gesprochen, wie es wohl wäre,

Sex gegen Bezahlung zu haben. Sara hatte eher wissen wollen, wie es wäre, von einem Fremden für Sex Geld zu bekommen. Ich wiederum konnte mir nicht vorstellen, jemanden für Sex zu bezahlen und fand die Mischung aus Macht und Egoismus prickelnd. Eine Flasche Champagner später hatten wir eine Vereinbarung getroffen. Sara wollte ein Inserat in die Zeitung setzen und sich selbst als Hure anpreisen. Ich dagegen dachte daran, mich auf die Suche nach einem Callboy zu machen, um den ersten bezahlten Sex meines Lebens zu genießen.

Schon am nächsten Morgen, als ich wieder nüchtern war, fand ich die Idee saublöd und rief Sara an, um mit ihr gemeinsam über die Schnapsidee zu lachen. Doch da hatte ich nicht mit meiner frivolen Freundin gerechnet, die schon mitten in den Vorbereitungen steckte.

»Ach komm, Susan«, meinte sie lachend. »Das wird doch lustig! Wir sind beide solo, und zumindest was dich betrifft, weiß ich, dass du schon viel zu lange ohne Sex bist. Also, wo ist das Problem? Ob du jetzt ausgehst und dir einen Typ zum Vögeln suchst, oder ob du jemanden dafür bezahlst, dass er dir einfach nur sauguten Sex verschafft; ich finde, da ist nichts dabei!«

Ich war nicht überzeugt. »Und was, wenn ich an einen Verrückten gerate? An einen Serienmörder? Einen Psychopathen? Ich kann doch nicht einen wildfremden Typen in meine Wohnung lassen und mit ihm Sex haben!«

Sara kicherte. »Susan, du bist zu theatralisch. Millionen von Männern machen das jeden Tag. Warum sollen wir nicht einfach mal den Spieß umdrehen?« Ich hatte nicht mal eine Idee, wie ich an einen Callboy rankommen sollte. Aber natürlich hatte Sara schon für mich recherchiert und ein paar Adressen in der Stadt ausfindig gemacht.

»Okay, ich gestehe dir zu, dass du deinen Callboy selbst auswählen darfst. Du musst also nicht irgendeinen nehmen, sondern kannst dir einen aussuchen, der dir gefällt.«

Ich schluckte. Was für eine irre Idee! »Und was ist mit dir? Du hast doch nicht wirklich vor, eine Anzeige aufzugeben und dir einen wildfremden Freier ins Haus zu holen?«

Sara war wild entschlossen. »Doch, aber ich habe einen Anschlag auf dich vor. Du musst mir dabei helfen.«

»Ich?« Ich war entsetzt. Damit wollte ich nun wirklich nichts zu tun haben. Ich war doch keine Nutte!

»Du sollst nur bei mir zu Hause auf mich aufpassen. Ich will nicht mit dem Typen allein sein, falls da doch mal einer komisch wird oder so. Ist das okay?«

Darüber musste ich erst einmal nachdenken. Wollte ich wirklich Zeugin sein, wie Sara sich freiwillig prostituierte? Mit einem vielleicht total schmierigen Kerl? Der Gedanke, dass meine zarte Freundin sich von einem schmerbäuchigen Versicherungsvertreter besteigen ließ, jagte kalte Schauer über meinen Rücken.

Trotzdem, oder gerade deswegen, stimmte ich zu. Sara freute sich auf ihren ersten und hoffentlich einzigen Abend als Hure und entführte mich nach der Arbeit zu einem Shoppingtrip in die Stadt.

Wir gingen gemeinsam in einen kleinen Sexshop in Bahnhofsnähe. Außer uns waren nur zwei ältere Herren darin, die etwas verlegen in Pornoheften blätterten. »Oh Gott, Sara!« Ich fühlte mich nicht besonders wohl in dem doch etwas schmierigen kleinen Laden, der nur schlecht beleuchtet war und unangenehm nach Gummi und altem Staub roch. Wir stöberten durch die ausgestellten Dessous, die allesamt ziemlich billig wirkten und sogar aus meiner älteren Nachbarin, Mrs

Clinton, in Sekunden eine verruchte Nutte gemacht hätten.

»Das ist perfekt!«, rief Sara und hielt ein knallrotes Etwas mit Strapsen hoch. »Wenn das nicht nuttig genug ist ...«

Ich war unschlüssig. Normalerweise trug ich nur schlichte schwarze Wäsche. Ich hatte zwar ein paar erotischere Teile in meiner Schublade aus früheren Beziehungen, aber besonders aufreizend hatte ich mich nie gezeigt. Hier würde ich nicht fündig werden. Schließlich wollte ich mich schön und sexy fühlen, wenn mein Callboy zu mir käme, und nicht billig. »Ist nicht nötig«, meinte Sara, »du zahlst ja dafür, also brauchst du auch gar nix anzuziehen, wenn du nicht willst.«

Ich wollte aber, nur nicht so etwas Obszönes. Ich stellte mir eine erotische Corsage mit Strapsen vor, hochhackige Schuhe, etwas, das mir ein tolles Dekolleté zauberte und mein kleines Bäuchlein kaschierte. Die Peinlichkeit, dass der Typ womöglich keinen hochkriegte, wenn er mich sah, wollte ich mir und ihm gern ersparen.

Sara kaufte gleich drei Dessous-Sets, zur Freude des jungen Mannes an der Kasse. Eines war aufreizender als das andere, und ich fragte mich, wie oft man sich als Nutte an so einem Abend denn wohl umziehen müsste.

»Wer weiß, vielleicht brauche ich das öfter«, sagte sie kichernd. Ich verdrehte die Augen. Womöglich würde sie auch noch Spaß daran finden und sich demnächst ein wenig Geld dazuverdienen wollen? Zutrauen würde ich es ihr ohne weiteres.

***

Schon am Wochenende darauf war es so weit. Sara wartete in ihrem Wohnzimmer auf den ersten Freier, der sich per E-Mail mit Foto, wie von ihr in der Internetannonce angefordert, angekündigt hatte. Sie trug einen knallroten Hauch von Nichts aus Spitze und Tüll, ihre Brustwarzen mit dem kleinen Silberpiercing lugten frech unter einer Tüllschleife hervor. Sie hatte rote Nylonstrümpfe an den Strapsen befestigt und silberne, glitzernde Sandalen mit unverschämt hohen Absätzen angezogen. Sogar die Fingernägel hatte sie im gleichen knalligen Rot lackiert, und auch ihr Mund leuchtete in dieser alarmierenden Farbe.

»Und? Wie sehe ich aus?« Sara räkelte sich auf dem Sofa und schlug ihre langen Beine übereinander.

Ich sah nervös auf die Uhr. »Toll. Nuttiger als jede echte Hure!«, flachste ich.

»Dann ist gut.« Sara trank Prosecco. Ein bisschen Mut brauchte sie wohl doch noch.

Im Schlafzimmer hatte sie alles vorbereitet für ihr erstes, käufliches Mal: Ihren Lieblingsvibrator, eine große Tube Gleitgel, eine Duftkerze, Massageöl, ein kleiner Analplug aus glänzendem Edelstahl und eine Packung Hygienetücher lagen auf dem Nachttisch.

»Ich wusste gar nicht, dass du so viel Kram hast«, sagte ich und nahm den kleinen Vibrator in die Hand, der schmal wie ein Finger war und golden glänzte. Vorsichtig drehte ich die Kappe am Ende, und das winzige Ding fing an zu vibrieren.

»Holla! Der geht ja ganz schön ab«, sagte ich kichernd. Ich hatte noch nie einen Vibrator besessen und konnte mir das auch nicht vorstellen, aber dieses kleine Teil weckte tatsächlich Fantasien in mir. Ich beschloss, mir bei der nächsten Gelegenheit auch so was zu besorgen.

»Na ja, was soll man machen, wenn man allein ist«, erwiderte Sara achselzuckend. »Immer nur mit den eigenen Fingern ist ja auch auf Dauer öde.«

Dann klingelte es an der Tür. Sara schob mich in ihr Badezimmer. »Du wartest hier«, sagte sie leise. »Setz dich auf die

Wanne oder so. Wenn du komische Geräusche hörst und dir irgendwas nicht koscher vorkommt, kommst du bitte rein. Oder rufst gleich die Polizei an.« Sie drückte mir ihr Handy in die Hand und zog die Badezimmertür hinter sich zu.

Und so saß ich also auf dem Toilettendeckel in Saras kleinem Badezimmer und hörte sie im Flur mit ihrem Freier reden. Sie lachte, alles klang ganz fröhlich und in Ordnung. Ich lehnte mich zurück und schloss die Augen. Langsam kam ich mir selten dämlich vor. Wie konnte ich mich auf so einen Unsinn einlassen? Was war bloß in mich gefahren?

In Gedanken stellte ich mir mein Date mit meinem noch unbekannten Callboy vor. Sara hatte mir ein paar Internetadressen gemailt, aber ich wollte mich noch nicht damit befassen. Die Idee erschien mir immer noch absurd, und eigentlich war ich noch gar nicht bereit. Welchen Typ würde ich mir aussuchen? Einen großen, blonden Hünen, wie mein erster Freund Jack es gewesen war? Oder einen dunkelhaarigen Südländer, am besten italienischer Abstammung, wie Roberto, mein letzter Lover? Der Gedanke, mir überhaupt einen Mann »aussuchen« zu können, verursachte ein durchaus angenehmes Kribbeln in meinem Unterleib.

Dann näherten sich die Stimmen von Sara und ihrem auserkorenen Freier. Der schien sich nicht über die Aufmachung ihres Schlafzimmers und die Dekoration auf dem Nachttisch zu wundern. Neugierig lugte ich durch das Schlüsselloch und ärgerte mich, dass ich nur äußerst wenig sehen konnte.

Der Typ sah tatsächlich ganz nett aus. Er war kein Adonis, aber er wirkte gepflegt und gar nicht unattraktiv. Als Sara laut lachte und sich rücklings auf ihr Bett warf, öffnete ich blitzschnell und so leise ich konnte die Badezimmertür, nur einen Spalt breit, und sah hindurch.

In unbequemer Hockstellung kauerte ich hinter der Tür und beobachtete mit angehaltenem Atem, wie meine beste Freundin sich in ihrem roten, billigen Outfit auf dem Bett räkelte. Sie knetete ihre Brustwarzen, bis diese steif wurden und steil aus dem obszönen Oberteil herausragten.

Er streifte seine Schuhe ab, dann zog er die Socken aus und öffnete den Gürtel seiner Hose.

Nachdem er auch seine Hose und den Slip abgelegt hatte, bückte er sich nach seinen Sachen und legte sie sorgfältig auf dem kleinen Hocker am Rande des Bettes zusammen. Wie spießig, dachte ich und stieß mir die Stirn an der Tür bei dem Versuch, einen Blick auf seine Erektion zu erhaschen. *Aua!*

Ich hielt die Luft an und lauschte, ob der Typ den dumpfen Aufprall gehört hatte. Aber er drehte sich nicht einmal zu mir um. Jetzt hatte ich freien Blick auf seinen nackten Hintern, der muskulös war. Der macht sicher Sport. Warum hat der überhaupt eine Nutte nötig? Kann der nicht einfach ausgehen und Spaß haben?

Aber dann dachte ich daran, dass auch ich bald für Sex Geld bezahlen würde. Dabei hatte ich das sicherlich auch nicht nötig. Allerdings war der Gedanke, dass auch dieser Kerl hier das Ganze nur zum Spaß machte, ziemlich absurd. Männer tickten da doch offenbar anders als wir, und er war einfach nur zu faul und bequem oder hatte keine Lust auf zickige Frauen, die sich ein feudales Abendessen bezahlen ließen und anschließend Müdigkeit oder Kopfschmerzen vortäuschten.

Ich sah, wie Sara nach der Gleitgeltube auf ihrem Nachttisch angelte. Dann hörte ich den Typen leise raunen: »Das wirst du nicht brauchen, Schätzchen.« Eine Gänsehaut lief über meinen Rücken, und ich umklammerte Saras Handy fest mit der Hand. Der Kerl war groß und wirkte stark, und ich würde nichts gegen ihn ausrichten können, falls er sich doch noch als übler Bösewicht entpuppen sollte. Plötzlich drehte er sich zu meinem Versteck um. *Hilfe!* Seine enorme Erektion sprang mir nun so deutlich und groß ins Gesicht, dass ich mich hastig in das Badezimmer zurückzog und hinter der Tür leise ausatmend verharrte. Mir war klar, warum er nicht einfach irgendwo eine Frau aufriss, sondern lieber zu einer Prostituierten ging: Er hatte den wohl größten Schwanz, den ich je gesehen hatte, und ich sorgte mich um meine Freundin.

Aber Sara war offenbar guten Mutes. »Oh mein Gott«, hörte ich sie sagen, und ein paar Sekunden später traute ich mich, meine Lauerstellung wieder einzunehmen und weiter zuzusehen.

Seltsamerweise kniete der Typ jetzt auf dem Bett, zwischen Saras Beinen, und ich konnte an den Bewegungen seines Kopfes sehen, dass er sie gerade hingebungsvoll leckte. Gehörte das etwa dazu? Ich hatte geglaubt, ein Freier würde seinen Schwanz herausholen und gnadenlos drauflosvögeln. Aber machten sich die Männer wirklich die Mühe, die Frau, die sie ja für Sex bezahlten, auch noch zu stimulieren? Oder war der hier irgendwie pervers?

Stirnrunzelnd betrachtete ich das Geschehen weiter. Sara lag flach auf dem Rücken und ich konnte ihr Gesicht nicht sehen, aber ihr Seufzen und Stöhnen waren unmissverständlich. Offenbar machte es ihr Spaß!

Ein paar Minuten später richtete der Kerl sich auf, und ich ahnte, dass er seinen riesigen Schwanz in die Möse meiner Freundin einführen würde. Ich hörte ihren leisen Schrei, und wieder breitete sich eine Gänsehaut auf mir aus, überall. Aber da war noch etwas anderes: Meine Klit zeigte mir durch ihr lüsternes Pochen unmissverständlich, dass die Situation, die ich hier beobachtete, mich unheimlich anmachte.

Vorsichtig schob ich zwei Finger zwischen meine Beine und streichelte mich durch den Slip hindurch.

Ich war tatsächlich feucht geworden, und jetzt rammelte Saras Freier auch so wild drauflos, wie ich es mir vorgestellt hatte. »Sei ein bisschen schmutzig, Süße«, sagte der Typ heiser, und Sara gehorchte. Ich wurde rot bei den ordinären Worten, die sie von sich gab, so kannte ich meine Freundin gar nicht. »Fick mich, du geiler Hengst, stoß mich richtig hart mit deinem riesigen Schwanz! Oh ja, er ist so riesig, er füllt mich ganz aus, du machst mich so geil, besorg es mir richtig, gib mir saugeilen Sex ...« Mir wären spätestens jetzt die Worte ausgegangen, aber Sara war offenbar angeheizt von den Stößen des Typen, und ich schluckte, während ich mich dabei erwischte, mich an Saras Stelle zu wünschen.

Meine Möse sehnte sich jetzt nach einem Schwanz, vielleicht nicht unbedingt so groß und prall wie der, den Sara gerade genoss, aber trotzdem wäre es schön gewesen, ausgefüllt zu werden. Ich suchte im Bad nach irgendetwas, das ich mir einführen könnte, fand aber bis auf eine faustgroße Seife nichts Passendes. Und die würde sich in meinem heißen Schoß unmittelbar auflösen und ganz viel Schaum produzieren, da war ich mir sicher.

Mit wackligen Beinen richtete ich mich aus meiner Spannerposition auf und ging langsam zum Waschbecken. Dann griff ich mir Saras elektrische Zahnbürste, schob sie in meine Hose und schaltete sie ein. Verdammt, war die laut! Aber die beiden im Schlafzimmer übertönten das Ding, Sara schrie jetzt vor Lust und stammelte ständig irgendwelche dreckigen Worte, und der Typ grunzte wie ein brunftiger Hirsch. Ich hielt den vibrierenden Kopf der Zahnbürste an meinen Kitzler, und es dauerte nur ein paar Sekunden, bis es mir kam. Und wie es mir kam!

Ich konnte mir ein lautes Aufstöhnen nicht verkneifen, aber jetzt war es mir gerade egal, ob die beiden da draußen mich hören würden. Mein ganzer Unterleib pochte und krampfte sich vehement zusammen, und ich ließ mich auf den Boden hinter der Badezimmertür gleiten und legte erschöpft den Hinterkopf an die kalten Fliesen.

Nebenan war es ruhig geworden. Vorsichtig spähte ich um die Ecke und sah, wie Sara auf dem Bett saß, die Beine ausgestreckt, und sich gerade eine Zigarette anzündete. Der Typ war aufgestanden und zu dem kleinen Hocker gegangen, um seine Klamotten wieder einzusammeln.

Noch immer sah ich sein Gesicht nicht, nur seine vollen, blonden Haare am Hinterkopf und den durchtrainierten Hintern. Das Wasser lief mir im Munde zusammen, und als er sich angezogen hatte und Sara mit einer flapsigen Bewegung ein paar Geldscheine zuwarf, war ich unheimlich neidisch auf meine Freundin. Und stolz.

»Danke, Süße«, sagte der Typ zum Abschied und verließ die Wohnung. Ich war erleichtert.

Sara war nichts passiert, das hätte schlimmer ausgehen können.

»Susan?«, hörte ich ihre Stimme leise aus dem Schlafzimmer.

Ich wartete, bis die Haustür zugezogen wurde, dann wagte ich mich aus meinem Versteck und steckte den Kopf durch die Tür. »Luft rein?«, fragte ich vorsichtig, und Sara lachte.

»Klar, der Typ ist weg. Mann, was für ein Fick!« Sie pustete fast weißen Zigarettenrauch in die Luft und ließ sich rücklings auf das Bett fallen. »Hast du uns beobachtet?«, fragte sie dann, und ihre blonden langen Haare tauchten mit ihrem Kopf aus den Kissen auf. Ich setzte mich auf das Fußende des Bettes, zwischen meinen Beinen pochte und pulsierte es noch immer, und die Feuchtigkeit im Schritt war beim Sitzen unangenehm.

»Na ja ...«, murmelte ich und sah verlegen zu dem kleinen Hocker, auf dem der Kerl seine Sachen geparkt hatte. »Das ein oder andere hab ich schon gesehen ...«

Sara stöhnte auf und lachte dann. »Ich hätte es mir auch nicht verkneifen können an deiner Stelle. Der Typ hatte vielleicht ein Ding, ich kann dir sagen ...« Sie kniff instinktiv die Schenkel zusammen und drückte die Zigarette im Aschenbecher aus. »So einen Riesenschwanz hab ich noch nie erlebt. Aber geil war's, sauguter Sex! Ich bin mindestens dreimal gekommen.«

Ich staunte. Ich war schon froh, wenn ich beim Sex überhaupt mal kam. Aber gleich dreimal?

»So, und nun bist du dran!«, meinte Sara und stand auf. Ihre Brustwarzen waren immer noch steif und knallrot. Sie schälte sich aus den Dessous und zog die Strümpfe aus, die sie sorgfältig aufrollte. Meine Wangen brannten.

»Also, ich weiß immer noch nicht ...« Sara wackelte mit dem Zeigefinger vor meiner Nase herum. Ich wusste gar nicht, wo ich hinsehen sollte, denn alles an ihr roch nach Sex, und ihre harten Nippel zogen meine ganze Aufmerksamkeit auf sich.

»Nicht kneifen! Wir haben das abgemacht – ich hab meinen Teil erfüllt, zu meiner vollsten Zufriedenheit, muss ich sagen. Und jetzt bist du an der Reihe. Na los – hast du dir schon einen Kerl ausgesucht?« Sie ging zu ihrem Kleiderschrank und streifte das rote Tüllnegligé ab, um in ein T-Shirt und eine Jeans zu schlüpfen.

Ich schüttelte den Kopf und zuckte hilflos die Achseln. »Ich hatte noch keine Zeit.« Sara strich die langen Haare aus dem Gesicht. »Blöde Ausrede. Ich hab mir schon gedacht, dass du zu feige sein wirst, also suche ich dir einen Callboy aus. Und den musst du dann nehmen. Basta.« Meine Freundin war immer sehr entschlossen, und Widerreden duldete sie nicht. Also ergab ich mich seufzend in mein Schicksal und versprach, mich am Abend auf die Suche zu machen.

Und so hockte ich an jenem Abend in meinem Arbeitszimmer vor dem Laptop, obwohl ich eigentlich viel lieber fernsehen wollte, und stöberte durch diverse Seiten, die lustvolle Freuden versprachen. Allerdings in der Regel für Männer! Die einzigen Callboys, die ich finden konnte, waren schwul. Oder boten ihre Dienste zumindest explizit Schwulen an.

Eine Stunde später landete eine Nachricht von Sara in meiner Mailbox. Ich klickte auf den angegebenen Link und fand mich auf einer schlichten, schwarz gestalteten Homepage wieder, die offenbar privater Natur war. Der Typ hatte ein paar Bilder von sich eingestellt und sah einfach wunderschön aus. Zart und elfenartig, mit tiefschwarzen, längeren Haaren und strahlend blauen Augen, der Körper war muskulös, aber schmal und geradlinig. Sicher war er Turner oder so, jedenfalls wirkten die langgezogenen Muskeln nicht wie aus dem Fitnessstudio. Wow!

Aufgeregt las ich mehrmals nach, ob ich mich nicht verguckt hatte. Dieser Mann konnte sich doch unmöglich als Callboy verdingen! Aber ich hatte mich nicht verlesen, es stand weiß auf schwarz auf seiner Homepage:

»Egal, ob Sie nur eine niveauvolle Unterhaltung wünschen oder ob es um die Erfüllung Ihrer geheimen erotischen Fantasien geht – ich stehe Ihnen gern zur Verfügung. Schreiben Sie mir eine E-Mail mit Ihren Wünschen, ich werde mich bemühen, Ihnen all diese zu erfüllen und Ihnen den schönsten Abend Ihres Lebens zu bereiten.«

Ganz schön große Töne, die der junge Mann da spuckte.

Beim Anblick der Seite »Preise und Angebote« verschluckte ich mich vor Schreck an meiner Cola. 250 Dollar für eine Stunde?! Sondertarif 800 Dollar für einen ganzen Abend, von acht Uhr abends bis null Uhr. Übernachtung 500 Dollar extra. Dafür machte er dann aber sogar Frühstück am Morgen. Für die »Boyfriend-Experience«. *Aha!*

Ich rief wieder bei Sara an, die schon ins Bett gegangen war und mich verschlafen anmaulte. »Ich hab deine Mail gekriegt!«, rief ich aufgeregt und klickte noch immer wild auf den diversen Bildern herum, die der Callboy namens Aaron auf seiner Webseite zeigte. »Der ist wirklich toll, aber unverschämt teuer!« Sara murmelte etwas Unverständliches. Ich glaube, es war so etwas wie »Lass mich in Ruhe, ich bin müde«. Ich ignorierte sie und las laut und deutlich die Preisliste vor. »Unverschämt, oder? Was will er in einer Stunde schon bieten, dass ich dafür so viel Geld ausgeben würde?«

Sara seufzte. »Susan, eine Stunde guter Sex kann besser sein als ein ganzes Leben schlechter Sex«, meinte sie. »Lass uns morgen weiterreden, ja? Ich bin echt fertig.« Dann legte sie auf. Schöne Freundin!

Ich schimpfte und rechnete hastig nach. Eine ganze Nacht inklusive Übernachtung würde also 1.300 Dollar kosten. Mit Frühstück. Haha. Wie viel hatte Sara eigentlich für den Quickie mit dem Typen gekriegt? Ich traute mich nicht, sie noch mal anzurufen, wollte sie aber morgen früh gleich danach fragen.

250 Dollar ...

***

»Es gibt bestimmt auch billigere Kerle«, meinte Sara kauend, als wir am nächsten Tag einen Imbiss zu uns nahmen. »Aber dann kriegst du auch nur einen vom Wühltisch. Klar, oder?«

Ich seufzte. »Ja, schon. Der Typ ist wirklich unglaublich

schön, und ich habe noch nie was mit so einem schönen Mann gehabt. Offenbar muss ich wohl tief in die Tasche greifen, um mir so einen leisten zu können ...«

Sara tippte sich an die Stirn und lachte, den Mund voller Nudeln. »Ach, Quatsch! Du würdest dich halt nur nie trauen, so einen Typen anzumachen. Du spielst ja lieber *Rührmichnichtan* und wartest darauf, dass einer zu dir kommt. Dann sind eben andere Frauen schneller.«

Auch in diesem Fall hatte meine liebste Freundin wie immer recht. Ich sehe zwar nicht schlecht aus, bin aber auch nicht gerade der wandelnde Männertraum, vor allem aber bin ich absolut nicht mutig genug, jemanden einfach anzusprechen. Daher habe ich im Leben immer darauf gewartet, dass einer daherkam und mich eroberte. Ich beschloss also seufzend, mir einmal im Leben einen wirklich schönen Mann zu gönnen, und wenn es der letzte seiner Art sein sollte.

Mein Dispokredit und die Aussicht auf hoffentlich einige verkaufte Bilder bei meiner geplanten Ausstellung gaben gleich zwei Stunden mit Aaron her. Eine Stunde erschien mir zu kurz, und eine ganze Nacht wollte und konnte ich mir dann doch nicht leisten. Also schickte ich entschlossen eine E-Mail an die angegebene Adresse.

»Lieber Aaron, ich habe noch nie die Dienste eines Callboys in Anspruch genommen, aber Neugier und Not trieben mich auf deine Homepage. Ich würde mich freuen, wenn du mir einen Terminvorschlag schickst, ich möchte gern zwei Stunden mit dir buchen. Besondere Wünsche habe ich keine, ich möchte nur behandelt werden wie eine Königin. Mit freundlichen Grüßen Susan Brown«

Der Schritt war gemacht. Mir war etwas flau im Magen, als ich die E-Mail abschickte. Jetzt gab es wohl kein Zurück mehr. Mit einem ausgedruckten Foto des halbnackten Aaron ging ich ins Bett und stellte mir zur Vorbereitung schon einmal vor, wie wir es miteinander treiben würden. Hoffentlich sah er in natura wirklich so gut aus wie auf dem Foto!

***

Ich hatte mich gründlich auf den Abend eingestimmt und mein Outfit schon Tage vorher zurechtgelegt. Und ich hatte mich tagelang meiner Freundin erwehren müssen, die der Meinung war, es gelte gleiches Recht für alle und sie müsse bei meinem Date auch zugucken dürfen.

»Sara, ehrlich, das ist mir zu peinlich!« Ich war verzweifelt.

Und Sara schmollte. »Na toll. Du hast mich doch auch gesehen, und mir ist es nicht peinlich. Ich habe keine Geheimnisse vor dir!«

»Das weiß ich. Aber ich bin anders als du. Bitte lass mich damit in Ruhe! Es wird schon nichts passieren, ich hab ja sogar die ganze Adresse samt Telefonnummer von dem Typen, da riskiert er doch nicht, irgendwie komisch zu werden. Und was soll er schon anstellen – mich vergewaltigen?« Jetzt musste ich doch lachen. Lustiger Gedanke! Eine bezahlte Vergewaltigung ...

Sara war nicht überzeugt, fügte sich aber nach geraumer Zeit meinem Wunsch. »Trotzdem ungerecht«, murrte sie. »Lass wenigstens die Videokamera laufen und nimm das Ganze auf. Dann kann ich es mir später angucken.«

Die Idee mit der Videokamera gefiel mir, allerdings gedachte ich nicht, meiner Freundin nachher den Film zu zeigen. Ganz bestimmt nicht!

Und so saß ich in meinem Wohnzimmer, in einen schwarzen Seidenkimono gehüllt, unter dem ich eine brusthebende Corsage und einen sehr knappen String mit einem kleinen

Glitzerschmuck vorn trug. Halterlose Strümpfe mit breitem Spitzenrand und einer feinen Naht hinten und schwarze Sandaletten mit durchsichtigem Absatz und einem Federpuschel oben machten mein Outfit komplett.

Ich war unheimlich nervös und noch immer von der Sorge getrieben, dass der Typ vielleicht nicht können würde, wenn er mich sähe. Sara hatte mich nicht wirklich beruhigen können mit ihrer Viagra-Idee.

Und dann klingelte es.

Mit wackligen Knien ging ich so grazil wie möglich auf den klappernden, hohen Schläppchen in den Flur, um zu öffnen. Ich fühlte mich wie Doris Day, nur verruchter.

Der Typ haute mich um. Direkt vor meiner Nase sah er noch besser aus als auf den Schnappschüssen seiner Webseite! Atemlos hauchte ich ihm ein »Hallo« zu, das er mit einer sehr schönen, tiefen Stimme erwiderte, die mir direkt in den Magen fuhr. Er drückte sich an mir vorbei und ging forsch in mein Wohnzimmer. Ich folgte nervös, den schwarzen Kimono hielt ich mit beiden Händen vor meiner Brust zusammen.

»Schön hast du es hier«, sagte er und zog seinen schwarzen Mantel aus. Darunter kam ein schwarzes Hemd zum Vorschein, eine enge Hose aus rauem Wollstoff, und sehr gepflegte, fast neu wirkende Schuhe aus Glanzleder. Er sah eigentlich ganz normal aus. Was hatte ich auch erwartet? Dass er sich mir im Stringtanga oder einer billigen Polizeiuniform präsentieren würde?

Ich war furchtbar aufgeregt und blieb unschlüssig in der Tür stehen, um meine eiskalten Finger zu kneten. Aaron legte seinen Mantel sorgfältig über die Sofalehne und zog aus einer braunen Papiertüte eine Flasche Champagner und eine weiße Lilie. Ohne Worte öffnete er geschickt die Flasche und sah mich fragend an. Mit kleinen, klappernden Schritten ging ich in die Küche, um zwei Gläser zu holen. Ich Idiot hätte das ja auch vorbereiten können. Aber woher sollte ich das wissen? Ich hatte noch nie einen Callboy gehabt!

Er schenkte den Champagner ein und reichte mir ein Glas. Dann sah er mir tief in die Augen, als er sein Glas leise gegen meines klirren ließ. »Auf einen wunderschönen Abend«, sagte er und beugte sich zu mir, um mir einen leichten Kuss auf den Hals zu geben.

Himmel, der Typ sah einfach zu gut aus! Und er roch köstlich nach Moschus und Feige, eine Mischung, die mir direkt bis in die Zehenspitzen fuhr und mich an den letzten Urlaub und meinen ersten Orgasmus erinnerte, den ich mir selbst verschafft hatte und der mein Mädchenzimmer mit diesem sündigen, schweren Parfüm gefüllt hatte.

Bei der sanften Berührung seiner Lippen wurde mir schon warm, und ich spürte die Vorfreude deutlich zwischen meinen Schenkeln.

Wir tranken, dann ließ Aaron sich auf meinem Sofa nieder und klopfte mit der Hand auf den Sitz. Ich gehorchte und machte es mir so bequem wie möglich. »Du hast mir nicht verraten, wie du es am liebsten hättest«, sagte Aaron und legte eine Hand auf meinen Rücken, um beinahe zärtlich darüber zu gleiten. Sein Blick war bewundernd und aufgeregt, und es tröstete mich, dass ihm offenbar gefiel, was er sah.

Ich zuckte verlegen die Achseln und hielt den Kimono noch immer vor meiner Brust fest. »Ich weiß nicht ...«, murmelte ich. Aaron lächelte und erwiderte: »Wir wollen ja keine wertvolle Zeit verschwenden.« Er nahm mein Kinn in eine Hand und drehte mein Gesicht zu sich. Dann presste er unglaublich weiche und warme Lippen auf meinen Mund. Ich schloss die Augen und ließ mich auf seinen Kuss ein. Er war ein wunderbarer Küsser. Minutenlang genoss ich seine zärtlichen Lippen und seine Zunge, spielte mit ihm und versuchte, mich treiben zu lassen.

Dann stand er auf und kniete sich vor das Sofa. Ich wurde rot, ich ahnte, was er vorhatte, und irgendwie war es mir peinlich, mich so vor einem völlig fremden Mann zu öffnen. Außerdem hatte ich noch nie mit jemandem so unverblümt den Abend mit Sex begonnen. Normalerweise gab es ja vorher das übliche Programm mit Smalltalk und Plauderei, Essen oder sonst etwas. Nun sollte ich, ohne etwas von ihm zu wissen, ohne mehr als fünf Worte mit ihm gewechselt zu haben, zulassen, dass er sein Gesicht in meinen Schoß presste?

Doch bevor ich etwas sagen konnte, spreizte er schon meine Beine und schob mit einem Finger den winzigen String zur Seite. Meine vor Vorfreude bereits ziemlich feuchte Pussy lag nun prall und rosig vor ihm, und ich konnte nur daran denken, dass ich ihn ja dafür bezahlte und dass ich jetzt einfach nur an mich denken durfte.

Ich entspannte mich also so gut ich konnte und schloss die Augen wieder, legte den Kopf auf die Rückenlehne des Sofas.

Ganz vorsichtig umspielte seine Zunge meine Schamlippen, sie kreisten minutenlang um meine prall gefüllte Lustperle herum. Ich griff mit beiden Händen in sein volles, schwarzes Haar und genoss die Liebkosungen.

Meine Lust bahnte sich einen Weg zwischen meine Schenkel, ich konnte die Wärme auf der glatten Haut deutlich spüren. Aber es war egal, ich musste mich nicht sorgen, ob es ihm auch Spaß machen würde, er bekam ja Geld dafür. Und er leckte ebenso gut, wie er küsste.

Er leckte lange. Sehr lange. Immer wieder rutschte seine Zunge nur kurz über meinen Kitzler, verschwand dann zwischen den Schamlippen, und meine Erregung steigerte sich mit jeder Minute. Ich stöhnte, hielt seinen Kopf ganz fest, legte meine Füße auf seine Schultern, bewegte meine Hüften in seinem Takt, wollte ihn in mir spüren, und dann nahm er meine Klit ganz in seinem Mund auf, saugte daran und knabberte vorsichtig mit den Zähnen. Ich explodierte in seinem Gesicht, drückte seinen Kopf fest zwischen meine Beine, stöhnte laut auf, und mein ganzer Körper ergab sich in zuckenden Kontraktionen.

Am liebsten hätte ich die Augen nicht geöffnet, um ihn nicht ansehen zu müssen. Womöglich glänzte sein Gesicht von meinem Saft, wie peinlich. Außerdem ärgerte ich mich, dass ich schon nach nur wenigen Minuten gekommen war, wo ich doch für zwei Stunden bezahlt hatte. Ich sah nicht auf die Uhr, schwelgte noch in dem Nachbeben meines Höhepunktes, aber mein schöner Callboy machte anscheinend auch gar keine Anstalten, aufzuhören.

Jetzt stand er auf und streifte elegant und äußerst sexy seine Klamotten ab. Ich richtete mich auf dem Sofa auf und ließ jetzt auch endlich den schwarzen Kimono hinter mich fallen, sodass ich ihm eine gute Aussicht auf meine halb freigelegten Brüste gönnte.

Er betrachtete sie aufmerksam und bewundernd, und auch ich konnte meine Augen kaum von seinem perfekten Körper lösen. Ich wollte ihn dringend anfassen, und das tat ich dann auch. Mit zitternden Fingern streichelte ich über die glatte Haut. Er hatte nur wenige Haare an den Armen und Beinen, seine Brust war sorgfältig rasiert. Aaron beugte sich über mich und begann, meine Brustwarzen zu liebkosen. Er knabberte und lutschte daran, und zwischendurch tauchte er an meinem Kopf auf, um mir süße und ungeheuer gelogene Komplimente ins Ohr zu hauchen. *Wunderschön. Unglaublich erotisch. Sexy.* Diese Worte hatte ich selten von einem Mann zu hören bekommen. Viel wichtiger als die Worte aber war seine Erektion, die ich nun deutlich zwischen meinen Beinen spürte und die mich seltsamerweise beruhigte.

Mit noch immer klammen Fingern zog ich seine schwarze Unterhose herunter. Dann prangte er mir entgegen. Sein Schwanz war genauso schön wie der Rest von ihm. Schlank und gerade, beinahe elegant sah er aus. Die Adern waren nur sehr fein abgezeichnet, und er war beschnitten und haarlos. Die empfindliche Spitze mit der kleinen Kerbe darin sah aus wie ein Miniaturglatzkopf. Ich beugte mich hinab und wollte ihn in den Mund nehmen, ihn schmecken und an ihm saugen, aber Aaron schüttelte den Kopf und drückte mich auf das Sofa zurück. Natürlich, ich bezahlte ihn ja für eine Dienstleistung, fast hätte ich es vergessen. Und als er diesen wunderschönen Schwanz in mich hineinpresste, war es mir auch schon wieder egal.

Ich verschwendete keinen Gedanken daran, ob er zuvor eine von diesen kleinen, blauen Pillen genommen hatte oder ob ich ihn tatsächlich so erregte, dass er so ungeheuer steif war. Er war ganz und gar nur für mich da, war einfühlsam und wusste immer, ob er nun gerade langsam und quälend sachte oder zwischendurch rasch und heftig zustoßen sollte. Mal drang er nur mit der Spitze in mich ein und reizte meine empfindlichsten Nerven, dann wieder stieß er heftig und tief zu und massierte mein Inneres, indem er mich ganz ausfüllte mit seinem Prachtstab. Er nahm mich von vorn, dann drehte er mich auf den Bauch und glitt von hinten zwischen meine Labien, um mich wieder kraftvoll zu stoßen. Ich keuchte und stöhnte, krallte meine Finger tief in das Polster des Sofas und spreizte meine Beine, ohne einen Gedanken an das Aussehen meines Hinterns zu verschwenden. Zum ersten Mal war ich egoistisch beim Sex, kümmerte mich nicht darum, wie ich selbst dabei aussah oder ob er Spaß daran hatte, schnappte mir seine Hand und führte sie von vorn zwischen meine Beine, damit er beim Stoßen meinen Kitzler streicheln konnte. Das tat er auch umgehend und sehr geschickt. Immer wieder rieb er die kleine, harte Perle zwischen den Fingerkuppen und stieß dabei rhythmisch zu.

Ich warf den Kopf in den Nacken und schnaufte, hielt seine Hand ganz fest in meinem Schoß, und immer, wenn ich dachte, ich könnte keinen weiteren Höhepunkt mehr bekommen und mein Körper würde gleich völlig ausgelaugt sein, schaffte er es doch wieder.

Er selbst kam nicht, auch nach einer Stunde nicht. Als ich erschöpft und kraftlos auf dem Sofa lag, unfähig, mich noch zu bewegen, zog er sich einfach aus mir zurück und reichte mir wortlos mein Glas mit Champagner. Ich trank gierig, dann versuchte ich, irgendwie eine würdevolle Haltung auf dem Sofa einzunehmen. Er legte den Kimono um meine Schultern, und ich sah, dass sein Schwanz noch immer erigiert war. »Mach ruhig weiter«, sagte ich leise und legte mein Gesicht in seine Halsbeuge.

Er lächelte. »Bist du sicher? Ich muss nicht ...«

Aber ich wollte es. Ich wollte, dass er kam, in mir oder auf mir oder neben mir. Ich wollte sein schönes Gesicht dabei beobachten und zusehen, wie seine gleichmäßigen Gesichtszüge entgleisten und er mit obszön verzerrtem Mund und zusammengekniffenen Augen kam.

Ich drehte den Spieß um und drückte ihn in die Kissen des Sofas, dann spreizte ich die Beine und setzte mich auf ihn. Er keuchte erregt und schloss die Augen, während ich auf ihm ritt, ungestüm und heftig und dann wieder nur vorsichtig und sanft.

Ich genoss das Pulsieren seines Schwanzes, den ich zuvor mit meinen Muskeln intensiv gemolken hatte. Tief in mir pochte und vibrierte er, und sein Gesicht sah tatsächlich noch immer schön aus, als er laut aufstöhnte und seine Arme und Beine sich zuerst versteiften und dann unkontrolliert zu zucken begannen. Und auch ich spürte erneut kleine, fast erschöpfte Kontraktionen im Unterleib.

Lächelnd setzte er sich neben mich aufs Sofa, küsste mich noch einmal und ließ zu, dass ich meinen Kopf an seine Brust legte.

»Wow«, murmelte ich gegen das schwarze Hemd und streichelte mit einer Hand über den festen, muskulösen Bauch.

»Ich glaube, es hat dir gefallen«, sagte er grinsend und strich mein Haar aus dem Gesicht. »Leider ist unsere Zeit auch schon länger um«, meinte er dann mit einem Blick auf die Uhr.

Ich fuhr hoch. Tatsächlich waren schon weit mehr als zwei Stunden vergangen. Musste ich jetzt die dritte angebrochene Stunde auch bezahlen? Verlegen tastete ich nach dem Geld, das ich auf dem Couchtisch bereitgelegt hatte.

Aaron nahm die Scheine, ohne mit der Wimper zu zucken, entgegen. Er zählte nicht nach und stopfte das Geld einfach nur achtlos in seine Hosentasche. Dann stand er auf. »Wenn es dir gefallen hat, buch' mich doch gern wieder«, sagte er lächelnd und gab mir einen Kuss auf den Hals.

Ich erschauerte. In meinem Unterleib tobte es noch immer, und ich war sicher, morgen keinen Schritt machen zu können. Noch nie im Leben war ich so oft gekommen, und noch nie zuvor war ich so geil gewesen, hatte so die Kontrolle über mich verloren.

Als er die Haustür hinter sich zuzog, war ich traurig. Und erschöpft. An Schlaf war stundenlang nicht zu denken.

***

Das Erlebnis hatte mich inspiriert. Am nächsten Tag malte ich wie im Fieber zwei meiner bislang sicherlich besten Bilder. Sogar Sara war beeindruckt.

»Susan, die sind großartig! Da hat sich die Investition doch gelohnt«, meinte sie augenzwinkernd.

Ja, ich hatte offenbar eine Muse gefunden. Eine teure Muse. Aber ich beschloss, für das nächste Mal zu sparen. Und irgendwann, dachte ich, würde ich mir vielleicht sogar eine ganze Nacht mit ihm leisten können.

***

»Das ist Susan Brown, unsere kreative Künstlerin«, stellt die Galeristin Sara mich den beiden Neuankömmlingen vor. Ich kann ihm kaum in die Augen sehen, als er mir schmunzelnd die Hand reicht.

Aber er lässt sich nichts anmerken. »Schön, Sie kennenzulernen«, sagt er mit sonorer Stimme und deutet auf die Wände. »Diese Bilder sind alle von Ihnen?«

Ich nicke stumm. *Was für eine peinliche Begegnung!*

»Susan, das ist Aaron Bernstein, der Sohn des Museumskurators. Und dies ist James Miller, der bekannte Kunstkritiker. Sie haben sicher schon von ihm gehört oder besser gesagt – gelesen.«

Ich habe ja sein Gesicht damals nicht gut erkannt, aber an seiner Statur und dem blonden Hinterkopf erkenne ich ihn sofort wieder. Saras Freier!

Doch warum ist meine Freundin im Gegensatz zu mir so cool? Während meine Hände schweißnass und eiskalt sind und ich am liebsten weglaufen würde, legt sie James den Arm auf die Schulter und haucht ihm einen Kuss auf die Wange!

»Hallo, Süße«, sagt er zu meiner Freundin, und ich betrachte die beiden stirnrunzelnd.

Sara grinst und beugt sich zu mir. »Aaron ist ein Freund von James, und er war der Meinung, ihr zwei würdet ein prima Paar abgeben.«

Ich atme deutlich hörbar ein, in meinem Kopf rauscht das Blut, und meine Gedanken überschlagen sich. »Du ... Du bist gar kein ... ?« Ich kann das Wort nicht aussprechen, als ich ihm in die wunderschönen, blauen Augen blicke.

Aaron lacht und schüttelt den Kopf. »Nein, natürlich nicht! Gott bewahre!« Dann greift er in die Hosentasche und zieht fünf große Scheine heraus. »Hier ist dein Geld. Sara hat mir verboten, es dir vorher schon zurückzugeben.«

Sara und James feixen, als sie vor uns her zur Bar marschieren. Und ich inszeniere eine Privatführung für meinen angeblichen Callboy, bevor ich ihn mit zu mir nach Hause nehme und mir eine ganze Nacht mit ihm gönne. Mit Frühstück und saugutem Sex.

»SexTrance«
Die Internet-Story
Mit dem Gutschein-Code
LY1TBKTIP
erhalten Sie auf
www.blue-panther-books.de
diese exklusive Zusatzgeschichte als PDF.
Registrieren Sie sich einfach online oder schicken Sie uns die beiliegende Postkarte ausgefüllt zurück!

Weitere erotische Geschichten:

Sharon York
HexenLust 1

Die Hexen beschützen die Menschheit vor Vampiren, Dämonen & Magiern.

Doch der Sohn des Teufels will diesen Pakt zerstören und die Herrschaft an sich reißen.

Isabelle führt die Hexen in einen Kampf um Herrschaft, Lust & Liebe.

Mit magischem Verlangen, feuriger Leidenschaft & verteufelt gutem Sex versuchen die Hexen, den Teufel zu besiegen ...

Denise Harris
SexLust

Kennen Sie diese Situation:
Ihr Partner ist perfekt,
aber Sie begehren einen anderen?

Sie betrügt ihn
und er betrügt sie -
trotzdem ist sie
extrem eifersüchtig ...

Es entbrennt ein
Wirbel an Konflikten!

Lisa Rome
Der NachBar

Eine Ehe ohne Lust,
Orgasmus & Leidenschaft!

Und dann kommt er ...

Er gibt ihr das, was ihr fehlt:
Er macht sie hemmungslos,
er macht sie willenlos &
er macht sie geil!

Weitere erotische Geschichten:

Joanna Grey
Befreie mich, versklave mich
Erotischer SM-Roman

Ein neuer Mann | Eine neue Liebe
Eine neue Erfahrung ...

Sie weiss nicht, dass in ihr eine Sklavin steckt.

Schritt für Schritt und mit viel Einfühlungsvermögen erweitert er ihre Schmerz- und Lustgrenzen.

Fühlen Sie das Vertrauen und die Nähe zwischen Dominanz und Unterwerfung.

Sara Bellford
LustSchmerz Erotischer SM-Roman

Sir Alan Baxter hat eine Passion:
Er sammelt Frauen!

Er will sie um ihretwillen besitzen

Sie wollen vom ihm gedemütigt und geliebt werden

Gemeinsam zelebrieren sie die schönsten Höhepunkte aus Lust, Schmerz und Qual ...

Gina Summers
Der Tauchlehrer

Ein Urlaub
zwei Tauchlehrer
eine Liebe
und viel Sex ...

Sina erlebt in Thailand nicht nur ihren schönsten Urlaub, sondern auch erotische Massagen, aufregende Tauchgänge, romantische Nächte und hemmungslosen Sex mitzwei Tauchlehrern.

Doch wer ist der Richtige für sie?

Weitere erotische Geschichten:

Trinity Taylor
Ich will dich ganz & gar

Lassen Sie sich von der Wollust mitreißen und fühlen Sie das Verlangen der neuen erotischen Geschichten:

Gefesselt auf dem Rücksitz,
auf der Party im Hinterzimmer,
»ferngesteuert« vom neuen Kollegen
oder in der Kunstausstellung ...

»Scharfe Literatur! - Bei Trinity Taylor geht es immer sofort zur Sache, und das in den unterschiedlichsten Situationen und Varianten.« BZ, die Zeitung in Berlin

Maria Bertani
Aurelia - Nymphe der Lust

Das unschuldige Mädchen Aurelia darf bei dem Meistermaler Romero in die Lehre der Farben gehen.

Doch zunächst muss sie sich
die Gunst des Meisters verdienen und als Nackt-Modell posieren.

Dabei eröffnet sich ihr
eine Welt voller Gelüste und
erotischer Abenteuer.

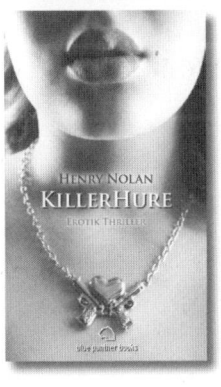

Henry Nolan
KillerHure

Eine Hure aus Passion, ein smarter Agent
und ein tödlicher Auftrag ...

Sie verführt ihre Opfer mit Sex, Schönheit und Raffinesse.

Tauchen Sie ein in eine Welt voller Intrigen, Adrenalin, Erotik, Liebe und unerwarteter Wendungen.

»Man genießt, leidet und fiebert mit der Hauptfigur! Großartig!« Trinity Taylor

Weitere erotische Geschichten:

Helen Carter
AnwaltsHure

Eine Hure aus Leidenschaft,
ein charismatischer Anwalt und
ein egozentrischer Sohn ...

... entführen den Leser in die Welt
der englischen Upper Class,
in das moderne London des Adels,
des Reichtums und der scheinbar
grenzenlosen sexuellen Gier.

Lucy Palmer
Mach mich scharf!

Begeben Sie sich auf eine sinnliche Reise voller
erotischer Begegnungen, sexuellem Verlangen und
ungeahnter Sehnsüchte ...

Ob mit dem Chef im SM-Studio,
heimlich mit einem Vampir,
mit zwei Studenten auf der Dachterrasse oder
unbewusst mit einem Dämon ...

»Lucy Palmer schreibt einfach super erotische,
romantische und lustvolle Geschichten, die sehr
viel Lust auf mehr machen.« Trinity Taylor

Susan Jones
Der Assistent

Susan Jones entführt, fesselt und berauscht!

Die Chefin liebt ihren Job
und ihren Assistenten.
Sie kann nicht ohne ihn,
doch er kann ohne sie ...

Eine große Firma
Eine hörige Chefin
Ein perfekter Assistent

Weitere erotische Geschichten:

Trinity Taylor
Ich will dich

Leidenschaftliche Geschichten voller Lust und Begierde. Trinity Taylors erotische Geschichten berühren alle Sinne:

Auf einem Kostümfest in der Liebesschaukel, als Köchin mit dem Chef unter freiem Himmel oder im Schuppen mit einem Vampir ...

Abwechslungsreich, rasant und erotisch ziehen die Geschichten den Leser dauerhaft in einen Bann der Leidenschaft.

Trinity Taylor
Ich will dich noch mehr

Trinity Taylors erotische Geschichten berühren erneut alle Sinne:

Während einer TV-Produktion im Fahrstuhl, mit dem Ex auf der Massageliege, mit Gangstern undercover im Lagerhaus oder im Pferdestall mit dem »Stallburschen«...

Spannend und lustvoll knistern die neuen Storys voller Erotik und Leidenschaft. Sie fesseln den Leser von der ersten bis zur letzten Minute!

Empfohlen von Cosmopolitan

Trinity Taylor
Ich will dich ganz

Trinity Taylor entführt den Leser in Geschichten voller lasterhafter Fantasien und ungezügelter Erotik:

Im Theater eines Kreuzfahrtschiffes, auf einer einsamen Insel mit einem Piraten, mit der Freundin in der Schwimmbad-Dusche oder mit zwei Männern im Baseballstadion ...

Trinity überschreitet so manches Tabu und schreibt über ihre intimsten Gedanken.

Empfohlen von bild.de

Weitere erotische Geschichten:

Lucy Palmer
Mach mich wild!

Romantik, Lust und Verlangen werden Sie auf dem Weg durch die erotisch-wilden Geschichten begleiten ...

Ob mit dem unerfahrenen Commander im Raumschiff, dem mächtigen Gebieter als Lustsklavin unterworfen oder mit Herzklopfen in den Fängen eines Vampirs ...

Es erwartet Sie eine sinnliche und abwechslungsreiche Sammlung von lustvollen Erzählungen.

Empfohlen von LAURA

Lucy Palmer
Mach mich gierig!

Es wird wieder heiß: Lucy Palmer entführt Sie ein drittes Mal an sündhafte Schauplätze ...

Seien Sie gespannt auf ...
eine Vampirjägerin mit ihrem Bodyguard,
auf Gestaltwandler, Dunkelelfen,
Piratenladys und kesse Zimmermädchen.

Erleben Sie die wilde Gier und ungezügelte Leidenschaft, brennende Liebe und pures Verlangen!

Lucy Palmer
Mach mich geil!

Lucy Palmer schafft es immer wieder,
den Leser mit ihren lustvollen Geschichten
in den Bann zu ziehen ...

Träumen Sie von ...
einem maskierten Lord,
zwei starken Männern im alten Rom,
einer einsamen Insel voller Begierde
oder von einem Lady-Cop?

Dann ist dieses Buch genau richtig für Sie!